HEYNE <

AF168495

SOPHIE DORNBACH

VIENNA DREAMS

Roman

WILHELM HEYNE VERLAG
MÜNCHEN

Der Verlag behält sich die Verwertung der urheberrechtlich geschützten Inhalte dieses Werkes für Zwecke des Text- und Data-Minings nach § 44b UrhG ausdrücklich vor. Jegliche unbefugte Nutzung ist hiermit ausgeschlossen.

Penguin Random House Verlagsgruppe FSC® N001967

Originalausgabe 1/2025
Copyright © 2024 dieser Ausgabe
by Wilhelm Heyne Verlag, München,
in der Penguin Random House Verlagsgruppe GmbH,
Neumarkter Str. 28, 81673 München
produktsicherheit@penguinrandomhouse.de
Redaktion: Regine Weisbrod
Umschlaggestaltung: www.buerosued.de
unter Verwendung von Arcangel / Rebecca Nelson
Satz: Satzwerk Huber, Germering
Druck und Bindung: GGP Media GmbH, Pößneck
Printed in Germany
ISBN: 978-3-453-42876-8

www.heyne.de

Für den neuesten Hofklatsch sorgt die Familie der ehrenwerten Gräfin Elinor von Caspers.

Das Haus von Althenau:
Rudolf, Graf von Althenau und Neffe der Gräfin von Caspers
Ursula, Gräfin von Althenau
Antonia, die älteste Tochter, rebellisch unter der feinen Tünche der Disziplin
Bernadette, die zweitälteste Tochter, träumt von einer Karriere bei Hofe
Charlotte, die zweitjüngste Tochter, voller Leidenschaft und Hingabe an das Leben
Desirée, die jüngste Tochter, steckt die Nase immerzu in Bücher und betrachtet die Ehe mit Pragmatismus

Auf eine Verbindung mit dem Haus von Althenau hoffen:
Benedict von Breling, Graf und Offizier im Dienst des kaiserlichen Hofes
Karl Ludwig von Trauttmannsberg, Graf, ehemaliger Gardist und späterer Leibwächter der Kaiserin

Sebastian von Seltmann, Baron und Besitzer des Kaffeehauses Seltmann

Leonhard von Montfort, Graf und Landschaftsarchitekt im Dienst des Kaisers*

Für Spannung sorgen:

Mechthild von Rechberg, Gräfin und Bibliothekarin in der Hofburg

Ludwina von Böhm, Benedict von Brelings Tante

Ferdinand von Breling, Geistlicher, Benedict von Brelings Bruder

Gräfin von Schauenstein, Frauenzimmerhofmeisterin*

Valerie von Dalheim, angehende Hofdame*

Helene von Gutthenthal, angehende Hofdame*

Maria Karolina de Braganza, Nichte der Erzherzogin Sophie*

Clara, deren Zofe*

Severin Eulenstein, Jurastudent*

Die Dienstboten im Haus von Althenau:

Fabian, Hausdiener

Millie, Stubenmädchen

Moritz, Stallbursche

*Mit Stern markierte Personen erscheinen in anderen Bänden.

DEZEMBER 1852

1

»Ein unbedacht ausgesprochenes *Ja*, obwohl ein *Nein* angebrachter wäre«, pflegte Großtante Elinor zu sagen, »ist schon so manch tiefem Fall vorausgegangen.«

Die mahnende Stimme der Vernunft, die Antonia von Althenau davon abhalten wollte, das »Ja« auszusprechen, hatte frappierende Ähnlichkeit mit der ihrer Tante – und deren Ratschläge kamen oftmals so altbacken daher, dass Antonia sie getrost ignorieren konnte. Und so sagte sie »Ja«, als ihr der überaus attraktive Arvid von Bentheim während der Soiree, die ihre Eltern gaben, die Frage ins Ohr hauchte, ob er nicht noch etwas länger bleiben solle.

Er sollte. Antonia war nicht verliebt in ihn, aber sie fand ihn so anziehend, dass sie sich dieser kleinen Versuchung einfach nicht entziehen mochte. Sie versteckte ihn im Empfangssalon, wo zu so später Stunde niemand hineinschaute, und sie kam sich überaus verwegen vor, als sie – nachdem alle im Bett waren – die Treppe des imposanten Palais hinunterhuschte und sich zu Arvid im Salon gesellte. Sie küssten sich, und Antonia, nur bekleidet in Nachthemd und Morgenrock, fror schon bald in der Winterkälte des unbeheizten Raumes. Aber anders war es schlechterdings nicht möglich gewesen. Hätte sie sich nicht umgekleidet, hätte die Zofe womöglich Verdacht geschöpft. Denn welchen Grund könnte sie haben, in ihrem Abendkleid im Zimmer zu sitzen, wenn alle zu Bett gingen?

»Wollen wir irgendwohin, wo es wärmer ist?«, murmelte Arvid an ihrem Ohr, während seine Hand sich in den Morgenrock schob und ihre Brüste streichelte, deren Spitzen sich hart unter der feinen Seide abzeichneten. Ein Schauer durchfuhr sie, und tief in ihrem Bauch stieg ein sehnsuchtsvolles Pochen auf.

»Ja«, entgegnete sie atemlos.

Wie abenteuerlich das war, heimlich durch die finstere Halle zu laufen, die Treppe hoch in die Beletage, eine weitere hinauf in den zweiten Stock, wo die Schlafzimmer lagen. Arvid hatte die Schuhe ausgezogen, um jedes unnötige Geräusch zu vermeiden, und so waren in der nächtlichen Stille nur die leisen Seufzer zu hören, die sie zwischen innigen Küssen ausstießen.

Sie standen in der Mitte der Galerie, und Antonias Blick verlor sich in der verzierten Glaskuppel als sie den Hals bog und Arvid darbot, dessen Lippen daran entlangwanderten. Arvids Gehrock fiel zu Boden, das Halstuch folgte, ebenso das Hemd.

»Sollten wir nicht lieber in mein Zimmer?«, fragte Antonia, deren Herz ihr den Atem in wilden Zügen über die Lippen trieb.

»Ist es so nicht aufregender?« Arvids Hand fand zielstrebig den Weg unter ihr Nachthemd, und selbst wenn sie gewollt hätte, wäre sie nun schlechterdings nicht mehr imstande gewesen, auf mehr Privatheit zu bestehen.

»Ja …« Das Wort ging in ein leises Stöhnen über, als Arvids Hand die Innenseiten ihrer Oberschenkel hochglitt. Er unterbrach die Liebkosung nur lange genug, um aus seinen Hosen zu steigen, dann umschlang er Antonia wieder, küsste sie und streifte ihr den Morgenrock von den Schultern.

Im ersten Moment wusste Antonia nicht, woher das Knacken kam. Arvid, der nun mit dem Rücken am Geländer lehnte, hielt inne, reagierte schneller als sie, aber nicht schnell genug. Er angelte noch nach Halt an der Balustrade, und das Mondlicht, das durch die Glaskuppel fiel, spiegelte sich in seinem entsetzten Blick. Instinktiv umklammerte Antonia das Geländer, hielt sich fest, streckte im nächsten Moment die Hand nach Arvid aus, als könnte sie damit das Unvermeidliche noch verhindern. Dann hörte sie ihn schreien und im nächsten Moment den dumpfen Aufprall.

Erst stand sie nur da, und dann brach es aus ihr hervor. »Nein«, keuchte sie. »Nein, nein, nein.«

Sie taumelte zurück, hielt sich die Hand vor den Mund, drängte aufsteigende Übelkeit zurück. Nun, da war er, der tiefe Fall.

Obwohl sie wusste, dass es vollkommen unmöglich war, einen Sturz aus dieser Höhe zu überleben, rannte Antonia nach unten. Kein Geräusch machten ihre weichen Pantoffeln auf den marmornen Stufen, während Antonia gleichzeitig das Blut in den Ohren dröhnte. Als sie in der Halle ankam, reichte das bläuliche Licht von der Kuppel, um erkennen zu können, dass in diesem Körper mit dem unnatürlich verrenkten Kopf kein Leben mehr sein konnte.

Antonia erstickte ein Aufschluchzen. Arvid. Was sollte sie tun? Was sollte sie denn jetzt nur tun? Sollte sie Bernadette um Hilfe bitten? Nein, ihre Schwester konnte sie da nicht mit hineinziehen und ihr diesen Gewissenskonflikt aufbürden. Sie konzentrierte sich auf tiefe Atemzüge. Was jetzt? In drei Stunden standen die beiden Küchenmägde auf. Eine Stunde später das übrige Personal. In jedem Fall würde die Haushälterin ihn auf dem Weg durch die Halle entdecken. Das durfte nicht passieren. Ein Wunder, dass nicht das ganze Haus geweckt worden war durch das Knacken, mit dem die Balustrade gebrochen war. Antonia war es ohrenbetäubend erschienen.

Ihr blieb nichts anderes übrig, als ihre Eltern einzuweihen. Wieder stieg Übelkeit in ihr auf, aber die Alternativen waren ungleich schrecklicher. Tränen trübten ihr den Blick, als sie sich abwandte und die Treppe hocheilte, im Laufen noch rasch den Gürtel des Morgenmantels wieder zuknotete. Als sie in der zweiten Etage ankam, wandte Antonia schaudernd den Blick ab, während sie über die Galerie lief und das herausgebrochene Stück der Balustrade passierte.

Sie eilte durch den Korridor und öffnete leise die Tür zur Zimmerflucht, ehe sie die Räumlichkeiten ihrer Eltern betrat. Kurz hielt sie inne, lauschte auf die ruhigen Atemzüge ihrer Mutter und das leise Schnarchen ihres Vaters. Mit bebender Hand berührte sie die Schulter ihrer Mutter, und Ursula von Althenau öffnete umgehend die Augen. So war es immer, sie nannte es den mütterlichen Instinkt.

»Antonia? Was ist passiert?«

»Mama«, ihr versagte die Stimme, »du musst sofort kommen. Es ist etwas Furchtbares passiert.« Sie unterdrückte ein Schluchzen, und nun regte sich auch ihr Vater.

»Was …«

Ursula von Althenau reagierte nicht auf ihren Ehemann, sondern erhob sich aus dem Bett und angelte nach ihrem Morgenmantel. »Was ist los?«, fragte sie halb verschlafen.

Auch Rudolf von Althenau war nun offenbar richtig wach, denn auch er richtete sich auf. »Was ist?«

Antonia versuchte, nicht zu weinen, aber ihre Atemzüge gingen in kurzen Schluchzern, dagegen konnte sie nichts tun. »Es tut mir so leid. Ich wollte doch nicht …« Es war nicht ihre Schuld. Und doch fühlte es sich so an, und Antonia wollte sich krümmen unter dem Schmerz. Arvid.

»Sag endlich, was los ist!« In der Stimme ihrer Mutter mischte sich Ungeduld mit Besorgnis.

»Arvid von Bentheim ist gestorben.«

»Wie bitte? Wann?« Ihr Vater wirkte eher erstaunt als erschrocken. Der Tod eines Bekannten war gewiss tragisch, aber war das ein Grund, ihn zu nachtschlafender Zeit zu wecken?

»Jetzt gerade. Unten in der Halle.«

»In der Halle?« Rudolf von Althenau stand aus dem Bett auf. »In *unserer* Halle?«

Ihre Mutter hingegen fragte nicht lange, sondern wandte sich ab, verließ das Zimmer, und Antonia folgte ihr. Hinter sich hörte sie die Schritte ihres Vaters, die barfuß patschende Geräusche auf der Treppe machten, als sie hinuntereilten. Ursula von Althenau lief durch die Halle, stoppte abrupt und stieß einen Schrei aus, presste sich die Hand vor den Mund. Antonia schlug das Herz so heftig, dass es in der Brust wehtat, und sie hörte, wie ihr Vater die Luft mit einem Schnauben ausstieß. Erst standen sie nur da, starrten auf den verrenkten Körper auf dem Boden.

Ihr Vater löste sich als Erster aus der Erstarrung und beugte sich vor. »Warum ist er fast nackt?«

»Da liegt ein Toter in unserer Halle, und *das* ist deine erste Frage?«, ätzte ihre Mutter. »Er dürfte aus genau dem Grund praktisch nackt sein, aus dem unsere Tochter hier im Nachthemd steht.«

Ihr Aufzug, so normal er zu nachtschlafender Zeit war, schien Rudolf von Althenau erst jetzt in vollem Umfang seiner Bedeutung klar zu werden. Er starrte Antonia an, die Augen in ungläubiger Fassungslosigkeit geweitet. »Ausgerechnet du!«

Offenbar war Antonias sinnbildlicher Fall schlimmer als Arvids buchstäblicher, denn auch von ihrer Mutter war keine Gnade zu erwarten. »Wie konntest du uns das antun? Gerade von dir hätte ich niemals gedacht, dass du uns in solche Schwierigkeiten bringst.«

Auf Charlotte musste man aufpassen, deren wildes Temperament zu oft mit ihr durchging. Aber auf Antonia? Geradezu verraten fühlten ihre Eltern sich offenbar von dieser Tochter, die stets so diszipliniert war und nun unvermittelt zeigte, welch bedenkliche Leidenschaften im Verborgenen geschlummert hatten. Würde es, so ihr Vater wutentbrannt in diesem Moment, bald weitere böse Überraschungen geben? War das hier gar der Anfang?

Antonia fragte sich, welche Art weiterer Überraschungen er wohl erwartete, wenn ein nackter Arvid von Bentheim, der tot in der Halle lag, erst der Anfang war.

»In Kürze wird das Personal seinen Dienst aufnehmen«, kam ihre Mutter auf die praktische Seite der Angelegenheit zu sprechen. »Er muss fort, so schnell wie möglich.«

»Du erkennst wie immer das Offensichtliche«, spottete ihr Vater. »Und wohin sollen wir ihn bringen? Im Garten verscharren?«

»Mir ist gleich, wohin. Nur fort aus der Halle.« Ursula von Althenau schürzte die Lippen. »Bringen wir ihn erst einmal ins Gartenhaus, dort steht eine Schubkarre. Dann sehen wir weiter.«

Das war falsch, so furchtbar falsch. »Wir ...«, Antonias Stimme erstarb, und sie brauchte mehrere Versuche, die Worte zu artikulieren, »wir können doch sagen, es war ein Unfall. Denn das war es ja auch.«

»Du bist wohl von Sinnen«, zischte ihre Mutter. »Ist dir klar, was das bedeutet? Für dich? Für uns? Die Bentheims haben Einfluss. Womöglich wird man dir gar unterstellen, du hättest ihn hinuntergestoßen. Willst du das riskieren?«

Antonia kamen die Tränen, und sie schüttelte den Kopf.

»Nun wisch das Blut weg.«

Sie nickte nur, und ihr wurde übel bei der Vorstellung. Ihr Vater packte Arvid unter den Achseln, ihre Mutter ergriff seine Füße.

»Und hol seine Kleidung!«

Rasch lief Antonia in die Küche, füllte eine Schüssel mit Wasser, nahm einen Lappen und begann, das Blut aufzuwischen. Es war erstaunlich wenig, aber Antonia hatte mal gelesen, dass Tote nicht bluteten. Vermutlich war sein Genick gebrochen, sodass die Platzwunde am Kopf nicht mehr als diesen blutigen Abdruck hier hinterlassen hatte. Als sie fertig war, schüttete sie das Wasser weg, warf den Lappen in den Müllkübel und eilte nach oben, wo sie Arvids Kleidung aufsammelte und ins Gartenhaus brachte, wo der junge Mann mittlerweile auf dem Boden lag.

Gemeinsam zerrten sie die Kleidung über Arvids starrer werdenden Körper, und Antonia verspürte einen zunehmenden Brechreiz. Schließlich war er angezogen, und zu dritt hievten sie ihn in die Schubkarre, wo sie seinen Körper zusammenstauchten, damit er einigermaßen hineinpasste. Ihr Vater legte noch eine Decke darüber.

»Jetzt rasch ankleiden und dann los«, sagte ihre Mutter.

Sie und ihre Mutter halfen sich gegenseitig in die Kleider, wobei ein ungutes Schweigen über dem Ankleideraum neben dem Zimmer ihrer Eltern lag. Ihr Vater zog sich im Schlafzimmer um, und kurz darauf gingen sie gemeinsam hinab, traten in den Garten und holten die Schubkarre aus dem Gartenhaus. Ihr Vater nahm die Griffe in die Hände und zog die Karre ächzend über den von harschem Schnee verkrusteten Gartenweg.

»Wir sollten eine Schaufel mitnehmen«, sagte ihre Mutter. »Man weiß ja nie, ob man sie braucht.«

»Du meinst, falls wir ihn unter dem Straßenpflaster verbuddeln wollen?«, höhnte ihr Vater. »Oder um die gefrorene Erde aufzubrechen?«

»Wie gesagt, man weiß nicht, ob sie gebraucht wird, und ich möchte mich später nicht ärgern, wenn ich keine habe.«

»Na, wenn das bei der ganzen Sache das Einzige ist, das dich ärgert, dann ist ja alles bestens.«

Rasch ergriff Antonia die Schaufel, um weiteren Streit zu vermeiden. In der frostigen Kälte schlugen ihr die Zähne aufeinander. Als sie den Garten durch das hintere Tor verließen, stieß sie mit dem Schaufelblatt an den schmiedeeisernen Zaun, und bei dem lauten *Klong* fuhren sie alle drei zusammen.

»Nimm deiner Tochter die Schaufel ab, ehe sie noch mehr Lärm damit verursacht«, sagte ihr Vater an ihre Mutter gewandt.

»Oh, verstehe. Wenn sie ihren Liebhaber von der Brüstung stößt, ist sie *meine* Tochter.«

»Ich bin wohl kaum oft genug daheim, um die Erziehung zu übernehmen.«

»Du denkst, ich hätte sie *hierzu*«, Ursula von Althenau deutete mit der Schaufel auf die Schubkarre, »erzogen?«

»Na, ich war es gewiss nicht. Ich muss dafür sorgen, dass wir nicht verarmen.«

»Was dir ja bisher auch hervorragend geglückt ist.«

»Mein Vater hat unser Familienerbe durchgebracht, nicht ich. Überdies ist dein fortwährendes Genörgel in höchstem Maße anstrengend. Nicht einmal eine Leiche kann man mit dir entsorgen, ohne dass du nörgelst.«

»Ich bin so kurz davor«, Ursula von Althenau hielt Daumen und Zeigefinger ein kleines Stück auseinander, »mich hier gleich einer zweiten Leiche zu entledigen.«

Antonia wusste natürlich, dass das nur dahergeredet war, aber ihr Vater drehte nun doch misstrauisch den Kopf, und der Anblick seiner grimmig dreinschauenden Frau mit der Schaufel im Anschlag behagte ihm offenbar nicht, denn er beschleunigte ächzend seinen Schritt und schwieg.

Das nächtliche München – sonst voller verheißungsvoller Versprechen auf nächtliche Vergnügungen und Feiern – war in dieser Nacht beklemmend in seiner milchig beleuchteten Stille. Sie hatten die herrschaftlichen Straßen längst verlassen und gingen in immer dunklere Gassen, in denen die Luft eisig und klamm zwischen den Hauswänden hing. Antonia zitterte vor Kälte und Anspannung.

Schließlich hielt ihr Vater inne und kippte stöhnend die Schubkarre um, sodass Arvids Körper zu Boden fiel. Es war würdelos, und Antonia unterdrückte ein Schluchzen. Stumm bat sie Arvid um Vergebung.

»Wir müssen ihm Geldbörse und Siegelring abnehmen«, sagte ihr Vater, »damit es wie ein Raub aussieht.«

»Die Sachen wird ihm das lichtscheue Gesindel schon abnehmen. Wo sollen wir denn damit hin? Wir können sie nicht aufbewahren.«

»Werfen wir sie fort.«

»Und dann findet sie ein armer Mensch, verkauft den Ring und gerät unter Verdacht, den Mann ermordet zu haben?« Ursula von Althenau hatte von jeher einen ausgeprägten Sinn für Gerechtigkeit, der einem in Situationen wie dieser geradezu grotesk erschien.

»Was interessiert es uns? Zudem kann der Finder der Leiche den Ring auch verkaufen.«

»Das ist dann seine Entscheidung, ob er den Toten lieber ausraubt oder die Polizei ruft. Wichtig ist mir nur, dass man ihn nicht mit uns in Verbindung bringt.«

»Dann lass uns hier nicht länger herumstehen.« Rudolf von Althenau ergriff die Schubkarre und zog diese mit einem Ruck an.

»Und was, wenn uns dieser Skandal folgt? Wenn jemand mitbekommen hat, wie Antonia mit Arvid von Bentheim kokettiert hat? Jemand könnte ihr Fragen stellen, und dann reicht ein falscher Blick, damit sie sich verrät. Was, wenn …«

»Ich kümmere mich darum.«

»Wie willst du das tun?«

»Ich spreche mit Tante Elinor. Hier kann nur noch jemand mit ihrem Einfluss helfen.«

2

Antonia

»Wie konntest du uns das antun?« Die Worte hallten in Antonia nach, die ganze Reise über. Das Rattern der Kutschräder auf dem Pflaster schien sie in stetem Rhythmus zu wiederholen. *Wie konntest du, wie konntest du, wie konntest du.* Antonia war bei ihren Eltern in Ungnade gefallen, vermutlich unwiderruflich, und keine ihrer drei Schwestern wusste es, nicht einmal Bernadette, die nur zehn Monate jünger war als sie und ihr von allen Menschen am nächsten stand.

Bernadette jedoch hegte ihren eigenen Kummer. »Wie konntet ihr mir das antun!«, hatte sie gesagt, als ihre Eltern ihnen von dem Umzug erzählten. Diese hatten es in schmallippiger Fröhlichkeit vorgebracht, aufgesetzt und ein wenig schrill. Welche Möglichkeiten sich ihnen in Wien böten! Die Bälle! Der kaiserliche Hof!

Aber Bernadette hatte doch an den königlichen Hof in München gewollt, war in aller Form darauf vorbereitet worden. Dass all das nun von einem Moment auf den anderen hinfällig sein sollte, hatte sie nicht einsehen wollen. Sie war wütend und verletzt, sah ihre Möglichkeiten, eine Hofdame zu werden, schwinden. Antonia wollte gar nicht darüber nachdenken, was geschehen würde, erführe Bernadette, dass es allein ihre, Antonias, Schuld war. Diese eine verhängnisvolle Entscheidung, die sie getroffen hatte und die das Schicksal der gesamten Familie zu besiegeln schien. Während Bernadette sich am letzten Abend in München in Antonias Zimmer den Kummer von der Seele geredet hatte, hatte Antonia nur denken können: Hoffentlich erfährt sie nie, dass es meine Schuld ist.

Dass die Brüstung kaputt war, konnte natürlich unmöglich verheimlicht werden. Die Küchenmagd, deren Aufgabe es war, die Kamine anzuheizen, hatte es als Erste bemerkt, und danach war unter dem Personal sowie unter Antonias Schwestern spekuliert worden, wie das wohl passiert sein konnte.

»Da war jemand unachtsam auf der Feier«, war Charlottes Meinung dazu gewesen.

»Da kann man ja nur froh sein, dass niemand zu Schaden gekommen ist«, hatte die Haushälterin gesagt und jemanden gerufen, der die Brüstung reparieren sollte.

Ob sich wohl jemand über diesen fast schon überstürzten Aufbruch innerhalb eines Monats gewundert hatte? Sie hatten es damit begründet, dass sich in Wien eine hervorragende Gelegenheit geboten habe, die Töchter in die Gesellschaft einzuführen. Da Ursula von Althenau gebürtige Wienerin war, nahm sich das wohl auch nicht so ungewöhnlich aus.

In Wien angekommen, nahmen sie zwei Droschken, in denen sie ihr neues Zuhause ansteuerten. In der einen saß ihr Vater mit Antonia und Bernadette, in der anderen ihre Mutter mit den beiden Jüngsten, Charlotte und Desirée. Antonia fand es etwas albern, dass man den Schwestern nicht erlaubte, zusammen zu fahren. Als ob zu befürchten stünde, der Kutscher würde mit allen vieren durchbrennen. Das wäre ein toller Spaß, dachte Antonia. Charlotte würde vermutlich in voller Fahrt aus dem Fenster auf den Kutschbock klettern und dem pflichtvergessenen Fahrer mit seiner eigenen Peitsche Benehmen beibringen.

»Es freut mich, dass du amüsiert bist«, bemerkte ihr Vater kühl.

Antonia biss sich auf die Unterlippe, antwortete nicht und sah aus dem Fenster. Sie spürte, wie Bernadette sich neben ihr bewegte, sich vielleicht dem anderen Fenster zuwandte.

Wien war prachtvoll, das ließ sich – bei aller Abneigung gegen den Umzug – nicht leugnen. Barocke Villen, säulenbestandene Palais, elegante Kutschen auf den breiten Boulevards – was für einen Reichtum und was für eine Macht diese Stadt ausstrahlte. Unter anderen Umständen hätte sie es genossen, hätte sich auf die Hofbälle gefreut, auf ein reges Gesellschaftsleben und Ausritte in die Umgebung. So jedoch war es kaum mehr als ein Exil, das alle aus ihrer gewohnten – und durchaus geliebten – Heimat riss. Zudem hatten sie in München ein hübsches Palais bewohnt, das einer Tante mütterlicherseits gehörte, denn die Familie Rudolf von Althenau war zwar Teil des Hochadels, aber nur mit einem sehr bescheidenen Vermögen gesegnet. Leider war auch von der Familie Ursulas von Althenau – gebürtige Komtess von Preußler aus dem Wiener Hochadel – kein Geld zu erwarten.

»Unser neues Heim wird eine kleine Umstellung«, hatte ihre Mutter erklärt. »Aber ich bin mir gewiss, wir werden uns gut eingewöhnen.«

Kleine Umstellung, dachte Antonia, als die Kutsche vor einer niedrigen weißen Villa hielt – einstöckig mit zusätzlichem Dachgeschoss. *Klein*, im wahrsten Sinne des Wortes. Bernadette beugte sich über Antonia und sah hinaus.

»Holen wir noch jemanden ab?« Offenbar konnte nicht sein, was nicht sein durfte.

»Nein, wir sind angekommen.«

Bernadette sah Antonia an, die Augen in einem Ausdruck ungläubiger Fassungslosigkeit geweitet. Dann lachte sie etwas gezwungen. »Papa, wie ich sehe, hast du deinen Humor nicht verloren.«

Ihr Vater beantwortete das mit unbewegter Miene und stieß wie zum Beweis seiner Worte den Kutschschlag auf. Sein Blick traf Antonias. *Wir wissen ja, wem wir dies zu verdanken haben.* Er stieg aus und half seinen Töchtern hinaus.

Es war ein längliches Haus, die schwarze Haustür rechts und links von Halbsäulen flankiert, darüber ein Balkon mit fein ziselierter Balustrade. Nett, dachte Antonia, wenn man ein Feriendomizil suchte, um mal zu sehen, wie es sich etwas einfacher leben ließ.

Ihre Mutter trat mit fast schon grotesk breitem Lächeln zu ihnen. »Da wären wir.«

Charlottes Blick ähnelte dem Bernadettes, als sie das Haus in Augenschein nahm, während Desirée neugierig die Fassade hinaufblickte, als spinne ihr fantasiebegabter Geist bereits seine Geschichten um ihr neues Zuhause.

Die Haustür wurde geöffnet, und eine gesetzt wirkende Frau in einem steifen schwarzen Kleid erschien. »Ich heiße die Herrschaften herzlich willkommen. Mein Name ist Doris Wagner, und ich bin die Haushälterin.«

Sie trat zurück und ließ sie eintreten. Die Eingangshalle wirkte mit ihrem polierten Parkettboden, der geschwungenen Holztreppe und den cremefarbenen Wänden etwas rustikal, aber doch ausreichend elegant, um einen gewissen repräsentativen Effekt zu haben. An der holzgetäfelten Decke hing ein Kronleuchter, der einen feierlichen Empfang gewiss ins rechte Licht zu setzen wusste.

»Ihr Gepäck ist bereits angekommen und wurde von uns, wie gewünscht, ausgepackt, Sie können also gleich Ihre Zimmer beziehen. Wünschen Sie, sich erst von den Reisestrapazen zu erholen, oder möchten Sie das übrige Personal kennenlernen und eine Kleinigkeit zu sich nehmen?«

»Wir würden gerne zuerst unsere Zimmer aufsuchen«, antwortete Ursula von Althenau, noch ehe jemand anderer aus der Familie auch nur den Mund aufmachen konnte.

»Wie Sie wünschen. Ich zeige Ihnen nun die Schlafzimmer, die aufgeteilt wurden wie von Ihnen gewünscht.« Die Haushälterin ging mit resoluten Schritten voran die Treppe hinauf.

Gleich das erste Zimmer gegenüber vom Treppenaufgang war Antonias, und sie war nur zu froh, sich nach der Reise mit all ihrem anklagenden Schweigen den Blicken ihrer Eltern entziehen zu können. Sie schloss die Tür hinter sich, holte tief Luft und stieß diese mit einem langen Seufzer wieder aus. Dann sah sie sich um.

Es war ein hübsches Zimmer und größer, als sie es erwartet hatte. Rechts gab es einen Erker, in dem ein Sessel stand nebst Tischchen, darüber war eine Lampe angebracht. Die Tapete war altrosa mit feinen cremefarbenen Streifen, Farben, die sich im Zimmer wiederholten. Das Mobiliar war aus Nussbaum und von zurückhaltender Eleganz. Da Antonia ahnte, dass die Mittel ihrer Eltern nicht ausreichen, um eine ganze Villa einzurichten, konnte sie dem Eigentümer nur innerlich für seinen erlesenen Geschmack danken – denn dass ihr Domizil gemietet und nicht gekauft war, schien ihr gewiss. Wer in ihren Kreisen über wenig finanzielle Mittel verfügte, für den war der Schein wichtiger als das Sein.

Antonia hatte sich gerade auf ihrem baldachinbespannten Bett niedergelassen, als die Tür zu ihrer Rechten geöffnet wurde.

»Wir teilen uns ein Ankleidezimmer«, hörte sie Bernadettes dunkle, warme Stimme. »Das vereinfacht vieles.« Daheim hatten sie eine Zofe gehabt, die jedoch hauptsächlich für ihre Mutter zuständig gewesen war, sodass die Töchter schon früh gelernt hatten, einander zu helfen.

Bernadette ließ den Blick durch Antonias Zimmer wandern. »Sag mal, verstehst du das alles? Papa hat so getan, als würde uns hier eine große Zukunft erwarten, und dann wohnen wir …«, sie schien nach dem richtigen Wort zu suchen, »hier?«, schloss sie lahm.

»Ich wusste es auch nicht.«

Bernadette taxierte sie aufmerksam, ließ das Thema jedoch auf sich beruhen. Fürs Erste zumindest, vermutete Antonia. »Hilfst du mir, mich umzukleiden?«, fragte ihre Schwester dann. »Ich bin froh, wenn ich dieses verstaubte Reisekostüm nicht mehr tragen muss.«

»Gewiss.« Antonia folgte ihr in den Ankleideraum und hakte Bernadettes Kleid im Rücken auf.

Sie und ihre um zehn Monate jüngere Schwester waren sich nicht nur vom Alter her am nächsten, sie sahen einander auch von allen am ähnlichsten. Beide hatten das dunkelbraune Haar ihrer Mutter, wobei Bernadettes gelockt war und Antonias glatt. Auch ihre Gesichtszüge glichen sich und die Form ihrer Augen, wobei Bernadettes braun waren wie die ihrer Mutter und Antonias grau. Desirée, die Jüngste, war blond wie ihr Vater und hatte die leichten Locken der Mutter, das Gesicht eine hinreißende Mischung aus beiden Eltern.

Als Antonia in ihr Zimmer zurückkehrte und die Tür hinter sich schloss – ankleiden konnte Bernadette sich allein, sie würde ihr nur das Kleid schließen müssen –, dachte sie, dass das Nesthäkchen der Familie die Einzige war, die dem Umzug erwartungsvoll begegnet war. Solange es ausreichend Bücher gab, in die sie die Nase stecken konnte, hätte man sie vermutlich auch im Dschungel aussetzen können, und sie hätte dem Ganzen noch seine guten Seiten abgewonnen.

Charlotte hingegen wirkte mit ihren roten Locken und den blauen Augen im Kreis ihrer Familie, als hätte sie sich hineinverirrt und beschlossen, zu bleiben. Sie war von einem Freiheitsdrang getrieben, der sich nur schwer in Disziplin zwängen ließ.

»Die hat uns ein irischer Kobold hiergelassen«, hatte die Köchin einmal gescherzt.

»Ein Ire ja, aber ein Kobold?«, war die Antwort des Hausdieners gewesen.

Antonia, die die Anspielung im zarten Kindesalter noch nicht verstanden hatte, war zu ihrem Vater gegangen, um diesen zu fragen, wie das gemeint war. Ihr Vater war rot angelaufen, und der Lakai war noch am selben Tag auf die Straße gesetzt worden.

»Aber warum denn?«, hatte Bernadette gefragt.

»Er hat deine Mutter beleidigt.«

Charlotte bemerkte durchaus selbst, dass sie nicht so recht in den Schwesternreigen passte. Das hatte bereits zu hitzigen Szenen geführt, wenn ihr nicht dieselben Farben standen, die sie an ihren Schwestern hübsch fand. Oder wenn die Großmutter mütterlicherseits anmerkte, eine ihrer Kindheitsfreundinnen habe ebenfalls rotes Haar gehabt, das später zu einem schönen Kastanienbraun geworden sei. Oder wenn der Großvater hinzugefügt hatte: »Wenn denn wenigstens der Charakter passen würde.«

Großtante Elinor – väterlicherseits – hatte das Drama in Charlottes jungem Leben an einem Tag vor Heiligabend beendet, als sie bei ihr in der hübschen Salzburger Stadtvilla saßen und sie ihnen ein Gemälde zeigte, auf dem ein Kind mit rot gelocktem Haarschopf zu sehen war, das in einem weißen Kleid vor einer prachtvollen Gartenszenerie saß. »Das bin ich als Kind. Du siehst, meine Kleine, man könnte glauben, du seist es. Und zudem bist du in einer Sturmnacht geboren, ebenso wie ich. Daher unser ungebändigtes Temperament.«

»Rede ihr nicht auch noch solchen Unsinn ein, Tante Elinor«, sagte ihr Vater. »Am Tag ihrer Geburt war es windstill, und die Nacht war noch lange nicht angebrochen.«

»Woher willst du das wissen? Du bist wirres Zeug murmelnd im Salon auf und ab gelaufen, wie du es bei der Geburt jedes deiner Kinder getan hast.«

»Es ging kaum ein laues Lüftchen«, bestätigte nun auch ihre Mutter.

»Als hättest du nach draußen geschaut, während man dich durchs ganze Haus hat schreien hören.«

Charlotte indes hatte die Geschichte nicht hinterfragt. Sie sah nicht nur aus wie die geliebte unkonventionelle Tante, sondern sie war auch noch ein Kind des Sturms.

»Charlotte Sturmtochter reitet schnell wie der Wind«, rief sie ein ums andere Mal und preschte mit dem Pferd davon, dass es einem vom Zusehen schon schwindlig werden konnte.

Auch jetzt tobte in Charlotte offensichtlich ein Sturm, wie sie eindrücklich unter Beweis stellte, als sie, ohne anzuklopfen, in Antonias Zimmer stürmte, es ohne ein Wort der Erklärung durchquerte und die Tür zum Ankleideraum aufriss, wo Bernadette im Unterkleid stand.

»Na, erlaube mal!«

»Hab ich es mir doch gedacht.« Charlotte machte sich nicht die Mühe, die Tür wieder zu schließen, sondern wandte sich mit anklagendem Blick an Antonia. »Mama hat uns gerade unser Ankleidezimmer gezeigt.«

»Ich wüsste nicht, inwiefern das deinen Auftritt hier erklären sollte«, entgegnete Antonia.

»Desirée und ich müssen über den Korridor, um hinzugelangen!«

»Dann lauft euch nur nicht die Füße wund.«

Mit einer ärgerlichen Geste schnippte Charlotte sich eine Locke aus dem Gesicht, die sich aus ihrer Frisur gelöst hatte. »Ach, mach dich nur lustig. Außerdem ist dein Zimmer riesig! Soll ich dir mal diese Eckkammer zeigen, die mir zugewiesen wurde? Noch dazu mit Verbindungstür zu Desirée.«

»Bernadette und ich haben auch eine Verbindungstür.«

»Du weißt genau, was ich meine!«

Antonia seufzte ungeduldig. »Stell halt ein Möbelstück davor.«

»Das würde ich ja, aber dann kriege ich meine Zimmertür nicht mehr auf.«

»Und was soll ich da jetzt machen?«

Das wusste Charlotte offenbar auch nicht, denn nun, da sie ihrem Zorn anscheinend ausreichend Luft gemacht hatte, verlieh sie dem Ausmaß desselben noch einmal Ausdruck, indem sie aus dem Zimmer lief und die Tür lautstark hinter sich ins Schloss zog.

»Du lieber Himmel.« Bernadette stieg in ihr Kleid. »Ich frage mich die ganze Zeit, was Papa sich dabei gedacht hat.

Irgendetwas muss er sich ja gedacht haben. Mir kommt das alles wie ein seltsamer Traum vor, nur das Aufwachen fehlt.« Sie drehte sich um, und Antonia erhob sich vom Bett und ging zu ihr, um die Haken in ihrem Rücken zu schließen.

»Willst du dich nicht umkleiden?«, fragte Bernadette in das folgende Schweigen hinein.

Antonia schüttelte den Kopf und setzte sich wieder hin. Bernadette zögerte, dann nahm sie neben ihr Platz und legte ihr die Hand auf den Arm. »Was ist denn mit dir? Du bist schon seit Wochen so still. Eigentlich seit …«, sie hielt inne, »… seit die Nachricht umging, man habe Arvid von Bentheim gemeuchelt in den Gassen gefunden.«

Antonia zuckte zusammen, und nun legte Bernadette ihr den Arm um die Schultern. »Ich … also ich habe schon bemerkt, dass er dir gefällt, und ich kann dir gar nicht sagen, wie furchtbar leid mir das tut.«

Obwohl sie um Selbstbeherrschung rang, konnte Antonia nicht verhindern, dass ihr eine Träne über die Wange rann, und dann noch eine. Dass Bernadette sie so mitfühlend an sich drückte, ließ sie aufschluchzen. In den furchtbaren Tagen seit jenem Vorfall hatte niemand gefragt, wie es ihr damit gehe, oder sie gar in eine tröstende Umarmung genommen. Das Geheimnis erdrückte sie, und am liebsten hätte sie Bernadette eingeweiht, aber das ging nicht. Ihre Eltern hatten striktes Stillschweigen gefordert, und Antonia fügte sich – nicht ausschließlich, um dem Willen ihrer Mutter und ihres Vaters zu entsprechen, sondern weil sie keinesfalls wollte, dass Bernadette ihr nun auch Vorwürfe machte. Denn dass diese sich durch den Umzug um großartige Möglichkeiten bei Hofe gebracht sah, war offensichtlich.

Antonia suchte nach einem Taschentuch und fand schließlich eins, mit dem sie sich die Augen abtupfte. Sie schniefte und putzte sich die Nase. Alles war furchtbar, und sie wusste nicht, wie sie damit umgehen sollte. Als sei der Anblick von Arvid, der in die Tiefe stürzte, nicht schon schlimm genug, taten ihre Eltern nun auch so, als sei das allein ihre Schuld. Als könne Arvid noch leben, wenn Antonia nicht so eine lockere Moral hätte. Dabei wäre vermutlich über kurz oder lang irgendjemand durch diese Balustrade gebrochen. Vielleicht hätte sich ein Dienstmädchen darangelehnt oder eine ihrer Schwestern, womöglich auch Antonia selbst oder ihre Eltern. In jedem Fall wäre es schrecklich gewesen, aber das sahen ihre Eltern nicht, sie sahen nur den Skandal, der drohend über ihnen hing.

Eine halbe Stunde später klopfte es an der Tür, und ein dunkelhaariges Dienstmädchen in adrettem Taubenblau mit weißer Schürze trat ein. »Mein Name ist Millie, ich bin das Stubenmädchen und heiße Sie willkommen. Der Herr Graf und die Frau Gräfin bitten die jungen Damen in die Halle.«

Antonia sah an ihrem dunkelgrünen Reisekostüm hinab, strich über den Rock und erhob sich. »Wir kommen jetzt.«

Die junge Frau knickste und verließ den Raum wieder.

»Jetzt konntest du dich gar nicht umkleiden«, sagte Bernadette.

Darauf antwortete Antonia nur mit einem Schulterzucken. Es war ihr gleich, in welchem Aufzug sie unten auftauchte.

Sie traten in den Korridor, wo ihnen eine übel gelaunte Charlotte entgegenkam.

»Wo ist Desirée?«, fragte Bernadette.

»Die ist schon unten und wollte fragen, ob es eine Bibliothek gibt.«

In dieser Hinsicht war ihre kleine Schwester vorhersehbar. Solange das Haus mit Büchern bestückt war, konnte sie sich mit der neuen Situation gut arrangieren.

»Warum siehst du so verheult aus?«, fragte Charlotte. »Du hast es doch von uns allen am besten getroffen.«

»Sei einfach still, ja?«, kam es von Bernadette.

»Ich rede, wie es mir passt.« Charlotte lief vor ihnen die Treppe hinunter.

Antonia seufzte, und Bernadette verdrehte die Augen, umfasste ihre Hand und drückte sie leicht, als wollte sie ihr damit zu verstehen geben, dass sie nicht allein war. Diese Geste trieb Antonia beinahe erneut die Tränen in die Augen.

In der Halle hatte das Personal Aufstellung genommen. Die schwarz gekleidete Haushälterin übernahm nun die Vorstellung des übrigen Personals. »Das Stubenmädchen kennen Sie ja bereits. Ihr Name ist Melanie, aber alle nennen sie Millie. Der Hausdiener Fabian«, sie deutete auf einen dunkelhaarigen Mann, den Antonia auf Mitte oder Ende dreißig schätzte, »Agathe, unsere Köchin«, eine Frau mittleren Alters, deren graues Haar in einem Knoten aufgesteckt war, »und unsere Küchenmagd Greta.« Das jüngste Mitglied des Personals war vielleicht um die sechzehn und blickte aufgeweckt drein. Die Köchin sowie die Magd trugen graue Kleider, der Hausdiener einen schwarzen Dienstbotenfrack mit weißem Hemd und taubenblauem Halstuch.

Rudolf von Althenau nickte. »Nun gut. Wir würden gerne durch das Haus geführt und mit den Räumlichkeiten vertraut gemacht werden.«

»Das übernehme ich.« Der Hausdiener neigte den Kopf, und Antonia war überrascht. In der angenehmen, ruhigen Stimme des Mannes lag etwas, das sehr klarmachte, dass Widerspruch nicht geduldet wurde. Zu ihrem Erstaunen fügte sich die Haushälterin mit einem Nicken. Dabei wäre das an sich ihre Aufgabe gewesen, und selbst wenn sie es hätte delegieren wollen, so hätte sie dies getan und sich nicht einfach so übergehen lassen.

»Wenn die Herrschaften mir bitte folgen möchten.« In Fabians beflissener Art glaubte Antonia, einen Anflug von Erheiterung wahrzunehmen. Hoffentlich bemerkte ihr Vater das nicht, sonst saß der Hausdiener vermutlich eher auf der Straße, als ihm lieb sein konnte.

Das Haus hatte Großtante Elinor ihnen über ihre Wiener Beziehungen vermittelt. Als es hieß, sie würden in eine Stadtvilla ziehen, hatte Antonia etwas in der Art des Münchner Palais erwartet, aber gerade war die Größe des Hauses ihr geringstes Problem.

»Wie die Herrschaften feststellen konnten, ist die Halle recht klein«, erklärte Fabian, »dafür jedoch sind die Räumlichkeiten etwas großzügiger angelegt worden.« Er führte sie in einen Raum, bei dessen Anblick Desirée einen Laut des Entzückens ausstieß. »Papa, du hast ja doch alle Bücher mitgenommen.« Ihrem fachkundigen Blick, der rasch durch den Raum zuckte, entging nichts. »Was für eine hübsche kleine Bibliothek.« Die Regale sowie ein Schreibtisch an der rechten Wand waren aus poliertem dunklem Holz, das Parkett schimmerte honigfarben, und am Fenster stand ein gemütlich aussehender Lesesessel, der dunkelgrün bezogen war, ebenso wie der Stuhl vor dem Schreibtisch.

Fabian lächelte. »Die Gräfin von Caspers hat ausdrücklich darum gebeten, diesem Raum größte Sorgfalt angedeihen zu lassen. Ursprünglich war dies der Herrensalon, und nun ...«

»Ursprünglich?«, unterbrach ihr Vater den Dienstboten. »Was heißt *ursprünglich*? Wo befindet sich der Herrensalon denn jetzt?«

Der Dienstbote räusperte sich. »Angesichts der Umstände, dass der Haushalt aus fünf Damen und einem Herrn besteht, hat die Gräfin von Caspers entschieden, dass – in Anbetracht der beschränkten Räumlichkeiten – auf einen Herrensalon verzichtet werden kann. Sie ...«

»Das kann doch wohl hoffentlich nicht Ihr Ernst sein!«, donnerte Rudolf von Althenau.

»Lass ihn aussprechen«, entgegnete seine Frau freundlich. »Er hat gerade die Prioritäten erklärt. Wie sieht es mit dem Damensalon aus?«

»Der grenzt direkt an die Bibliothek oder, hm, nennen wir es das Herrenzimmer. Dann sind hoffentlich alle zufriedengestellt.«

»Sie impertinenter ...«

»Rudolf!«, unterbrach ihn Ursula von Althenau. »Töte nicht den Boten.«

Es zuckte kaum merklich um Bernadettes Mundwinkel, und obwohl Fabian sehr beherrscht wirkte, war für Antonia doch unübersehbar, dass ihm dieser Disput gefiel.

»Gegenüber befindet sich das Empfangszimmer, auch Grüner Salon genannt.« Er führte sie hinaus. »Direkt daneben ist die Garderobe.«

Das Empfangszimmer hatte grüne Tapeten, eine cremeweiße Stuckdecke und einen dunklen Parkettboden. Die Sessel und das Sofa waren mit ockergelbem Samt bezogen. Weiter ging es zum Damensalon – cremefarbene Wände, goldener Stuck, eine Chaiselongue mit goldgelbem Bezug, auf den schimmernde Blüten gestickt waren, das Holz goldfarben gebeizt. Vier Sessel in derselben Art gruppierten sich um einen niedrigen Tisch.

»Aber das ist ja entzückend!«, rief Ursula von Althenau aus.

Unweigerlich zog Antonia Vergleiche mit den Räumen im Münchner Palais. An ihrem Mienenspiel erkannte sie, dass auch Charlotte und Bernadette ähnliche Gedanken hegten und dass diese nicht zugunsten des neuen Domizils ausfielen. Weiter ging es ins Musikzimmer – wo es zu Antonias Enttäuschung zwar ein Klavier, aber keine Harfe gab –, von dort aus in den Großen Salon und das Esszimmer. Von der Anrichte aus, wo die Dienstboten das Essen vorbereiteten, gab es einen Verbindungsflur zur Eingangshalle. An Charlottes Blick erkannte sie, dass dieser Umstand durchaus beifällig zur

Kenntnis genommen wurde. Es war typisch für ihre Schwester, in jedem Haus als Erstes mögliche Fluchtwege auszuloten. Der Wintergarten war recht hübsch, und Antonia konnte sich vorstellen, dass sich hier schöne Soireen geben ließen.

»Möchten Sie auch die Küche, die Dienstbotenstube und die Waschküche sehen?«

Antonia sah ihrer Mutter an, dass sie verneinen wollte, als ihr Vater auch schon barsch einwandte: »Ich wüsste nicht, was wir dort zu schaffen hätten.«

Ursula von Althenau hob die Brauen. »Oh, ich würde das durchaus sehr gerne sehen.«

Bernadette verdrehte die Augen, Desirée warf einen sehnsüchtigen Blick in die Richtung, aus der sie gekommen waren – offensichtlich im Begriff, umgehend in der Bibliothek zu verschwinden –, während Charlotte vortrat und überaus beflissen alles in Augenschein nahm. Die Küche war groß und sah aus, wie eine Küche eben aussah. Antonia interessierte das nicht so besonders, und so hing sie ihren Gedanken nach, während sie Fabian folgten, ihr Vater mit unverkennbar wachsender Verstimmung.

»So, war's das jetzt?«, blaffte er seine Frau an. »Oder möchtest du die Funktionalität des Waschzubers auch noch erklärt bekommen?«

Ursula von Althenau lief rot an. »Sobald du das Personal nicht mehr bezahlen kannst, bin nicht *ich* es, die wäscht. Das überlassen wir der Person, die hier in der Minderheit ist.«

»Also das ist doch wohl …« Rudolf von Althenau war puterrot geworden. »Grinsen Sie nicht so impertinent«, fuhr er Fabian an. »Das ist das Letzte. Sie können Ihre Koffer packen und gehen!« Seine Stimme war mit jedem Wort lauter geworden.

Na bitte, Antonia hatte es kommen sehen. Und es war sogar noch schneller gegangen, als sie erwartet hatte.

Fabian jedoch behielt seine Gemütsruhe bei. »Die Gräfin von Caspers hat mich eingestellt, und ihr allein obliegt es, mich zu entlassen. Ich bedaure zutiefst, Herr Graf, dass ich Ihre freundliche Forderung abschlägig bescheiden muss.«

Antonia verschlug es die Sprache, während Bernadettes Mund ein stummes O beschrieb und Charlotte gerade den Hals reckte, als wollte sie erkunden, ob der Schlüssel zur Tür, die aus der Waschküche führte, auf dem Türstock lag.

Ihre Mutter hingegen lächelte. »Damit wäre das geklärt, nicht wahr? Sie bleiben uns also erhalten?«

Fabian neigte den Kopf. »Zu Ihren Diensten, Gräfin.«

»Soll das heißen, die Gräfin von Caspers hat die Oberhoheit über mein Personal?«, fragte Rudolf von Althenau. »Ich muss mir also jedwede Unverschämtheit gefallen lassen?«

»Ich bedaure, Herr Graf, dass Sie diesen Eindruck gewonnen haben. Wir alle werden Ihnen mit ausgesuchtem Respekt begegnen. Wenn Sie mit den Qualitäten der Köchin unzufrieden sind, so dürfen Sie selbstredend eine neue einstellen. Ich würde es aber nicht empfehlen, denn gute Köchinnen sind teuer und schwer zu finden.«

Hatte er das Wort »teuer« gerade betont?

»Was meine Wenigkeit angeht, so bin ich hier, um Ihnen zur Seite zu stehen.«

»Tatsächlich?« Rudolf von Althenau machte keinen Hehl aus seinem Unwillen. »Seit wann benötige ich einen unverschämten Hausdiener, der mir zur Seite steht?«

»Die Gräfin von Caspers möchte, dass Ihnen künftig jegliche Art von Unannehmlichkeit erspart bleibt.« Er lächelte erneut, und Antonia war sich auf einmal gewiss, dass er Bescheid wusste. Großtante Elinor hatte ihn als Aufpasser geschickt, der hinter ihnen aufräumte – falls Antonia beim Liebesspiel den nächsten Mann über die Brüstung warf.

3

Antonia

Die kleine Stadtvilla war eigentlich ganz hübsch, wenn man bereit war, ein paar Abstriche zu machen. Desirée hatte ein eigenes Bad, in das man nur durch ihr Zimmer gelangte. Damit war sie aber auch die Einzige. Das Bad, das eigentlich sehr praktisch gegenüber von Bernadettes Zimmer lag, gehörte zum Ankleidezimmer der beiden jüngsten Schwestern. Und Charlotte machte sehr deutlich: »Unser Ankleidezimmer, unser Bad.« Das bedeutete, dass die beiden Ältesten jedes Mal zu dem großen Bad laufen mussten, das neben ihrem privaten Töchter-Salon lag, hinter Desirées Zimmer.

»Das ist doch total umständlich«, beschwerte Bernadette sich.

Charlotte zuckte mit den Schultern. »Willkommen in meinem Leben.«

Vom Korridor aus kam man zur Dienstbotentreppe. Es gab im kleinen Flur neben dem Bad jedoch eine weitere, die ähnlich geschwungen wie eine Wendeltreppe angelegt war. Man gelangte über den Korridor hin oder aber durch das Bad, das zwei Türen hatte. Es gab einen Vorraum, zu dem man durch eine zweiflüglige Tür gelangte. Hier gingen das private Esszimmer, die Schlafzimmer der Eltern – sie hatten den Luxus getrennter Räumlichkeiten – sowie das Gästezimmer ab. Zum Schlaftrakt der Eltern gab es eine Tür, die in den Verbindungsflur zwischen beiden Zimmern führte. Linker Hand lag das Zimmer der Mutter mitsamt Ankleidezimmer, rechter Hand das ihres Vaters. Das Bad teilten sie sich. Als sich herausgestellt hatte, dass die Töchter einen eigenen Salon hatten und er nicht einmal ein Ankleidezimmer, war ihr Vater wieder zornesrot angelaufen. Dann sollte doch zumindest das Gästezimmer – das überdies über ein eigenes Bad verfügte – zu seinem persönlichen Salon werden.

»Ich bitte dich, Rudolf«, entgegnete ihre Mutter. »Und wo bringen wir Gäste unter? Im Stall?«

Die ersten beiden Tage waren erfüllt damit, sich einzurichten und die nähere Umgebung durch Spaziergänge zu erkunden. Lange Gasse nannte sich die Straße, und es war etwas ganz anderes als die Ludwigstraße, jener Prachtboulevard, in dem sie in München gewohnt hatten. Das Wichtigste jedoch war für Antonia wie auch für Charlotte, dass ihre Pferde mitgekommen waren. Hinter der Villa befanden sich Stallungen mit drei Boxen, von denen zwei belegt waren mit Charlottes Rappstute Ophélie und Antonias dunkelbrauner Stute Elisée.

Großtante Elinor, eine entschiedene Förderin des Reitsports, hatte die Pferde für sie gekauft, zwei Vollblüter aus französischer Zucht. Das war wohl auch der Grund, warum die Pferde überhaupt mitdurften – Großtante Elinor hätte nichts anderes zugelassen.

»Die Pferde brauchen Bewegung«, sagte Charlotte. »Die können hier nicht nur im Stall herumstehen. Ich für meinen Teil habe ohnehin keine Lust auf langweilige Spaziergänge.«

»Wo kann man hier ausreiten?«, fragte Antonia, an Fabian gewandt.

»Im Prater. Ich zeige Ihnen gerne, wie Sie dorthin kommen.« Fabian zog einen Stadtplan hervor und erklärte ihr die Strecke. Antonia machte sich Notizen, weil sie sich sicher war, sich die gesamte Strecke in dieser fremden Stadt nicht so ohne Weiteres zu merken. Charlotte war dafür zu ungeduldig. »Wir finden das schon« war ihre Devise.

Danach ging Antonia in den Stall, wo die Pferde bereits von einem jungen Burschen vorbereitet wurden.

»Moritz, zu Ihren Diensten, Komtess. Ich bin für die Stallungen zuständig.«

»Ach, das ist ja schön. Sie wurden uns noch gar nicht vorgestellt.«

»Einen wie mich vergisst man schon mal in all der Hochherrschaftlichkeit.« Er grinste und legte Ophélie behutsam das Zaumzeug an. Mit Pferden konnte er umgehen, das bemerkte Antonia auf Anhieb, und sie beschloss, ihn zu mögen. Sie ging zu Elisée, die mit glänzend gestriegeltem Fell in der Stallgasse angebunden war. Sanft streichelte sie die samtweichen Nüstern, legte die Wange daran, atmete das für Pferde typische Aroma, in das sich der Geruch von frischem Heu und Stroh mischte.

Aus dem Augenwinkel nahm Antonia etwas Weißes wahr, und sie wandte den Kopf, bemerkte einen zusammengefalteten Zettel, der an Elisées Boxentür geklemmt war. Mit gekrauster Stirn zog sie das Blatt hervor und entfaltete es.

Ach, du dummes Kind. Hier glaubtest du dich sicher? Gib nur acht auf deine Schwestern. Wie bedauerlich, müsstest du so trauern wie ich. Du kannst dich umdrehen, so oft du willst, du siehst mich, aber siehst doch nicht, wer ich bin. Und du weißt nie, wann meine Zeit gekommen ist.

Antonia keuchte, sah sich in einem Impuls um, entdeckte niemanden außer dem Stallburschen, der gerade den Sattel auf Ophélies Rücken hob. Sie zerknüllte das Schreiben in der Faust, während ihr das Herz gegen die Rippen hämmerte und das Blut in den Ohren dröhnte. Wieder flog ihr Blick durch die Stallgasse. Lauerte da jemand? Beobachtete sie und amüsierte sich über ihren offenkundigen Schreck? Als sie am Arm berührt wurde, fuhr sie mit einem leisen Schrei zusammen, der Elisée wiederum erschreckte, sodass diese den Kopf hochwarf.

»Was ist denn mit dir los?« Charlotte griff nach dem Halfter der Stute und beruhigte sie, während ihr Blick an Antonia hing. »Du bist ganz käsig. Musst du dich übergeben?«

»Nein, du …« Antonia schluckte, versuchte, ihren Atem zu verlangsamen. »Ich war nur in Gedanken und etwas erschrocken, mehr nicht.« Sie barg die Hand mit dem Brief in ihrem Kleid.

»Möchtest du hierbleiben? Ich finde das schon.«

Antonias erster Impuls war, es zu bejahen. Sie wollte in ihr Zimmer, sich einschließen und die vermeintliche Gefahr draußen halten. Aber dann dachte sie, dass nicht sie es war, die bedroht wurde. *Gib nur acht auf deine Schwestern.* Sie sah in Charlottes blaue Augen und schüttelte den Kopf. »Natürlich nicht, ich freue mich auf den Ausritt.«

»Also gut.« Charlotte hielt sich nicht mit Nebensächlichkeiten auf. »Dann los.« Sie ging zu Ophélie, klopfte ihr sacht den Hals und murmelte Koseworte.

»Wenn Sie erlauben, Komtess.« Der Stallbursche kam mit Elisées Zaumzeug, und Antonia trat beiseite.

Konnte er es gewesen sein? Aber das war absurd, er würde sie mitnichten mit »Ach, du dummes Kind« ansprechen. Nicht, weil ihm das der Respekt verbot – wer so etwas verfasste, hatte schlicht keinen –, sondern weil sie einfach vermutete, ein Mann wie er würde eine gänzlich andere Sprache führen. Wer das geschrieben hatte, musste älter sein als sie, sich überlegen fühlen. Ach, wenn sie doch nur mit jemandem darüber sprechen könnte. Sollte sie es ihren Eltern zeigen? Nein, die würden durchdrehen und umgehend ein neues Domizil suchen. Ihr Vorwürfe machen und ihr vorhalten, sie habe das Leben der gesamten Familie zerstört. Das verbot es demnach auch, Tante Elinor ins Vertrauen zu ziehen, denn Sinn des Umzugs war es ja gewesen, diese Sache hinter ihnen zu lassen. *Hier glaubtest du dich sicher?* Auch ein Umzug würde wohl nichts ändern. Möglicherweise würden ihre Eltern die Töchter nicht mehr unbewacht aus dem Haus lassen, und Charlotte würde sich mitnichten in Fesseln legen lassen. Bernadette würde sie, Antonia, vielleicht sogar hassen, weil sie ihr die Möglichkeiten bei Hof damit verbaute. Und Desirée? Solange man sie in eine Bibliothek einschloss, wäre alles bestens.

Antonia wartete, bis der Bursche fertig war, und ließ währenddessen den Brief in ihrem Täschchen verschwinden. Dann führte sie ihre Stute aus dem Stall und durch das Tor auf die Straße hinaus. In München waren sie schnell im Englischen Garten gewesen und hatten da lostraben können. Hier mussten sie im Schritt durch die Straßen reiten, was Charlotte einen Seufzer des Überdrusses entlockte.

»Wie weit ist das eigentlich? In dem Tempo kommen wir nie an.«

»Wir müssten gleich da sein. Warte mal kurz, ich schaue nach.« Antonia kramte den Notizzettel aus ihrem Täschchen und hätte dabei fast den anderen hinausbefördert. Rasch stopfte sie ihn tiefer hinein. »Da vorne gleich rechts. Weit ist es nicht mehr.«

Gib acht auf deine Schwestern. War zu erwarten, dass sich ein Dachziegel löste? Oder würde gar jemand auf sie schießen? Oder mit einem Messer lauern? Wie sollte Antonia denn alle drei beschützen? Bedeutete diese Warnung, sie könnte das Unheil abwenden, wenn sie achtsam war? Oder war es einfach nur die Drohung eines unabwendbar eintretenden Schicksalsschlags? Übelkeit ballte sich in ihrem Magen, und Antonia atmete tief in den Bauch.

Endlich gelangten sie am Prater an, und Antonia wollte gerade fragen, welchen Weg sie einschlagen wollten, als Charlotte ihre Stute antrieb und mit einem Jauchzen davonstob. Warum hatte Antonia etwas anderes erwartet? Elisée fiel in den Trab und schließlich in einen leichten Galopp. Der kalte Dezemberwind biss Antonia in die Wangen und war doch herrlich erfrischend. Sie folgte Charlotte, deren Pferd in gestrecktem Galopp dahinjagte, dass der Schneematsch aufstob. Zu schnell, mal wieder.

Ein Junge schoss einen Ball auf den Weg, und Elisée stoppte so abrupt, dass sich Antonia nur mit Mühe im Sattel hielt. Dann stieg das Pferd, scheute und ließ sich nur schwer wieder beruhigen. Als Antonia die Stute endlich im Griff hatte, war von Charlotte nichts mehr zu sehen. Typisch. Antonia ließ Elisée antraben und ritt in die Richtung, in der ihre Schwester verschwunden war. Der Brief, dachte sie, dieser verdammte Brief. Eigentlich war sie nicht so gluckenhaft besorgt, Charlotte konnte gut auf sich selbst aufpassen, und zweifellos würde sie auch den Weg zurück nach Hause finden.

Antonia zügelte das Pferd und sah sich um. Keine Charlotte. Eigentlich hatte sie überhaupt keine Lust, sie zu suchen, aber der Gedanke an einen möglichen heimlichen Verfolger hielt sie davon ab, alleine eine Runde zu reiten und dann nach Hause zurückzukehren. Wenn Charlotte etwas zustieß, würde sie sich das niemals verzeihen. Und wenn ihre Eltern davon erfuhren, dass sie mit einem Brief gewarnt worden war, würden *sie* ihr das niemals verzeihen. Wie sie es auch drehte, es zeigte sich keine Lösung.

Trotz des bedeckten Himmels und der schneeschwangeren Kälte waren zahlreiche Fußgänger unterwegs. Elisée schnaubte, und weiße Atemwölkchen schwebten vor ihren Nüstern. Der Hufschlag machte schmatzende Geräusche auf dem matschigen Weg. Unter anderen Umständen hätte Antonia diesen Ausritt genossen, sie liebte das Reiten. Aber als würde sie der Gedanke an Arvid nicht genug belasten, war da jetzt noch dieser Brief. Immer wieder war sie die Situation in Gedanken durchgegangen, hatte überlegt, ob sie nicht etwas hätte tun können, was die Katastrophe verhindert hätte. Es war so furchtbar schnell gegangen.

Dunkelgraue Wolken zogen sich in Schlieren durch das Weiß, und es wirkte, als würde es bald dämmern, obwohl erst früher Nachmittag war. Antonia trieb ihre Stute in einen Galopp, doch weil sie keine Ahnung hatte, wohin ihre Schwester geritten sein könnte, war es ein vergebliches Unterfangen, sie zu suchen. Das Einfachste war, dem Weg geradeaus zu folgen, denn wenn Charlotte so schnell ritt, trieb sie ihr Pferd vermutlich stetig voran. Zum Abbiegen hätte sie die Stute zurücknehmen, das Tempo verlangsamen müssen.

War sie in den Wald geritten? Antonia zügelte Elisée am baumbestandenen Saum. Hier war es noch düsterer, als würde das Licht vor seiner Zeit geschluckt. Auf dem Boden ließ sich beim besten Willen nicht erkennen, ob hier jemand entlanggeritten war. Seufzend trieb Antonia Elisée voran, erst in Trab, dann in einen leichten Galopp. Charlotte dachte sich vermutlich nichts dabei, denn warum sollte Antonia sie suchen? Sie ritten selten zusammen aus, genau aus diesem Grund.

Irgendwann hob Elisée witternd den Kopf, dann wieherte sie, und im nächsten Moment antwortete ein Pferd. Es war nicht gesagt, dass das Ophélie war, aber einen anderen Reiter hatte Antonia nicht gesehen. Sie ritt in die Richtung, aus der das Wiehern gekommen war, und entdeckte zwischen den Bäumen ein Pferd ohne Reiter. Ophélie. Das Herz schlug ihr bis zum Hals, doch weil sie nicht auf die Stute zupreschen wollte, zügelte sie Elisée und trabte zu dem Pferd. In der Erwartung, ihre Schwester auf dem Boden liegen zu sehen, wollte sie vom Pferd springen, da entdeckte sie, dass die Stute sorgsam an einem dicken Zweig angebunden war. Ein paar Meter weiter kniete Charlotte auf dem Boden und betrachtete etwas auf ihrer flachen Hand.

»Warum erschreckst du mich so?«, herrschte Antonia sie an.

Charlotte wandte den Kopf, die Stirn gekraust. »Wieso erschreckt?«

»Du warst plötzlich weg, und dann stand Ophélie hier so allein.«

Unwillig schüttelte Charlotte den Kopf. »Seit wann bist du meine Aufpasserin? Und wieso suchst du mich überhaupt? Es schert dich doch sonst nicht, wohin ich reite.«

Antonia ließ sich vom Pferderücken gleiten, vorsichtig, damit der Schneematsch nicht aufspritzte. Sie raffte ihr Kleid so hoch, dass der Saum nicht den Boden berührte. »Was hast du da?«

»Eine Kamee. Ich habe im Matsch etwas glitzern sehen.« Sie hielt ihr die Hand hin und erhob sich. »Vielleicht bedeutet sie jemandem etwas, sie sieht alt aus.«

»Wie du das in vollem Galopp sehen konntest.«

»Ach was, hier im Wald bin ich langsamer. Sieh nur, wie dicht die Bäume stehen.« Charlotte steckte die Kamee ein und erhob sich.

»Du lieber Himmel, Charlotte, jetzt sieh dir bloß an, wie du aussiehst.«

»Wenn der Matsch trocknet, kann man ihn einfach abbürsten.«

»Der trocknet niemals, bis wir zu Hause sind.« Wie zum Beweis dieser Aussage fing es an zu schneien.

Sie führten die Pferde zu einem Baumstumpf, mit dessen Hilfe sie wieder in die Damensättel steigen konnten.

»Was ist eigentlich los?«, fragte Charlotte. »Du bist so seltsam heute?«

Antonia wusste nicht, was sie antworten sollte, und zuckte nur mit den Schultern.

»Ich meine, ich kann es ja irgendwie verstehen, alles ist so fremd, und du fühlst dich vermutlich für mich verantwortlich. Aber das musst du nicht. Ich komme allein zurecht, wirklich.« Charlotte lächelte versöhnlich, und Antonia brach der Gedanke, dass ihrer kleinen Schwester – allein durch ihre Schuld! – etwas zustoßen könnte, fast das Herz.

»Also gut«, sie versuchte sich an einem munteren Tonfall, »Lektion begriffen.«

»Dann lass uns jetzt zurückreiten, mir ist elend kalt.«

Die Dämmerung schien verfrüht einzusetzen, und graue Wolken schoben sich über den Himmel, während dicke Flocken fielen. Trotz ihres warmen Mantels mit dem Pelzbesatz und dem gefütterten Hut fror Antonia. Sie trabten über die Wege, fielen, wenn es möglich war, in einen leichten Galopp und verließen schließlich den Prater. Auf den gepflasterten Straßen ließen sie die Pferde Schritt gehen, um die Gelenke zu schonen.

Schatten krochen aus den Nischen und Gassen, verdichteten sich, und in der zunehmenden Dunkelheit fiel es Antonia zunehmend schwer, sich zu orientieren. Immer wieder musste sie den Zettel hervorziehen, der mittlerweile vom fallenden Schnee aufweichte und dessen Schrift verschwamm. Die Straßenschilder waren kaum noch zu lesen, und schon bald wusste Antonia nicht, ob sie überhaupt noch auf dem richtigen Weg waren. Nichts kam ihr bekannt vor.

»Aber an dem weißen Haus sind wir doch auf dem Hinweg vorbeigekommen«, sagte Charlotte, als würde sie beim Reiten so etwas Profanes wie ein Haus interessieren.

»Solche Häuser gibt es hier überall.« Antonia sah sich um, suchte etwas Vertrautes, an dem ihr Blick sich festhalten konnte. »Sonst fragen wir uns einfach durch.«

Was angesichts dessen, dass sich die Passanten im Schneetreiben beeilten, nach Hause zu kommen, nicht ganz einfach war. Sie sprachen einen jungen Mann in Dienstbotenuniform an, aber seiner rasch hingenuschelten und von einer wedelnden Handbewegung untermalten Beschreibung konnte Antonia nicht folgen.

»Wir kommen schon an«, sagte Charlotte. »Weit kann es ja nicht mehr sein.«

Warum sie dieser Ansicht war, es könne nicht mehr weit sein, erklärte sie nicht, und Antonia fragte nicht danach. Sie versuchte, die Straßennamen zu entziffern, in der Hoffnung, auf einen zu stoßen, der ihr bekannt vorkam. Die Pferde trotteten im Schritt durch die Straßen, und dann endlich wusste sie, wo sie war. Der Rathauskeller war nicht so weit entfernt, hier war sie beim Spaziergang gewesen.

»Komm, ich weiß wieder, wo wir sind.«

Im Nachhinein hätte Antonia nicht zu sagen vermocht, wo die Kutsche hergekommen war, sie tauchte so unvermittelt und mit einer für die Witterung viel zu hohen Geschwindigkeit vor ihnen auf. Beide Pferde schraken auf, warfen den Kopf hoch, Ophélie, wild und aufbrausend wie ihre Besitzerin, stieg, und während sich Charlotte da noch im Sattel halten konnte, gelang ihr das beim folgenden Bocksprung nicht mehr. Sie flog über den Hals des Pferdes und kam mit einem Schrei auf dem matschigen, von Schnee überpuderten Straßenpflaster auf. Sie hatte die Zügel noch in der Hand – Charlotte verlor bei einem Sturz eher ihr Kleid als die Zügel –, kam aber nicht schnell genug auf die Beine, und so riss die Stute sich los und galoppierte davon.

»Oh, verdammt!«, rief sie und rappelte sich mit schmerzverzerrtem Gesicht auf.

Mittlerweile hatte Antonia Elisée wieder im Griff, und der Kutscher war vom Bock gesprungen, um die Stute am Gebiss zu packen und beruhigend auf sie einzusprechen. Auch die Fahrerin war ausgestiegen, eine elegante Dame mittleren Alters, die sich besorgt zu Charlotte neigte. »Oh du liebe Güte, es tut mir so leid.«

Wütend richtete Charlotte sich auf und wich zurück. Als die Frau gar die Hand nach ihr ausstreckte, schien Charlotte kurz davor, diese wegzuschlagen. »Sie sind wohl von allen guten Geistern verlassen!«, schrie sie. »Wenn meinem Pferd etwas zustößt, werden Sie dafür bezahlen!« Sie machte Anstalten, hinter der Stute herzurennen, aber offenbar hatte sie Schmerzen, denn sie hinkte und fasste sich an die Hüfte.

Antonia saß ab. »Lassen Sie mein Pferd los«, herrschte sie den Kutscher an und ging zu Charlotte. »Komm, lass uns schauen, ob Ophélie den Weg zum heimatlichen Stall gefunden hat.«

»Sie ist doch noch gar nicht lange genug hier.«

»Aber wir sind ganz in der Nähe, vielleicht wittert sie etwas.«

»Es tut mir so furchtbar leid«, wiederholte die Frau. »Mein Kutscher war zu ungestüm, und Sie können sich gewiss sein, dass es Konsequenzen haben wird.«

Der Mann nickte ergeben. »Ich bitte die jungen Damen vielmals um Entschuldigung.«

»Darf ich Sie nach Hause fahren?«, bot die Frau an. »Und dann suchen wir Ihr Pferd.«

»Sie wird sich von Ihnen nicht einfangen lassen, wenn sie verstört ist und Angst hat«, antwortete Charlotte.

»Ich fahre Sie nach Hause, und wenn Ihr Pferd dann nicht dort ist, fahre ich Sie durch die Straßen, bis Sie es gefunden haben. Wollen wir es so machen?«

»Wir wissen doch gar nicht, wer Sie sind«, antwortete Antonia.

»Mechthild von Rechberg. Ich bin Bibliothekarin in der Hofburg.«

Antonia sah Charlotte an und nickte. Diese gab den Widerstand auf und willigte ein. »Also gut.«

»Wir sind Antonia und Charlotte von Althenau.«

Die Frau lächelte. »Es ist mir ein Vergnügen.«

Antonia half ihrer Schwester in die Kutsche und stieg auf ihr Pferd. Sie nannte die Adresse in der Langen Gasse, und die Kutsche fuhr voran. Wie wild schlug Antonia das Herz nach diesem Schreck. Glücklicherweise war alles gut gegangen. Hoffentlich fanden sie die Stute, denn sie war sich nicht sicher, ob ihr Vater Charlotte mit dieser Fremden allein losziehen ließ. Andererseits würde ihre Schwester sich nicht davon abhalten lassen und notfalls durch die Straßen humpeln. Oder sich Elisée nehmen und heimlich auf die Suche machen.

Als sie am Haus angelangt waren, saß Antonia ab und führte die Stute um das Haus herum durch das Tor in den Stall. Währenddessen begleitete die fremde Frau Charlotte zum Haus. Sie machte den Fehler, deren Ellbogen anfassen zu wollen, vermutlich, um sie zu stützen, aber Charlotte befreite sich unwirsch und sagte, sie sei mit vier zum letzten Mal an der Hand von jemandem gegangen, sie könne allein laufen, besten Dank auch.

»Antonia, sag Bescheid, wenn du Ophélie siehst.«

»Ich wollte es eigentlich für mich behalten, um es spannender zu machen«, antwortete Antonia und verdrehte die Augen.

Der Stallbursche kam ihr entgegen. »Ah, da sind Sie ja, Komtess. Ist Komtess Charlotte wohlauf? Wir waren besorgt, als das Pferd allein zurückkam.«

»Gottlob, sie ist hier«, antwortete Antonia.

»Ach, da bin ich beruhigt. Wir wussten nicht, ob sie nach Hause zurückfindet.«

Antonia führte Elisée in den Stall, wo Charlottes Stute bereits in der geräumigen Box stand und Heu aus der Raufe zupfte. Der Bursche nahm Antonia das Pferd ab.

»Danke, Moritz.«

Antonia ging zurück ins Haus, um Charlotte nicht im Ungewissen zu lassen. Dort war man in heller Aufregung über den hohen Besuch. Ursula von Althenau war ganz blass, als sie Antonia entgegeneilte.

»Hättest du nicht vorausreiten und Bescheid geben können?«, fauchte sie sie an. »Ich muss ihr doch etwas Angemessenes vorsetzen.«

»Charlotte war gestürzt, Ophélie verschwunden, und ich …«

Ihre Mutter schnitt ihr mit einer unwirschen Handbewegung das Wort ab und eilte rasch in Richtung Küche, zweifellos, um mit Frau Wagner zu sprechen. Antonia ging in den Empfangssalon, aber dort war die Frau nicht untergebracht worden. Vermutlich hätte sie es sich denken können, denn einen so hohen Gast geleitete man gewiss in den Großen Salon. Der Damensalon war zwar hübscher, aber gleichzeitig privater, was in dem Fall nicht passend war.

Sie lag richtig, stellte Antonia fest, als sie den Großen Salon betrat. Die Fremde saß in einem der mit rotem Samt bezogenen

Sessel gegenüber von Rudolf von Althenau. Auch Bernadette und Desirée hatten sich eingefunden, beide sichtlich fasziniert, wobei jede ihre eigenen Gründe dafür hatte. Bernadette wollte an den Hof, das war schon in München ihr Ziel gewesen. Für Desirée hingegen waren offenbar die Bücher das Stichwort – das zumindest legte ihre Art nahe, aufmerksam den Kopf zu neigen. Nur Charlotte interessierte all das nicht im Geringsten. Als sie Antonia bemerkte, wollte sie aufspringen und sank dann mit einem Schmerzschrei wieder auf ihren Sessel zurück.

»Alles in Ordnung«, beruhigte Antonia sie. »Ophélie ist im Stall.«

»Oh, Gott sei es gedankt«, rief Charlotte, was ihr ein nachsichtiges Lächeln vonseiten der Fremden und einen schrägen Blick ihres Vaters einbrachte.

»Bist du wieder wie eine Wilde durch die Straßen geritten, ja?«

»Oh, Ihre Tochter trifft wahrhaftig keine Schuld, glauben Sie mir«, sagte Mechthild von Rechberg. »Es war schon sehr düster, und mein Kutscher war einfach zu schnell unterwegs. Ich bedaure es zutiefst. Nicht auszudenken, wenn der jungen Dame etwas passiert wäre.«

Ihr Vater sah Charlotte an, als wollte er den Wahrheitsgehalt der Aussage ausloten. Dann nickte er knapp. »Ich danke Ihnen, dass Sie sie nach Hause gebracht haben.«

»Das war doch das Mindeste.« Mechthild von Rechberg lächelte.

Die Tür wurde geöffnet, und Ursula von Althenau trat ein. »Tee und Gebäck werden gleich serviert.«

»Oh, bitte machen Sie sich keine Umstände. Ich wollte nur die junge Dame nicht auch noch nach Hause humpeln lassen, nachdem sie bereits ihr Pferd verloren hat.«

»Gewiss war Charlotte wieder zu schnell«, entgegnete Ursula von Althenau. »Das kennen wir zur Genüge.«

Mechthild von Rechberg wirkte irritiert, und Rudolf von Althenau lief rot an vor Ärger, als hätte er nicht zuvor dasselbe gesagt. Der Fremden musste all das einen bemerkenswerten Mangel an Sorge offenbaren.

»Nun«, wiederholte die Frau, »ich habe bereits Ihrem Ehemann erklärt, dass es ganz allein meine Schuld war. Mein Kutscher war zu schnell unterwegs. Ihre Tochter trifft keine Schuld.«

Charlotte verdrehte die Augen. Die Sache langweilte sie bereits, und sie hatte sichtlich wenig Lust, hier aus Höflichkeit länger herumzusitzen.

»Die Bibliothek in der Hofburg muss unglaublich sein«, kam Desirée zu ihrem Lieblingsthema.

»Ja, das kann man sagen.«

»Ist es nicht großartig, Tag für Tag dort verbringen zu dürfen? Was würde ich dafür geben!«

»Vielleicht findet sich ein Ehemann, der dir dies ermöglicht«, antwortete Ursula von Althenau, und Antonia fand das so durchschaubar, dass sie sich innerlich krümmte vor Verlegenheit.

Wieder lächelte Mechthild von Rechberg. »Für eine so hübsche junge Frau gibt es gewiss unter all den adligen Galanen bei Hof die passende Partie.«

Antonias Eltern wirkten entzückt, während es in Desirée ganz offensichtlich arbeitete und sie sich womöglich gerade fragte, ob es nicht sogar *dieses* Opfer wert wäre. Bloß nicht, dachte Antonia. Desirée war so jung, erst siebzehn, knappe zwei Jahre jünger als Charlotte. Und selbst die kam Antonia noch zu jung vor. Antonia war im Sommer zweiundzwanzig geworden, und in München hatten etliche Männer zur Wahl gestanden, die für eine Ehe infrage gekommen wären – aus Sicht der Eltern zumindest. Arvid jedoch war keiner davon gewesen, denn ihre Mutter hatte ihn nach kurzer Überlegung verworfen.

»Der Vater kann nicht mit Geld umgehen, da kommst du vom Regen in die Traufe«, hatte sie gesagt. »Kein Mensch braucht zwei von der Sorte in ein und derselben Familie.«

Antonia schüttelte den Gedanken ab. Hätte sie Arvid geheiratet? Vielleicht, das wusste sie nicht. Aber gewollt hatte sie ihn, auf eine verstörend sinnliche Art. Frau Wagners Eintreten riss sie aus den Überlegungen zu Arvid von Bentheim. Warum servierte die Haushälterin selbst? Weil sie so hohen Besuch hatten? Aber gerade da achtete man doch auf Etikette. Wo war denn Fabian? Seufzend rieb Antonia sich die Nasenwurzel. Sie hatte Kopfschmerzen und wollte nur noch ihre Ruhe haben. Das Gespräch drehte sich um allgemeinen Hoftratsch, und während Bernadette sehr aufmerksam wirkte, trommelten Charlottes Finger lautlos auf die samtbezogene Armlehne, und ihr Fuß wippte. Desirée schien in Überlegungen versunken, und Antonia wollte nur noch in ihr Zimmer.

Endlich erhob sich die Frau. »Es war mir eine Freude, Sie kennenzulernen.« Sie hielt inne, als hätte sie einen Einfall.

»Ich sorge dafür, dass Sie zu der nächsten großen Feier, zu der ich eingeladen werde, ebenfalls eine Einladung erhalten. Man kann nicht früh genug anfangen, Bekanntschaften zu knüpfen. Demnächst bin ich im Palais Auersperg, aber dafür eine Einladung zu beschaffen, wäre leider zu kurzfristig und würde womöglich verzweifelt wirken.«

»Das ist überaus großzügig von Ihnen«, sagte Ursula von Althenau, die ebenfalls aufgestanden war und Anstalten machte, den Gast zur Tür zu begleiten, was an sich Aufgabe des Personals war. Antonia war es fast schon unangenehm, wie sehr ihre Mutter sich um diese Frau bemühte.

Kaum hatte die Frau den Salon verlassen, erhob sich Charlotte langsam und mit schmerzverzerrtem Gesicht.

»Du gehörst ins Bett«, sagte ihr Vater. »Ich lasse den Arzt kommen.«

»So schlimm ist es nicht.«

»Nun, je länger du Schmerzen hast, desto länger wirst du nicht reiten.«

Das wirkte, und Charlotte willigte ergeben in den Arztbesuch ein. Bernadette stand ebenfalls auf und ging zu Antonia, die im Begriff war, den Salon zu verlassen. Sie umfasste ihr Handgelenk, wirkte dabei ganz aufgeregt. »Jetzt haben wir nicht nur Großtante Elinors Unterstützung, sondern auch noch die von jemandem bei Hof. Oh, ich glaube, nun ändert sich alles zum Guten.«

Antonia wünschte, sie könnte derselben Überzeugung sein.

4

Benedict

»Wie ich bereits sagte ... Benedict? Hörst du mir überhaupt zu?«

Benedict von Breling blinzelte, als erwachte er aus einem Tagtraum. »Ja, gewiss, Tante Ludwina.« Er langweilte sich tödlich, und bisher sah es nicht so aus, als sei seine Tante gewillt, ihn in absehbarer Zeit zu entlassen.

»Na, immerhin ist das Haus vorzeigbar.« Sie sagte es in einem Ton, als wäre es Benedicts Verdienst, dass das Palais sich so untadelig präsentierte, und nicht das seiner dienstbaren Geister. »Falls meine Bemühungen Erfolg haben – und das werden sie! –, müssen wir hier immerhin die Familien junger Damen empfangen.«

Seit zwei Jahren lebte Benedict allein in dem Haus, das sein Vater vor vielen Jahren erbaut hatte. Heinrich von Breling war Offizier des kaiserlichen Hofes gewesen, ebenso wie Benedict es war, denn von ihm war erwartet worden, in die Fußstapfen des Vaters zu treten, nachdem sein älterer Bruder Ferdinand entschieden hatte, die geistliche Laufbahn einzuschlagen. Aufrecht stehen für den Kaiser, bis in den Tod, hatte sein Vater stets gesagt und diesen Vorsatz mit unerbittlicher Härte gelebt. Wäre er nicht gar so aufrecht gewesen, dachte Benedict, hätte ihn die Standarte eines jungen und ungeschickten Offiziersanwärters nicht aufgespießt. Aber ein Breling duckte sich nicht zur Seite, nicht einmal im Angesicht des Todes. Benedicts Mutter war ihrem Ehemann kurz darauf gefolgt, nachdem sie ein Schwächeanfall heimgesucht hatte und sie seither von Tag zu Tag weniger zu werden schien. Im Winter hatte sie eine Grippe bekommen und dies nicht überlebt. Seine jüngere Schwester Clara hatte sich seinerzeit dafür entschieden, ins Kloster zu gehen, und so war Benedict nur noch seine Schwester Helene geblieben, die im Vorjahr einen bayerischen Fürsten geheiratet hatte – unmittelbar nach der Trauerzeit. Die Verlobung hatte sein Vater noch in die Wege geleitet.

»… natürlich überaus gerne«, sagte seine Tante und sah ihn dabei aufmerksam an.

Benedict nickte mechanisch, und sie strahlte. Offenbar hatte sie Widerspruch erwartet, was ihn nun argwöhnisch werden ließ.

»Dann wäre es abgemacht.«

Er räusperte sich, konnte allerdings nicht gut zugeben, dass seine Gedanken in der Vergangenheit geweilt hatten, während sie dabei war, seine Zukunft zu planen. »Wie genau wird es ablaufen?«, fragte er vorsichtig.

Sie sah ihn an, als hätte er den Verstand verloren. »Seit wann muss ich dir erklären, wie ein Ball vonstattengeht?« Sie beugte sich vor, taxierte ihn. »Hast du getrunken? Du hast einen recht glasigen Blick.«

»Ich bin müde, das ist alles.« Wie zum Beweis gähnte er.

»Es gibt einen Ball im Haus der Fürstin von Gladig«, wiederholte sie langsam, als habe sie einen Schwachsinnigen vor sich. »Die Einladung wurde dir zugestellt, aber du hast es versäumt, zu antworten. Also habe ich in deinem Namen zugesagt.«

Na bestens, dachte Benedict und verdrehte innerlich die Augen.

»Es wird Zeit, dass sich wieder jemand kümmert, damit du deinen gesellschaftlichen Verpflichtungen nachkommst, ehe du völlig verlotterst und das Haus zunehmend verfällt.«

»Du hast ja gerade festgestellt, dass hier alles in bester Ordnung ist.«

Das tat sie mit einer knappen Handbewegung ab. »Dreh mir nicht die Worte im Mund herum.«

Benedict seufzte.

»Und spar dir dieses ergebene Getue. Ich möchte nicht, dass die Leute dich für einen eisernen Junggesellen halten. Nachher denken sie noch, du seiest irgendwie sonderbar.«

»Ich kann dir versichern, dass die Gefahr nicht besteht.« Er warf einen verstohlenen Blick auf die Uhr. Seit einer Stunde saß sie nun hier, trank Kaffee und malträtierte seine Nerven. Ludwina war die Schwester seiner Mutter, und vom Moment deren Todes an schien sie zu glauben, sie müsse die Ersatzrolle übernehmen. »Josephina hätte es so gewollt.«

Das bezweifelte Benedict, aber Diskussionen waren müßig. Für sie war er der kleine Bub, der nicht wusste, was gut für ihn war, weshalb sie, die vernünftige Erwachsene, darüber zu entscheiden hatte. Da war es gleich, dass er bereits achtundzwanzig Jahre alt und Offizier am kaiserlichen Hof war.

»Gut.« Seine Tante erhob sich. »Ich bin dann um acht Uhr da.«

Rasch überschlug Benedict, ob ihm irgendein Termin entfallen war. »Um acht?«

»Was dachtest du denn, wann wir losfahren?«

Benedict starrte sie an.

Ihre Hand schlug auf das Tischchen, dass das Geschirr klirrte, und Benedict fuhr zusammen. »Was habe ich dir gerade gesagt?«

»Der Ball der Fürstin …«

»Ja, ganz recht. Heute Abend.«

»Heute? Das geht nicht, ich bin verabredet.«

»Das kann ja wohl kaum besonders wichtig sein. Wer Rang und Namen hat, ist heute Abend bei der Fürstin Gladig.«

»Das ist viel zu kurzfristig.«

»Die Einladung kam vor Wochen.«

Benedict verschränkte die Arme vor der Brust. »Wenn du in meinem Namen zusagst, hättest du mir das früher mitteilen müssen.«

»Ach, erspar uns doch diese bockige Attitüde. Wir wissen beide, dass du letzten Endes keine andere Wahl hast, als hinzugehen. Was auch immer du für heute geplant hast, es wird warten müssen.«

»Du kannst nicht über meinen Kopf hinweg …«

»Ich habe dich vorhin gefragt, und du hast genickt.«

Wenn er ihr jetzt gestand, dass er ihr nicht zugehört hatte, verschlimmerte er die Sache womöglich. »Ja, also gut.« Brachte er es hinter sich. Gewiss war der eine oder andere Bekannte dort, vielleicht sogar einer seiner Freunde. Dann könnte es ein einigermaßen kurzweiliger Abend werden. Seine Tante war zwar anwesend, aber die würde von ihren Freundinnen in Beschlag genommen werden. Ab und zu würde Benedict tanzen, und damit hatte es sich.

Als seine Tante endlich aufgebrochen war, schickte Benedict einen seiner Dienstboten los, um seine Verabredung abzusagen, dann ging er in den Stall, ließ sein Pferd Saphir satteln und aufzäumen und ritt aus. Saphir, einen arabischen Vollbluthengst, hatte er erst vor wenigen Monaten erworben, und als nun das Tier im Schritt durch die Straßen ging, nervenstark und in kraftvoller Eleganz, fühlte er sich darin bestätigt, dass sich diese nicht gerade geringe Ausgabe in jeder Hinsicht gelohnt hatte. In drei Stunden würde es dunkel werden, Grund genug, sich zu beeilen, wenn er den Ritt durch den Prater noch auskosten wollte. Sobald sich die Möglichkeit bot, ließ er das Tier antraben und fiel schließlich in einen raumgreifenden Galopp. Der Wind war so kalt, dass ihm die Augen tränten, aber Benedict trieb den Hengst in einen schärferen Galopp. Die frostige Kälte biss ihm in die Wangen, brannte wie Nadelstiche. Aber er hielt erst inne, als er auf dem Weg eine Reiterin auf einem Rappen bemerkte.

Keinesfalls wollte er von hinten an ihr vorbeipreschen und damit ihr Pferd erschrecken. Allerdings war das müßig, denn ihr Pferd warf bereits den Kopf hoch, wirkte aufgeregt. Die Reiterin wandte sich um und reagierte prompt, indem sie die Stute an den kürzeren Zügel nahm, in Schritt verfiel und schließlich stehen blieb, damit er an ihr vorbeikonnte.

»Ruhig, Ophélie«, sagte sie und machte sanfte, beruhigende Laute. Das Pferd jedoch warf den Kopf hoch und stieg sogar leicht.

Saphir legte die Ohren an und schnappte nach ihr.

»Offenbar können unsere Pferde sich nicht ausstehen«, sagte Benedict und nahm Saphir nun auch an den kürzeren Zügel.

»Ganz so sieht es aus.«

»Dann halten wir uns lieber nicht mit Höflichkeiten auf.« Benedict neigte grüßend den Kopf und ließ Saphir in einen schnellen Trab fallen, um rasch an der Reiterin vorbei zu sein. Er klopfte seinem Pferd den Hals. »Was war das denn, hm? Wolltest du nicht, dass ich meine Aufmerksamkeit womöglich jemand anderem widme als dir?«

Saphir warf den Kopf hoch, als könnte er verstehen, was Benedict sagte. »Also gut, mein Junge. Gefahr gebannt, ich gehöre wieder ganz und gar dir.« Er ließ das Pferd angaloppieren und genoss es, durch den Wald zu reiten. Als es Zeit wurde, heimzukehren, waren außer ihm nur noch wenige Menschen unterwegs. Der eine oder andere Reiter begegnete ihm, aber niemand, den er kannte.

Es war schon beinahe dunkel, als er daheim ankam. Die Dämmerung hatte nicht lange gedauert bei dem diesigen Wetter, und Benedict war ordentlich durchgefroren.

»Soll das Abendessen angerichtet werden, Herr Graf?«, fragte sein Hausdiener, als er die Eingangshalle betrat.

»Ja, bitte, Peter.« Er übergab Mantel, Handschuhe und Pelzmütze seinem Kammerdiener und ging ins Esszimmer. Im ersten Moment hatte die Wärme gutgetan, aber jetzt war es ihm bald zu heiß, und er löste das Halstuch und lockerte seinen Kragen, entschied dann, auch noch die Ärmel aufzukrempeln. Es war niemand außer ihm da, für Etikette bestand kein Anlass. Nach dem Essen kleidete er sich um und hatte dennoch ausreichend Zeit, noch ein Buch zu lesen, ehe seine Tante um fünf vor acht eintraf.

»Wie ich sehe, bist du vorzeigbar.«

»Angesichts dessen, dass ich in dieser Uniform den kaiserlichen Hof repräsentiere, will ich das doch hoffen.«

»Sei nicht immer so impertinent.«

»Nehmen wir meine Kutsche?«, fragte er.

»Gewiss. Ich habe bereits einspannen lassen.«

Sie verließen das Haus, und in der Tat stand auf der Straße vor dem Palais bereits Benedicts Zweispänner, vor den zwei Goldfüchse gespannt waren. Weil Kutschen auch repräsentativen Zwecken dienten, wurden Pferde ebenfalls nach diesen Kriterien ausgesucht. Die Goldfüchse hatte Benedicts Vater noch gekauft, kurz vor seinem Tod.

Die Kutsche fuhr durch die in abendlicher Dunkelheit daliegenden Wiener Straßen. Ins Rattern der Kutschenräder mischte sich das Geklapper der Pferdehufe – Geräusche, die Benedict schon als Kind geliebt hatte. Er lehnte sich zurück und hing seinen Gedanken nach. Glücklicherweise fühlte sich Ludwina nicht bemüßigt, ihn mit weiteren Vorhaltungen zu behelligen. Sie saß ebenfalls schweigend da, bis die Kutsche vor dem hell erleuchteten Palais der Fürstin hielt. Benedict stieg aus und wandte sich um, um seiner Tante aus der Kutsche zu helfen. Sie strich ihr Kleid glatt, ehe sie ihre Hand auf seinen höflich dargebotenen Arm legte.

»Warte kurz.« Sie zog etwas hervor, das wie eine kleine Epistel aussah, und steckte es ihm in die Brusttasche.

»Was ist das?«

»Lies es später in Ruhe durch und präge dir die Namen ein. Es sind die Damen, die in die engere Auswahl kommen.«

Benedict kam nicht dazu, zu antworten, denn sie strebte bereits auf den Eingang zu, der von zwei Bediensteten flankiert wurde. Weitere Gäste trafen ein, elegant gekleidete Damen und Herren der höheren Gesellschaft, lachend, plaudernd und in sichtlicher Vorfreude auf den Ball. Rasch ging Benedict weiter. Ihm stand nicht der Sinn danach, von Bekannten in ein Gespräch verwickelt zu werden.

An der Tür zeigten sie ihre Einladungen vor und wurden eingelassen. Der Eingangsbereich präsentierte sich in goldfarbenem Marmor, auf den die Kristalllüster funkelnde Reflexe warfen. Die Gastgeber hatten Aufstellung genommen, und sie flanierten an ihnen vorüber, wurden willkommen geheißen, hier und da wurde noch ein Wort gewechselt, je nachdem, wie gut man bekannt war. Als die Reihe an Benedict und Ludwina war, umfasste die Fürstin von Gladig die Hand seiner Tante. »Gräfin von Böhm, wie reizend. Ich freue mich sehr, dass Sie kommen konnten. Graf von Breling, wunderbar, dass Sie es einrichten konnten.«

»Es ist mir eine Freude und ein großes Vergnügen«, gab er die einzig mögliche Antwort. Dann gingen sie die Treppe hoch in den großen Ballsaal. Die Szenerie wurde von leisem Geigenspiel untermalt, denn noch wurde nicht zum Tanz aufgespielt. Das Stimmengewirr lag wie ein leises Summen über dem Saal, durchmischt von Lachen, dem Rascheln seidener Kleider und dem zarten Klingen von Gläsern, die aneinanderstießen. Benedict ließ seinen Blick durch den Saal schweifen, hoffte, einen seiner Freunde zu entdecken.

Eine Frau ging an ihm vorbei, überaus hübsch mit dunklem Haar, einem hingerissenen Lächeln auf den Lippen, während sie sich umsah. Ihre Blicke trafen sich, und sie neigte in höflichem Gruß den Kopf, was er erwiderte. Sie kam ihm bekannt vor. War es die Reiterin aus dem Prater? Nein, die hatte graue Augen gehabt, die Augen dieser jungen Frau waren dunkelbraun. Zudem war kein Zeichen des Erkennens darin zu bemerken. Aber diese Ähnlichkeit.

»Starr sie nicht so an, die kommt nicht infrage.«

»Ach was?«

»Die Familie ist neu in Wien. Grafengeschlecht aus Bayern, Hochadel zwar, aber verarmt und so unbedeutend, dass ich mir nicht einmal den Namen gemerkt habe. Kein Sohn, dafür vier Töchter, und jede von ihnen vermutlich auf der Suche nach einer guten Partie. Sollen sich andere erbarmen.«

5

»Bald kann ich Ophélie wieder selbst reiten«, sagte Charlotte, während sie auf dem Sofa lag und kandierte Orangenspalten aß. »Es tut mir leid, dass sie dich bei deinem letzten Ausritt wohl etwas überfordert hat.«

»Sie hat mich nicht überfordert, sie war lediglich etwas unruhig, als ein anderer Reiter vorbeiritt.«

»Na ja, also bei mir macht sie das nie.«

»Weil du immer so wild reitest, dass du es ohnehin nicht merken würdest.«

»Sie braucht Bewegung, da reicht es nicht, wenn du sie im Schritt durch die Gegend schlurfen lässt.«

»Ich kann reiten, weißt du. Ich konnte es schon, als du noch Windeln getragen hast.«

»Ja, du reitest in der Tat sehr damenhaft.« Es klang nicht nach einem Kompliment, aber Antonia war es leid.

»Dann reite sie doch einfach selbst. Oder frag Moritz, der bewegt sie sicher gerne für dich.«

»Ich lasse keinen Fremden auf mein Pferd. Da ist mir lieber, du reitest sie, das ist das kleinere Übel.«

Bernadette, die Antonia gegenübersaß, schüttelte den Kopf. Es war müßig, diese Diskussion weiterzuführen, das wusste Antonia, aber Charlottes Art konnte einen rasend machen.

»Ich habe auch noch ein eigenes Pferd, das ich bewegen muss. Elisée ist heute deutlich zu kurz gekommen.«

»Dann frag Moritz doch, ob er sie reitet.«

Langsam zählte Antonia innerlich von zwanzig abwärts.

»Charlotte, es reicht jetzt«, sagte Bernadette.

»Für mein Pferd war ihr der Stallbursche doch auch gut genug.«

Es war die erzwungene Ruhe, die Charlotte so gereizt sein ließ, das wusste Antonia. Sie konnte einen auch bei anderen Gelegenheiten zur Weißglut bringen, aber jetzt gerade war es besonders schlimm.

»Willst du wirklich nicht mit auf den Ball?«, fragte Bernadette an Antonia gewandt.

»Nein, mir ist überhaupt nicht danach.«

»Ich kann ja *leider* nicht«, sagte Charlotte und öffnete die Schachtel mit den Pralinen. »Und ich hoffe, daran ändert sich vorläufig nichts.«

»Willst du nicht wieder reiten?«, fragte Bernadette.

»Doch, ich sage dann einfach, beim Tanzen schmerzt es durch diese seltsamen Bewegungen immer noch.«

»Na, dann viel Glück.« Bernadette wollte nach den Pralinen greifen, aber Charlotte zog sie weg, suchte noch zwei heraus und gab sie ihr dann.

»Du hast alle mit Nougat genommen«, beschwerte Bernadette sich.

Antonia sah in der Spiegelung des Fensters, dass ihre Mutter hereinkam und Bernadette die Schachtel aus der Hand nahm. »Wie viel Schokolade stopfst du denn in dich hinein? Willst du nicht mehr in dein Kleid passen? Und dann auch noch alle mit Nougat? Ist es zu viel verlangt, an andere zu denken?« Sie wandte sich an Charlotte. »Liebes, wie geht es dir?«

Weil Charlotte den Mund voll hatte, brachte sie nur einen herzerweichenden Augenaufschlag zustande, was ihrer Mutter offenbar Antwort genug war, denn sie strich ihr liebevoll über die Wange. Ein kühler Blick streifte Antonia, ehe sie sich wieder an Bernadette wandte. »Es wird Zeit, dich umzukleiden. Ich benötige die Zofendienste des Stubenmädchens, aber gewiss wird dir Antonia zur Hand gehen. Sie möchte ja lieber hierbleiben.«

»Ich sagte, mir ist nicht gut. Sollen die Leute denken, ich sei kränklich?«, fragte Antonia.

»Nein, natürlich nicht«, antwortete ihre Mutter und verließ den Salon.

Antonia begleitete ihre Schwester nach oben in ihr gemeinsames Ankleidezimmer und half ihr aus dem Kleid. Die Einladung hatte Mechthild von Rechberg ihnen kurzfristig verschafft, und ihre Mutter hatte ihr Glück kaum fassen können. Auch Bernadette war außer sich vor Freude gewesen, als die Einladung zugestellt worden war. Nur Antonia teilte die

Begeisterung nicht. Es war nicht so, dass sie ungern tanzte – nein, das ganz gewiss nicht. In München hatte sie Bälle und Feierlichkeiten geliebt, aber nun war sie außerstande, Begeisterung zu heucheln oder auch nur einen schwachen Abglanz von Freude. Sie hatte so viel Angst, und sie konnte mit niemandem darüber sprechen.

Während sie das Korsett schnürte und ihrer Schwester in das Kleid half, fragte sie sich, was sie nun tun sollte. Immerhin musste sie auf niemanden aufpassen. Charlotte lag missgelaunt auf dem Sofa, Desirée saß in hingebungsvollem Entzücken über ein paar Büchern aus dem Palast in der Bibliothek – dem Herrenzimmer –, und Bernadette war in der Gesellschaft ihrer Eltern auf einem Ball. Antonia konnte einfach zu Bett gehen und mit diesem Tag abschließen. Sie hakte Bernadettes Kleid zu, froh darüber, dass ihre Schwester ihr kein Gespräch aufnötigte. Sie dachte vermutlich, dass ihr Schweigen und die Weigerung, auf den Ball zu gehen, ihren Grund in der Trauer um Arvid hatten. Das mochte zu einem gewissen Grad sogar so sein, sie hatte ihn wirklich gerngehabt. Aber wäre dieser Brief nicht gekommen, hätte Antonia möglicherweise Ablenkung auf dem Ball gesucht, dankbar dafür, den Grübeleien eine Weile entkommen zu können.

»Welchen Schmuck trägst du?«, fragte sie.

»Die Smaragde.«

Bernadette setzte sich vor den Frisiertisch, und Antonia löste die Haarnadeln, um die lockige Fülle erneut aufzustecken. Wenn man ihr so nahe war, konnte man die kleine Narbe über dem Ohr direkt am Haaransatz erkennen, wo einer der Vögel, die sie in München gehalten hatten, sie einmal gekratzt hatte. Sorgsam steckte Antonia Strähne für Strähne auf, zupfte ein paar kleine Löckchen hervor, sodass sie wie zufällig Bernadettes Gesicht umspielten.

»So, ich denke, du bist vorzeigbar.«

»Vielen Dank.« Bernadette erhob sich und drehte sich einmal um die eigene Achse. Dann drückte sie sanft Antonias Hand und gab ihr einen schwesterlichen Kuss auf die Wange. »Bis morgen. Gute Nacht, schlaf gut.«

»Bis morgen. Amüsier dich.«

»Das werde ich.« Bernadette strahlte und verließ den Raum in Richtung ihres Zimmers. Kurz darauf hörte Antonia die Tür und im nächsten Moment Schritte im Korridor. Sie ging in ihr Schlafzimmer, ließ sich auf dem Bett nieder und seufzte. Hätte sie weinen können, wäre es vielleicht ein wenig erträglicher gewesen, aber nicht einmal das war ihr möglich. Sie zog den Zettel hervor, den sie im Laufe der letzten Woche so viele Male gelesen hatte. *Ach, du dummes Kind.* Sie schloss die Augen, faltete den Zettel zusammen und schob ihn in die Schublade ihres Nachtschränkchens.

Es half alles nichts, sie musste es irgendwie durchstehen und hoffen, dass es nur eine leere Drohung war, um ihr Angst einzujagen. Jemand musste sie gesehen haben, als sie Arvid in der Gasse abgeladen hatten. Das erklärte nicht, wie der Brief in den Stall gelangt war, aber da gab es Mittel und Wege. Vielleicht bereitete die Person eine Erpressung vor, indem sie ihr zunächst Angst einjagte. Ja, das musste es sein. Wenn niemand in Gefahr war und die Person sie einfach nur erpressen wollte – das wäre schlimm, aber wie sollte die Person etwas beweisen? Antonia würde sich dergleichen Unterstellungen empört verbitten. Ihre Eltern würden davon erfahren, das wäre nicht zu vermeiden, aber darüber wollte Antonia sich erst bekümmern, wenn es so weit war.

Sie verließ ihr Zimmer noch einmal, um Charlotte und Desirée eine gute Nacht zu wünschen, und ging zu Bett. Obwohl sie sich hin und her wälzte, dämmerte sie irgendwann doch weg. Einmal wurde sie wach, weil jemand eine Tür zu laut ins Schloss zog, aber sie schlief direkt wieder ein. Das nächste Mal wurde sie wach, weil sie an den Schultern gerüttelt wurde und eine panische Stimme ihren Namen flüsterte.

Mühsam kämpfte Antonia sich aus den Tiefen des Schlafes hinauf. »Bernadette.« Ihre Stimme klang heiser, und sie räusperte sich. »Was ist denn passiert?«

»Es ist furchtbar.« Bernadettes Flüstern ging in ein Aufschluchzen über, und augenblicklich war jede Müdigkeit verflogen, und Antonia richtete sich auf. »Ist jemand verunglückt?« Erst dachte sie an ihre Eltern, aber denen hatte die Drohung nicht gegolten. Bernadette schluchzte erneut auf, und Antonia schwang die Beine aus dem Bett. Desirée. Sie hatte die Kleine in der Bibliothek gelassen, ganz allein, und war zu Bett gegangen. Die Person, die den Brief im Stall versteckt hatte, hatte den Moment genutzt. Rasch erhob Antonia sich, und ihr wurde schwarz vor Augen, sodass sie sich wieder setzen musste.

»Wo willst du denn hin?«, fragte Bernadette, und im nächsten Moment wurde das Licht neben dem Bett aufgedreht, und Antonia hob geblendet die Hand vor die Augen. Als sich ihre

Augen blinzelnd an die Helligkeit gewöhnt hatten, bemerkte sie, dass ihre Schwester ihr etwas hinhielt. Ein diamantenbesetztes Armband, auf dem Rubine und Smaragde funkelten. Es musste ein Vermögen wert sein. Hatte die Person, die Desirée etwas angetan hatte, es verloren?

»Was ...«

»Das gehört der Fürstin von Gladig.« Wieder schluchzte Bernadette auf. »Antonia, ich glaube, jemand hasst mich und will mich gesellschaftlich ruinieren.«

Es brauchte einen Moment, ehe Antonia verstand. »Es geht nicht um Desirée?«

Jetzt war es an Bernadette, verwirrt dreinzuschauen. »Desirée? Die war doch gar nicht mit. *Ich* bin es, die ruiniert werden soll. Wie kommst du denn auf Desirée? Siehst du das nicht?« Wieder hielt sie das Armband hoch, dann brach sie in Tränen aus. »Grundgütiger, was mache ich denn jetzt?«

Die Erleichterung ließ Antonia fast schwindlig werden, und sie atmete langsam aus. »Was ist denn jetzt genau passiert?«

»Zunächst war der Ball wunderbar, ich habe getanzt und hatte Spaß. Mechthild von Rechberg war nicht persönlich vor Ort, aber ich habe trotzdem viele Kontakte knüpfen können. Na ja, wie das eben so ist, wenn man ...«

»Ja, ich weiß, wie das ist. Komm zum Punkt.« Antonia bereute ihren Tonfall sogleich, aber ihre Schwester schien es ihr nicht übel zu nehmen.

»Also, wie gesagt, erst war alles normal. Dann ging auf einmal das Gerücht um, die Fürstin sei bestohlen worden. Ein kostbares Armband war ihr abhandengekommen. Eben noch hatte sie es nach dem Tragen auf ihrem Toilettentisch abgelegt, im nächsten Moment war es fort.«

»Das Armband, das du in der Hand hältst?«

»Ja, davon spreche ich doch die ganze Zeit.«

»Du hast doch nicht ...«

»Natürlich nicht! Bist du toll? Das ist es ja gerade!« Bernadette tat einen hastigen Atemzug, als müsse sie sich selbst zur Ruhe rufen. »Nach dem Ball habe ich meinen Mantel angezogen, und dann ist es aus dem Ärmel gefallen, als hätte es darin festgesteckt. Wie durch ein Wunder hat niemand es bemerkt. Der Diener, der mir den Mantel gereicht hat, war abgelenkt, weil jemandem ein Teller heruntergefallen ist. Erst dachte ich, die Frau, die neben Mama stand, hätte es bemerkt, aber sie sieht wohl nicht gut. Kannst du dir vorstellen, was passiert wäre, hätte jemand es gesehen?« Bernadettes Hand, die das Armband hielt, zitterte leicht, und sie warf das Schmuckstück aufs Bett, als könne sie die Sache damit gleichsam von sich abschütteln. Dann barg sie die Hand in ihrem Kleid. »Was mache ich denn jetzt? Wer tut mir so etwas an?«

Antonias Herz raste, und sie presste sich die Hände auf die Brust, als könnte sie es damit beruhigen. Es ist alles meine Schuld, dachte sie, dann formte sie es mit den Lippen.

»Was soll denn daran deine Schuld sein? Du warst doch nicht einmal dabei.«

Und nun kamen endlich die Tränen, um die Antonia seit Tagen rang. Sie warf sich auf ihr Bett, barg das Gesicht in dem Kissen und weinte und weinte. Bernadettes Hand strich ihr durch das Haar, und sie hörte die sanfte und gleichzeitig beunruhigte Stimme ihrer Schwester durch das Dröhnen in ihren Ohren. »Was ist denn, Antonia? Willst du es mir nicht erzählen? Du machst mir Angst.«

Schließlich richtete Antonia sich auf, wischte sich über die Augen und schniefte. Sie suchte nach einem Taschentuch, putzte sich die Nase und brauchte einen Moment, um sich zu sammeln. Und dann erzählte sie Bernadette die ganze Geschichte, angefangen damit, wie Arvid sie gefragt hatte, ob sie die Nacht gemeinsam ausklingen lassen sollten, bis zu dem Moment, in dem ihr Umzug beschlossen worden war. Bernadettes Augen weiteten sich in stummem Entsetzen. Zum Schluss nahm Antonia den Brief aus ihrem Nachtschränkchen und reichte ihn ihr. Bernadette faltete ihn auseinander und las. Als sie ihn zusammenfaltete, hatte sie wieder Tränen in den Augen. »Und das hast du die ganze Zeit allein mit dir herumgetragen?«

Antonia nickte.

»Wissen Mama und Papa von dem Brief?«

»Nein. Sie sind ohnehin schon so wütend auf mich, und wenn ich ihnen jetzt erzähle, dass diese Sache mich verfolgt und jetzt auch noch meine Schwestern durch meine Schuld in Gefahr sind ...«

»Es war, verdammt noch mal, nicht deine Schuld, sondern ein Unfall!« Bernadettes Augen waren ganz dunkel vor Wut. »Und ich kann Mama und Papa einfach nicht verstehen. Mit wie viel Kälte sie dich behandeln seither.«

»Sie denken, dass all das nicht passiert wäre, hätte ich nicht so ... leichtfertig gehandelt. Und natürlich machen sie sich Sorgen um euch. Dann der Umzug ...«

»Dennoch bist du ihre Tochter, sie hätten zu dir halten und dich trösten müssen. Und sie sollten Gott auf Knien danken, dass dir nichts passiert ist, immerhin hättest du mit ihm abstürzen können. Oder die Balustrade wäre gebrochen, wenn eine von uns sich darangelehnt hätte. Ganz abgesehen davon, dass es schändlich war, wie sie mit Arvid verfahren sind.«

Antonia kamen wieder die Tränen, und sie atmete tief durch, um nicht aufzuschluchzen. Es war so erleichternd, es endlich erzählen zu können. »Ich dachte, du bist mir böse, wenn du es erfährst.«

Verwirrt starrte Bernadette sie an. »Dir böse? Warum?«

»Weil wir meinetwegen München verlassen haben.«

»Hätte ich gewusst, was der Grund dafür ist, hätte ich es verstanden. Natürlich wäre ich traurig gewesen, München zu verlassen. Aber du bist mir wichtiger als der bayerische Königshof. Warum wollten sie überhaupt so überstürzt weg? Ich meine, wenn sie denken, jemand könnte einen Verdacht haben, dann ist so ein Aufbruch ja noch verdächtiger.«

»Dass uns jemand beobachtet hat, befürchten sie gar nicht. Um diese Zeit hätte uns nur noch zwielichtiges Gesindel sehen können. Die hätten uns mitnichten erkannt, und selbst wenn sie uns hätten beschreiben können – niemand hätte das ernsthaft geglaubt. Sie hatten vielmehr Angst, dass ich mich verrate. Jemand könnte mitbekommen haben, wie wir miteinander angebandelt haben. Und sie dachten, wenn man mich darauf anspricht, würde ich durch meine Reaktion vermutlich zeigen, dass ich ... dass wir ...« Sie zögerte. »Du hast ja auch bemerkt, dass er mir gefallen hat.«

»Ich bin deine Schwester, ich habe das schon lange geahnt. Aber du hast natürlich recht, es ist nicht abwegig, dass jemand bemerkt hat, wie nahe ihr euch am Abend seines Todes gekommen seid. Und wenn dann Fragen gestellt werden … Ich kann schon verstehen, dass Mama und Papa dich in Sicherheit bringen wollten, und damit auch sich selbst und uns. Was ich nicht verstehe, ist, dass sie dir die Schuld an allem geben.«

»An seinem Tod direkt nicht, aber daran, dass ich mich mit ihm eingelassen habe. Andernfalls wäre das alles nie passiert.«

Bernadette drehte das Armband zwischen den Fingern und krauste nachdenklich die Stirn. »Wie auch immer, wir brauchen jetzt erst einmal für das Armband eine Lösung.«

»Wir könnten es fortwerfen. Im Prater oder so.«

»Ich weiß nicht, ob ich mich das traue. Was, wenn uns jemand beobachtet? Ich meine, die Person, die mir das Armband auf der Feier zugesteckt hat, muss hohen Ranges sein. Der Brief klingt ja auch eher nach jemandem, der uns gleichrangig ist.«

»Das habe ich auch schon gedacht. Wir sollten die Möglichkeit, dass es ein Dienstbote getan haben könnte, aber nicht gänzlich außen vor lassen. Vielleicht ist jemand einfach nur gewieft und will uns auf diese Weise täuschen.«

»Das bringt uns in der Frage, wie wir mit dem Schmuckstück verfahren, nicht weiter. Die Person, die es mir zugesteckt hat, wird vermuten, dass ich es mit nach Hause genommen habe. Und sie wird ahnen, dass ich es loswerden möchte. Gewiss lässt sie mich nicht aus den Augen. Oder sie sorgt dafür, dass es hier bei mir gefunden wird.«

Antonia nahm ihr den Schmuck aus der Hand. »Wir müssen es an einem Ort ablegen, auf den niemand kommt.«

»Und welcher sollte das sein?«

»Die Räumlichkeiten der Fürstin von Gladig.«

Bernadette starrte sie an. »Bist du toll? Wie sollen wir das anstellen? Durch ihr Fenster steigen?«

»Natürlich nicht. Wir müssen zusehen, dass wir bald wieder in ihr Haus eingeladen werden. Meinst du, wir kriegen das irgendwie bewerkstelligt?«

»Ich wüsste nicht, wie. Ich habe kein einziges längeres Gespräch mit ihr geführt, und überhaupt wirkte sie nicht besonders interessiert an uns.«

Antonia überlegte. »In diesen Häusern finden doch ständig Feiern statt. Wir müssen nur irgendwie an eine Einladung gelangen. Ich glaube, ich habe eine Idee. Geh jetzt ins Bett, ich kümmere mich darum.«

»Du spinnst wohl«, sagte Charlotte, als Antonia sie vor dem Frühstück in ihrem Zimmer aufsuchte. »Ich bin froh, dass ich nicht dabei sein musste, und jetzt soll ich diese Rechberg auch noch um eine Einladung bitten?«

»Ganz recht. Appellier an ihr schlechtes Gewissen. Ihretwegen bist du gestürzt, und jetzt konntest du nicht mal an dem ersten Ball teilnehmen. Du hast so viel Schönes gehört und würdest so gerne an der nächsten Feierlichkeit im Palais der Fürstin teilnehmen. Daher bittest du sie darum, dir eine neue Einladung zukommen zu lassen.«

Charlotte starrte sie an. »Bist du angetrunken?«

»Es ist mein Ernst.«

»Oder du bist schlicht verrückt geworden.«

»Bitte, Charlotte.«

»Kriege ich dafür dein Zimmer?«

Antonia zögerte. »Wenn es unbedingt sein muss.«

Jetzt sprang Charlotte vom Bett auf – erstaunlich behände dafür, dass sie am Vorabend noch zu starke Schmerzen gehabt hatte, um auf den Ball gehen zu können. »Ich sage Mama, sie soll den Arzt rufen. Annegret von Heisterbach sagte, ihr Großonkel sei, ehe er gestorben ist, auch seltsam gewesen und habe wirres Zeug von sich gegeben.«

»Der Mann war dreiundneunzig. Mir geht es bestens. Ich möchte nur einfach gerne hin.«

»Dann frag sie doch selbst.«

»Mir gegenüber hat sie kein schlechtes Gewissen, es wäre zutiefst ungehörig.«

»Und dass es mir unangenehm sein könnte, eine Einladung einzufordern, auf den Gedanken kommst du nicht?«

»Ehrlich gesagt – nein.«

Charlotte ließ sich wieder auf ihr Bett sinken. »Das mit dem Zimmertausch können wir Mama und Papa nicht einleuchtend erklären. Also bist du mir einen anderen Gefallen schuldig.«

»Ist gut.«

Mit skeptisch verengten Augen betrachtete Charlotte sie. »Du nimmst ja viel auf dich, um auf einen Ball eingeladen zu werden, zu dem du gestern hättest gehen können und nicht gehen wolltest.«

»Bernadette hat mich davon überzeugt, dass ich unbedingt hinmuss. Es waren so viele reizende junge Männer dort.«

»Ah, daher weht der Wind. Du hast Sorge, dass du nicht direkt den Nächsten an der Angel hast.«

»Den Nächsten?«

»Nach Arvid von Bentheim, dem armen Kerl. War ja nicht zu übersehen, dass er dir gefällt.«

Antonia wurde ganz kalt, und sie hoffte, Charlotte sah ihr nicht an, wie erschrocken sie war. War es so offensichtlich gewesen?

»Also gut.«

»Und was soll ich dafür tun?«

»Ich komme darauf zurück.«

»Vielen Dank.«

Charlotte zuckte mit den Schultern und widmete sich ihrem Buch. »Ab heute reite ich Ophélie wieder selbst.«

»Und wenn Mama dich fragt, warum du dann gestern nicht mitgegangen bist?«

»Dann sage ich, ich sei über Nacht wundersam genesen. Wenn ich ohnehin auf einen Ball muss, kann ich mir die Scharade auch sparen und mein normales Leben aufnehmen. Außerdem möchte ich mein Pferd wieder selbst reiten.«

Umso besser, Antonia war es ohnehin zu viel gewesen, immer zwei Pferde zu bewegen, wenngleich sie gerne ritt. Sie ging zu Bernadette, die im Ankleidezimmer die Auswahl für ihre Garderobe traf. »Wir bekommen eine erneute Einladung, wenn alles gut läuft.«

»Wie hast du das hinbekommen?«

»Ich habe Charlotte überredet, sich an die Rechberg zu wenden, damit sie uns neue Einladungen zukommen lässt.«

Bernadettes Augen weiteten sich. »Und darauf hat Charlotte sich eingelassen?«

»Ja. Ich bin ihr dafür einen Gefallen schuldig.«

»Ach je.« Bernadette löste den Gürtel von ihrem Morgenmantel. »Ich hoffe, es wird nicht allzu arg.«

»Das hoffe ich auch.«

Bernadette ließ den Morgenmantel von den Schultern gleiten und zog ihr Nachthemd aus. Nachdem sie sich gewaschen hatte, zog sie sich ihre Wäsche an und ließ sich von Antonia das Korsett über dem Hemdchen schnüren. Danach wählte sie ein zartgelbes Tageskleid, und Antonia frisierte ihr das Haar zu einer schlichten Aufsteckfrisur. Nun war Antonia an der Reihe. Sie entschied sich für Cremeweiß mit Streublumenmuster und Brüsseler Spitze.

Ehe sie zum Frühstück gingen, überlegten sie, wo sie das Armband verstecken sollten. »In unseren privaten Räumen würde man es vermutlich zuerst suchen«, sagte Antonia.

»Wen hast du eigentlich im Verdacht?«

»Hier bei uns? Erst hatte ich an Moritz gedacht, aber so richtig kann ich mir das nicht vorstellen. Ich meine, wie sollte denn ein einfacher Stallbursche solche Kontakte haben?«

Bernadette krauste die Stirn. »Fabian vielleicht?«

»Den uns Großtante Elinor als Aufpasser geschickt hat?«

»Er wirkt so gar nicht wie ein Dienstbote, und vermutlich kennt er die Hintergründe.«

»Aber warum sollte er das tun?« Antonia öffnete die Tür und sah hinaus in den Korridor, um mögliche Lauscher auszumachen, ehe sie hinaustraten.

»Ich weiß momentan nicht, warum überhaupt jemand das alles tun sollte. Aber er erscheint mir am wahrscheinlichsten.« Bernadette hatte die Stimme gesenkt. »Komm, ich habe eine Idee.«

Sie verließen das Ankleidezimmer und gingen die Treppe hinab. Es war so eiskalt in der Halle, dass Antonia fröstelnd die Schultern hochzog. Sie öffnete die Tür zur Bibliothek, in der zu ihrem Erstaunen bereits der Kamin angefacht worden war. Dann bemerkte sie ihren Vater, der am Schreibtisch saß und ungehalten aufblickte.

»Ist mein Salon ein öffentlicher Durchgangsort?«

»Das Herrenzimmer ist doch unsere Bibliothek, Papa«, antwortete Bernadette.

Missgelaunt runzelte er die Stirn. »Ich habe Korrespondenzen zu erledigen. Es reicht mir vollkommen, dass Desirée den Raum ständig vereinnahmt, als sei es ihr privater Salon, jetzt müsst nicht auch noch ihr ihn am Vormittag mit Beschlag belegen.«

Es war sinnlos, zu diskutieren, und unter den Blicken ihres Vaters konnten sie das Armband ohnehin nicht verstecken.

»Und jetzt?«, fragte Bernadette.

Antonia blickte auf und bemerkte Fabian, der gerade in die Halle trat und sie ansah. »Wir gehen frühstücken«, sagte sie zu ihrer Schwester. Um das Armband würde sie sich später kümmern.

6

Antonia

Weihnachten im neuen Haus war eine recht eintönige Angelegenheit gewesen. Obwohl ihre Eltern versucht hatten, Stimmung in die ganze Angelegenheit zu bringen, war es doch nicht dasselbe wie in München gewesen. Sie waren zur Christmette gegangen, hatten einander beschenkt – angesichts ihrer Mittel in bescheidenem Maße – und gut gegessen. Aber das Drumherum fehlte, die Besuche, die Feierlichkeiten, zu denen man geladen war. Weihnachtsbälle, Zusammenkünfte und all die Freunde und Bekannten, die man in der Kirche traf. Hier waren sie komplett isoliert.

Was bei ihren Eltern jedoch für freudige Erregung sorgte, war die Einladung ins Haus der Fürstin von Gladig zum Silvesterball am kommenden Abend. Wenige Tage, nachdem Antonia Charlotte um den Gefallen gebeten hatte, war die Einladung eingetroffen.

»Unsere Bernadette muss Eindruck gemacht haben«, sagte ihre Mutter, als sie am einunddreißigsten Dezember beim Frühstück saßen.

»Also es ist jetzt nicht so, als hätte ich nicht als geistreicher Unterhalter geglänzt«, wandte ihr Vater ein. »Meine Geschichte, wie ich …«

»Ja, natürlich«, schnitt seine Frau ihm das Wort ab. »Ich bin mir sicher, daher rennen uns deine neuen Bekanntschaften hier auch die Tür ein.«

Das war selbst Antonia zu hart, und Desirée, die ihrem Vater nahestand, biss sich auf die Unterlippe. Aber falls Ursula von Althenau das betretene Schweigen auffiel, ließ sie es sich nicht anmerken. »Nun, wie auch immer. Ich bin glücklich, dass nun nicht nur Bernadette die Möglichkeit hat, auf dem Ball zu glänzen, sondern auch Antonia und Charlotte.«

Letztgenannte verdrehte die Augen, widersprach aber nicht. Aus dieser Sache kam sie nicht mehr raus, das war ihr klar, und der Blick, den sie Antonia zuwarf, sprach Bände. Antonia schenkte ihr ein Lächeln, das Charlotte mit einem Schulterzucken erwiderte, ehe sie sich ihrem Frühstück zuwandte. Immerhin bestand nicht die Notwendigkeit, jetzt umgehend eine Schneiderin zu suchen. Ihre Kleider hatte hier noch niemand gesehen, und sie waren erst zu diesem Winter hin in München abgeändert worden, um der aktuellen Saison zu entsprechen. Ihre Schneiderin in München war eine wahre Meisterin gewesen, die Kleider in raffinierten Details zu verändern, kaum jemand erkannte, dass sie bereits im Vorjahr getragen worden waren.

Unter anderen Umständen hätte Antonia sich unbändig auf den Ball gefreut. Jetzt jedoch konnte sie nur daran denken, wie sie den Schmuck loswurden und was der Briefeschreiber sich danach wohl ausdenken mochte. Dabei tanzte sie für ihr Leben gern, und in der Wiener Hofgesellschaft tat sich eine ganz neue Welt auf. Trotz des tragischen Unfalls hätte Antonia die Zeit irgendwann gewiss genießen können – und vielleicht hätten ihre Eltern ihr den Fehltritt verziehen. Spätestens, wenn sie hier eine gute Partie an Land gezogen hätte. Aber all das erschien ihr auf einmal so furchtbar weit weg, und Antonia wusste nicht, wie sie aus dieser furchtbaren Situation herauskommen sollte.

Das Armband hatte Antonia schlussendlich im Damensalon versteckt. Sie hatte auf dem Sofa in dem Spalt mit den Fingernägeln eine Naht des Bezugs gelöst und das Schmuckstück in das Rosshaarfutter geschoben. Sie hoffte sehr, dass es dort noch war.

Die Zeit bis zum Mittagessen vertrieb sie sich mit einem Ausritt, danach las sie bis zum Nachmittag, ging noch eine kleine Runde spazieren und fand sich schließlich in ihrem Zimmer ein, um sich umzukleiden. Sie halfen sich gegenseitig in ihre Kleider, und die vertrauten Handgriffe hatten etwas Beruhigendes. Antonias Kleid war aus altrosa Brokat. Silberne Fäden waren so raffiniert eingestickt, dass es bei jeder Bewegung schimmerte, und der Rock fiel in Volants. Das Oberteil ließ die Schultern frei und war mit feiner Spitze verziert. Bernadettes Kleid war zartgrün. Der Rock teilte sich vorne und gab den darunterliegenden cremeweißen Unterrock frei.

Ehe sie sich in der Halle einfanden, huschte Antonia in den Damensalon und tastete nach dem Armband. Gottlob, es war noch da. Es war ein gutes Gefühl, dass es offenbar doch möglich war, den Blicken des Briefeschreibers zu entgehen. In ihrer Fantasie hatte sie die Person übergroß werden lassen. Aber kein Mensch konnte seine Augen überall haben. Natürlich wusste Antonia nicht, was die Person sich als Nächstes ausdenken würde, denn sie würde mittlerweile ja gemerkt haben, dass die Intrige fehlgeschlagen war. Antonia verdrängte den Gedanken daran und ging zurück in das Ankleidezimmer, das Armband verborgen in ihrem Handtäschchen.

»Hast du es?«, fragte Bernadette atemlos.

»Ja. Mach dir keine Sorgen, es wird schon alles gut.«

Bernadette wirkte nicht überzeugt, nickte jedoch. Schließlich fanden sie sich in der Halle ein, und kurz darauf erschien die gemietete Kutsche. Desirée durfte als Einzige nicht mit, denn sie war noch nicht in die Gesellschaft eingeführt, und sie schien nicht böse drum zu sein. Antonia war ein bisschen besorgt deswegen, aber sie musste darauf vertrauen, dass niemand ihr etwas antat. Dann dachte sie an Fabian, der ihnen gerade die Tür öffnete und ihnen einen schönen Abend wünschte. Nein, so etwas durfte sie sich nicht vorstellen. Jetzt musste sie an die Aufgabe denken, die vor ihr lag. Desirée war in Sicherheit, daran musste sie glauben.

Die Kutsche rollte durch die abendlichen Straßen Wiens, und weil sie das Geld für eine zweite Kutsche hatten sparen wollen, mussten die Schwestern auf der Bank eng zusammenrücken – soweit das mit ihren ausladenden Kleidern möglich war.

»Du stehst auf meinem Fuß«, schimpfte Charlotte, und Bernadette entschuldigte sich.

»Es ist nur ein kurzes Stück«, sagte ihre Mutter. »So lange werdet ihr euch ja wohl zusammenreißen können.«

Charlotte schnaubte wenig damenhaft, und Bernadette stieß Antonia versehentlich in die Rippen bei dem Versuch, sich bequemer hinzusetzen. Als sie endlich ankamen, stieg ihr Vater aus der Kutsche, half zunächst ihrer Mutter hinaus und dann ihnen. Ursula von Althenau begutachtete sie alle drei der Reihe nach, zupfte hier eine Falte glatt, strich da über einen Rock und war schließlich zufrieden. »Wunderbar seht ihr aus.«

»Dem muss ich beipflichten«, stimmte ihr Vater zu. »Ich glaube, reicher beschenkt betritt niemand heute den Ballsaal.«

»Ach, Papa«, sagte Bernadette und berührte seinen Arm. Antonia fragte sich, ob das bedeutete, dass sie wieder in Gnaden aufgenommen war. Auch Charlotte wirkte berührt und lächelte sogar kurz. Ihre wilden kupferroten Locken hatte Desirée geschickt in einer Frisur gebändigt und so gut festgesteckt, dass selbst der aufkommende kalte Wind, unter dem sie alle fröstelnd zusammenzuckten, keine Strähne herausrupfte.

»So, genug der Gefühlsduseleien«, sagte ihre Mutter, jedoch keineswegs unfreundlich. »Gehen wir hinein.«

Sie betraten das prachtvolle Palais, und Antonia spürte, wie ihr das Herz schneller ging, als sie die Klänge hörten, die aus dem Ballsaal in die Eingangshalle wehten, ganz zart noch, denn es wurde erst später zum Tanz aufgespielt. Sie würde diesen Abend genießen, nahm sie sich vor. Sobald sie das Armband los war, würde sie tanzen, tanzen, tanzen. Wer konnte schon wissen, welche Katastrophe sich als Nächstes anbahnte, da wollte sie das Hier und Jetzt genießen, diesen einen Abend.

Die Fürstin von Gladig war ganz reizend, wirkte aber auch ein klein wenig distanziert. Antonia schien es, als machte sie damit deutlich, dass die Familie von Althenau geladen war, weil sie jemandem einen Gefallen tun wollte. Sie mochten zum bayerischen Hochadel gehören, hier hingegen waren sie ein Niemand ohne repräsentativen Familiensitz und Stellungen bei Hofe. Antonia hoffte zutiefst, dass sich das änderte und sie nicht in diesem gesellschaftlichen Stand verharren mussten. In München waren ihre Mittel auch beschränkt gewesen, aber dort hatten sie es leichter verbergen können.

Der Ballsaal – in Gold und Cremeweiß gehalten – lag in der Beletage. Sie gingen die Treppe hinauf, und Antonia sah sich um, nahm die Atmosphäre feierlicher Eleganz in sich auf. Eine Silvesterfeier im Palais einer Fürstin – gewiss waren hier viele große Namen vertreten. Sie betraten den Ballsaal, und zunächst wirkten sogar ihre Eltern etwas befangen, da es auch für sie schwierig sein musste, in eine Gesellschaft einzutreten, wo einen niemand kannte und niemand sie unter seine Fittiche nahm. Großtante Elinor wollte sich der Sache annehmen, das hatte sie versprochen. Sie wollte sich so bald wie möglich kümmern, wenn sie zurück war von ihrer Reise in die Schweiz.

»Wie wunderbar, Sie zu sehen«, hörte Antonia eine Frauenstimme sagen, und Mechthild von Rechberg kam auf sie zu. Sie warf Charlotte einen kurzen verschwörerischen Blick zu, und Antonia atmete auf. Offenbar hatte sie nicht vor, ihren Eltern zu sagen, dass sie um diese Einladung ersucht worden war.

»Ich kann Ihnen gar nicht sagen, wie sehr wir uns freuen, hier zu sein«, sagte Ursula von Althenau.

»Meine liebe Freundin, die Fürstin, war nur zu gerne gewillt, mir den Gefallen zu tun, Sie erneut einzuladen.«

Das Lächeln ihrer Eltern verblasste ein wenig, und Antonia fragte sich, ob sie sich diesen Unterton nur einbildete, der irgendwie – ja, wie eigentlich? – klang. Herablassend? Oder hatte sie sich schlicht nichts bei dieser Wortwahl gedacht und wollte nur herausstellen, wie gern sie ihnen diesen Gefallen tat?

»Es ist wahrlich ein beeindruckendes Palais«, sagte Antonia. Vom Ballsaal aus führte eine Treppe nach oben zu einer Galerie, und sie wollte zu gern wissen, welche Räume sich dort befanden.

Mechthild von Rechberg lächelte. »Ja, nicht wahr?«

Leider schien sie nicht gewillt, mehr dazu zu sagen, und Antonia musste selbst zusehen, an die Information zu gelangen, wo sich die privaten Räumlichkeiten der Fürstin befanden. Im Stockwerk über ihnen, dessen war sie sich gewiss, aber das Palais war groß, und Antonia konnte nicht in jeden Raum schauen. Während sich ihre Eltern mit Mechthild von Rechberg unterhielten, hakte sich Antonia bei Bernadette ein und schlenderte mit ihr langsam durch den Saal. Beim Büfett trennte sie sich von ihr. Dass man niemanden kannte, konnte man beim Essen und Trinken am leichtesten kaschieren, da wirkte es nicht so bemitleidenswert, wenn man allein herumstand. Charlotte war bei ihren Eltern geblieben, und so konnte Antonia ihre Erkundung in Ruhe beginnen.

Sie machte schon bald einen attraktiven Hausdiener aus, der ein Tablett in der Hand hielt, auf dem langstielige Gläser standen. Antonia ging zu ihm und schenkte ihm ein Lächeln, das ihrer Erfahrung nach anziehend auf Männer wirkte. Es schien seine Wirkung auch jetzt nicht zu verfehlen, denn der junge Mann lächelte zurück, wenngleich er wusste, was sich gehörte, und auf jegliche Art des Kokettierens verzichtete. Vorbildlich, dachte Antonia und ging zu ihm, nahm eines der Gläser und trank einen Schluck, sog die Unterlippe kurz ein und ließ sie los. Die Wirkung war offensichtlich, der junge Mann hatte Feuer gefangen.

»Vielleicht könnten Sie mir kurz behilflich sein«, sagte Antonia mit verschwörerisch gesenkter Stimme.

»Wenn es mir möglich ist, wird es mir ein Vergnügen sein.«

»Ich habe mit meinen Freundinnen immer so eine alberne Wette laufen, dass wir imstande sind zu erraten, was sich in den Räumen über uns befindet. Ich habe bisher jedes Mal verloren, und vielleicht könnten Sie mir helfen?« Sie sah ihn durch die Wimpern hindurch an.

»Hier über dem Ballsaal?«, fragte der junge Mann. »Da sind die persönlichen Empfangsräume der Fürstin.« Er hatte die Stimme ebenfalls verschwörerisch gesenkt. »Ihr Salon und ihr kleines Speisezimmer.«

»Ach, und ich hätte schwören können, es wären die Schlafräume.«

»Da lagen Sie vollkommen falsch. Auf dieser Seite sind die Gästezimmer, die privaten Räume der Fürstin liegen gegenüber.«

Antonia lächelte und stellte das leere Glas zurück. »Haben Sie vielen Dank.«

Der Mann erwiderte das Lächeln, und Antonia kehrte zu Bernadette zurück. »Ich weiß, wo die privaten Räumlichkeiten der Fürstin sind. Sobald es hier richtig losgeht, werde ich hingehen.«

»*Wir* gehen dorthin«, korrigierte Bernadette sie. »Ich lasse dich das nicht allein machen.« Sie nahm ein Glas vom Büfett und trank.

»Ist das schon dein zweites?«

»Ich war nervös beim Warten.«

»Lass es bitte, wir sollten das gleich mit klarem Kopf angehen. Nimm lieber das hier.« Antonia reichte ihr ein Lachshäppchen in Blätterteig.

Sie gingen durch den Saal, und Antonia bemerkte, dass sie durchaus Blicke auf sich zogen. Da sie niemanden kannten, war es schwer, sich irgendwo dazuzugesellen, und Antonia war froh, nicht allein hier zu sein. »Wie hast du das beim letzten Ball gemacht? Warst du da die ganze Zeit mit Mama und Papa zusammen?«

»Anfangs ja, dann hatte ich einige nette Gespräche und habe viel getanzt.«

»Sind Bekannte von dir hier?«

»Ich habe ein paar bekannte Gesichter gesehen, aber es war irgendwie nie so, dass ich das Gefühl hatte, ich könnte mich einfach dazustellen.«

Antonia sah ihre Mutter im Gespräch mit einigen Damen ihres Alters, neben sich eine gelangweilt dreinblickende Charlotte. Vermutlich hatte Mechthild von Rechberg sie miteinander bekannt gemacht. Ihren Vater konnte sie nicht entdecken, aber er hatte ja gesagt, er habe interessante Gespräche geführt beim letzten Ball. Vermutlich kannte er keine Scheu, sich einfach irgendwo dazuzustellen.

»Sieh mal, die schmucken Offiziere«, sagte Bernadette.

Sie sahen in der Tat gut aus mit den weißen Uniformjacken, auf denen goldene Knöpfe prangten sowie die Abzeichen. Die Hosen waren dunkelblau, eine Farbe, die sich in den Ärmelaufschlägen, den Schulterklappen und den hohen, goldumrandeten Kragen wiederfand.

Antonia nickte, und just in dem Augenblick, als sie zu ihnen sahen, blickten einige der Offiziere in ihre Richtung. Nach einem kurzen koketten Lächeln wandte sich Antonia wieder ab und schlenderte mit Bernadette weiter durch den Saal. Als es endlich so weit war, dass zum Tanz aufgespielt wurde, kamen gleich drei Männer auf sie beide zu, und die beiden schnellsten verneigten sich vor ihnen.

»Major Graf Arthur zu Hohenfels«, stellte sich der Mann, der Antonia nun die Hand reichte, vor. »Darf ich bitten?«

Antonia knickste anmutig. »Antonia von Althenau.« Sie nahm seine Hand und ließ sich auf die Tanzfläche führen. Der Auftakt war ein Wiener Walzer, und in Antonias Magen flatterte es wie Schmetterlingsflügel, als sie sich endlich wieder im Tanz durch einen Saal wirbeln ließ.

Die Feier war in vollem Gang, und es war noch eine Stunde bis Mitternacht, als sich Antonia und Bernadette außer Atem am Büfett einfanden. Bernadette fächelte sich Luft zu, und ihre Wangen waren gerötet. »Es könnte ein so herrlicher Abend sein.«

»Den wir nur dank des Armbands haben. Das ist schon verrückt.«

Bernadette seufzte. »Es ist zum Heulen.«

»Lass es uns hinter uns bringen, damit wir die restliche Nacht genießen können.«

Sie verließen den Saal und blieben zunächst in der hinteren Halle stehen, deren Marmorboden im Licht des Kronleuchters schimmerte. Zu ihrer Linken gab es einen Salon, in den sich die Damen zurückziehen konnten, wenn sie einen Moment für sich sein wollten. Einen Herrensalon gab es ebenfalls, in dem geraucht werden durfte. Das Badezimmer – Erfrischungsräume genannt – musste ebenfalls hier irgendwo liegen, vermutlich müssten sie da einen Dienstboten fragen.

»Komm.« Rasch blickte Antonia sich um, nahm Bernadettes Hand und ging mit ihr in die große Halle, die leer dalag, weil alle im Ballsaal waren und das Personal dort beschäftigt war. Rasch liefen sie die Treppe hoch. Einmal noch blickte Antonia über die Schulter, sah aber niemanden. Oder doch? War da ein Schatten vorbeigehuscht? Sie hielt inne, sah genauer hin. Nein, niemand.

»Ist etwas?«, fragte Bernadette beunruhigt.

»Nein, alles bestens. Komm.« Rasch gingen sie weiter und betraten das zweite Obergeschoss des Palais. Der Boden war mit edlen Teppichen ausgelegt, und eine Galerie führte um die Eingangshalle herum. Antonia sah sich um. »Hier entlang«, sagte sie und zog Bernadette mit sich.

Jetzt hieß es sorgsam vorgehen. Antonia öffnete eine Tür, spähte in den dunklen Raum, in den das Licht vom Korridor fiel. Das war auf jeden Fall kein Schlafgemach. Sie schloss die Tür wieder und ging weiter. Als sie die nächste Tür öffnete, stieß sie gegen eine kupferne Ziervase, die auf einem Hocker im Flur stand und fast zu Boden gegangen wäre. Im letzten Moment fing Antonia sie auf, und die Vase stieß mit einem *Klong* gegen die Wand.

»Pass doch auf!«, sagte Bernadette leise.

»Es tut mir leid, ich bin nun einmal nicht geübt darin, in fremde Schlafzimmer einzubrechen.«

»Das ist nur allzu offensichtlich«, hörten sie eine Männerstimme hinter ihnen, und Antonia blieb fast das Herz stehen, als sie herumfuhr und sich einem Offizier der kaiserlichen Armee gegenübersah. Bernadette entwich ein Keuchen.

»Einen stümperhaften Einbruch«, fuhr der Mann fort, »habe ich in der Tat noch nie erlebt.«

Wo kam der denn her? Antonia war sich sicher, dass ihnen niemand gefolgt war. Natürlich, die zweite Treppe, die zur Galerie führte. Aber sie hatte schlicht nicht damit gerechnet, dass jemand von dort aus hoch in die privaten Gemächer der Fürstin gehen könnte, während alle ausgelassen feierten und auf Mitternacht hinfieberten, wenn im Garten das Feuerwerk beginnen sollte.

»Geben Sie schon her.« Er sah Antonia an, streckte die Hand aus und winkte mit den Fingern, damit sie herausgab, was sie da so verkrampft festhielt. Das war es, dachte Antonia. Jetzt war alles aus. Die Sache würde sich wie ein Lauffeuer herumsprechen, man würde es ihren Eltern zutragen, dass sie, Antonia, in den privaten Räumlichkeiten erwischt worden war – mit dem Schmuckstück der Fürstin in der Hand. Und Bernadette hatte sie auch noch mit hineingezogen.

»Na, wird's bald?«

Antonia handelte kurz entschlossen und schob sich das Armband in den Ausschnitt. Der Offizier hob die Brauen und lächelte spöttisch.

»Da glauben Sie es sicher? Vor mir möglicherweise, aber ich kann ja jederzeit die Kammerzofe der Fürstin holen lassen, die sich der Angelegenheit im Ankleidezimmer annehmen wird.«

»Es ist nicht das, wonach es aussieht«, sagte Bernadette. »Das müssen Sie uns glauben.«

Der Mann verengte die Augen, taxierte Antonia. »Wir sind uns doch schon mal begegnet, nicht wahr?«

»Helfen Sie mir auf die Sprünge?«, entgegnete sie schroffer als beabsichtigt. Sie wusste, dass es falsch war, ihn noch mehr gegen sich aufzubringen, aber sie hatte keine Ahnung, wie sie aus dieser Situation herauskommen sollte.

»Im Prater. Sie haben mit Ihrem Pferd gekämpft, als ich vorbeigeritten bin.«

»Ah.« Antonia erinnerte sich. Da hatte er keine Uniform getragen, und sie war zu sehr auf Ophélie konzentriert gewesen, als dass sie ihn genauer hätte in Augenschein nehmen konnte.

»Ich sage Ihnen nun, wonach es aussieht. Eine verarmte Familie aus München taucht hier auf, niemand kennt sie, und die Töchter werden beim Stehlen erwischt. Damit erklärt sich womöglich auch, wer den Diebstahl beim letzten Mal begangen hat.«

Bernadette stöhnte auf und presste sich die Hände vors Gesicht. Antonia schüttelte nur den Kopf. »So war es nicht. Wir wollten nichts stehlen.«

»Und was haben Sie da in dieses reizvolle Versteck gleiten lassen?«

Antonia wandte sich ab und fischte das Armband wieder aus ihrem Ausschnitt hervor. Es hatte ja doch alles keinen Sinn mehr. Sie hielt es ihm hin, und er nahm es, hob eine Braue. Dann sah er Bernadette an. »Verstehe. Die diebische Schwester hat gestohlen, und die anständige bringt es zurück?«

»Nein, natürlich nicht«, fuhr Antonia auf. »Meine Schwester hat nichts gestohlen. Es wurde ihr untergeschoben.«

Wieder dieses spöttische Lächeln in seinen Mundwinkeln. »Verstehe.«

»Aber so war es«, beharrte Bernadette. »Ich habe meinen Mantel angezogen, da fiel es zu Boden.«

»Und warum haben Sie den Umstand nicht sofort aufgeklärt und es zurückgegeben?«

»Weil mir klar war, wie es aussehen muss. Niemand hätte mir geglaubt. Sie tun es ja auch nicht. Man hätte geglaubt, ich hätte es gestohlen und mich dann besonnen.«

»Sie hätten sagen können, Sie hätten es gefunden.«

»Ich war in Panik. Es war meine erste Feier hier, und ...« Bernadettes Stimme versagte.

»Aber es ergibt keinen Sinn. Warum sollte jemand ein Armband stehlen und es Ihnen unterschieben?«, entgegnete der Offizier.

»Wir wissen nicht, wer es gewesen ist«, antwortete Antonia. »Und wir wussten nicht, was wir damit tun sollen. Also habe ich mir überlegt, dass wir es einfach in die privaten Räumlichkeiten bringen, dann denkt die Fürstin, wenn sie es später entdeckt, sie hätte es nur verlegt und den Diebstahl hätte es nie gegeben.«

Der Offizier sah das Schmuckstück nachdenklich an. »Nun gut, ich weiß nicht, ob die Geschichte stimmt, dass Ihnen«, er hob den Blick zu Bernadette, »das Armband untergeschoben wurde. Aber offensichtlich ist, dass Sie«, er wandte sich an Antonia, »es zurückbringen wollten. In dem Fall will ich zu Ihren Gunsten entscheiden. Unterbreite ich die Angelegenheit der Fürstin, ist Ihr Ruf ruiniert, ein für alle Mal. Gehen Sie. Und wenn man Sie fragt, was Sie oben zu suchen gehabt haben, sagen Sie, Sie hätten die Erfrischungsräume nicht finden können. Um das Armband kümmere ich mich.«

»Ach, ich kann Ihnen gar nicht sagen, wie dankbar ich Ihnen bin«, sagte Antonia.

»Schon gut. Gehen Sie jetzt.«

Die Schwestern wandten sich ab, dann zögerte Antonia und sah den Offizier erneut an. »Woher wussten Sie eigentlich, dass wir hier sind?«

»Ich habe Sie gesehen, als ich aus dem Herrensalon kam. Und weil Sie sich so verstohlen umgeschaut haben, bin ich Ihnen nicht gefolgt, sondern über die andere Treppe hoch.«

Sie eilten zur Treppe und schafften es ungesehen in die Halle. »Ich hoffe, er ist wirklich ein so nobler Mensch, wie er vorgibt zu sein«, sagte Bernadette.

»Es bleibt uns gar nichts anderes übrig, als es zu glauben.«

Sie gingen zunächst in den Damensalon, weil Antonia sich von dem Schreck erholen wollte und den Eindruck hatte, Bernadette ginge es ebenso. Sie nahm auf einem Sofa Platz, während ihre Schwester stehen geblieben war und sich an einem silbernen Tablett mit Pralinen bediente. Antonia brauchte Ruhe, Bernadette Schokolade.

»Wir sollten zurück in den Ballsaal«, sagte Antonia schließlich und warf einen Blick auf die Uhr. Zwanzig Minuten? Mehr waren nicht vergangen? Ihr kam es vor, als müsse es schon gleich Mitternacht sein.

»Ja, gehen wir«, stimmte Bernadette zu.

Als sie den Ballsaal betraten, herrschte dort dieselbe ausgelassene Stimmung wie zuvor. Antonia sah Charlotte, die tanzte und sich offenbar nun doch gut unterhielt. Sie war nicht besonders versessen darauf, auf Feiern zu gehen, aber wenn sie einmal da war, amüsierte sie sich. Es entsprach nicht ihrem Naturell, bockig am Rand zu stehen und dem Treiben zuzuschauen. Sie stürzte sich ins Getümmel und tanzte den

Unmut einfach weg. Und den Männern gefiel es, denn Charlotte tanzte, wie sie ritt, lebhaft und brillant.

Der junge Offizier schien Wort zu halten, und kein Flüstern wurde über sie laut. Zwar konnte Antonia nicht gerade behaupten, den Abend jetzt noch zu genießen, aber es war auch kein völliger Reinfall, und die Zeit bis Mitternacht tanzend zu verbringen, war durchaus kurzweilig. Dann endlich wurden die großen Flügeltüren zum Garten geöffnet. Alle gingen, um sich ihre Mäntel zu holen, dann strömten sie ins Freie, wo die Kälte zunächst erfrischend wirkte. Antonia hatte ihre Schwestern in dem Getümmel verloren und konnte nur ihre Mutter sehen, die mit einigen Frauen zusammenstand.

Kellner gingen mit Tabletts herum, und Antonia nahm ein Glas. Dann wurde von zehn rückwärts heruntergezählt. Fröhlich stimmten etliche Gäste mit ein, und pünktlich zum neuen Jahr ging das Feuerwerk los. Antonia sah sich nach Bernadette um, wollte in all den guten Wünschen zum neuen Jahr jemand Vertrauten neben sich haben. Ihr Blick traf den des Offiziers, der nur wenige Schritte von ihr entfernt stand. Das Feuerwerk ließ Farben in raschem Wechsel über sein Gesicht flackern. Er lächelte und hob sein Glas, als wollte er ihr zuprosten.

7

»Du hast ihnen diese völlig verworrene Geschichte wirklich geglaubt?« Karl Ludwig von Trauttmannsberg saß Benedict gegenüber in einem der bequemen, lederbezogenen Sessel in einem im Erker gelegenen Separee, dem Stammtreffpunkt ihres Freundeskreises. Das Gasthaus »Zum roten Husaren« war in einem Gewölbekeller gelegen, stilvoll und elegant ausgeleuchtet mit Kronleuchtern, die dem sandfarbenen Stein einen goldenen Schimmer verliehen.

»Sie war so verrückt, dass sie glaubhaft wirkte.«

»Warum passieren derart unterhaltsame Dinge immer, wenn ich nicht dabei bin?« Karl Ludwig nahm einen großen Schluck aus seinem Krug und stellte ihn zurück auf den Tisch. »Dabei hatte ich eine Einladung zur Fürstin von Gladig.«

»Tja, ich wäre auch nicht gegangen, hätte meine Tante mich nicht praktisch am Kragen hingeschleift. Aber ich muss sagen, es hat sich gelohnt. Etwas so Unterhaltsames habe ich lange nicht erlebt.«

»Was hast du mit dem Armband gemacht?«

»Es in einem der Räume hinter einer Kommode zu Boden fallen lassen. Inzwischen dürfte es gefunden worden sein.«

»Und wie waren die beiden Frauen? Eine nähere Bekanntschaft wert?«

»Schwer zu sagen. Eine der beiden ist mir bereits beim Ausritt begegnet, und schon da fand ich sie überaus anziehend. Von Althenau heißt die Familie. Die Namen der Töchter sind Antonia, Bernadette, Charlotte und Desirée.«

»Und Nummer fünf hätte vermutlich Eugenie geheißen«, witzelte Karl Ludwig.

»Gut möglich.« Benedict lachte.

»Und welche der vier war es nun, die du so anziehend findest?«

»Wenn ich das richtig in Erfahrung gebracht habe, ist ihr Name Antonia. Sie und Bernadette sehen einander sehr ähnlich, aber sie wirkte tonangebend und beschützend, war also wohl die Ältere der beiden.«

»Wirst du der Familie die Aufwartung machen?«

Wieder lachte Benedict. »Weil ich die Tochter beim Einbruch erwischt habe? Das wäre ein toller Spaß, nicht wahr?«

Karl Ludwig stimmte in das Lachen ein. »Vielleicht ergibt sich ja die Möglichkeit.«

»Das wäre schön. Es scheint, als könnte das eine höchst unterhaltsame Angelegenheit werden. Meine Tante sagte zwar, dass diese Familie es nicht in die Auswahl einer möglichen

Ehekandidatin geschafft habe, aber das kann mir im Grunde genommen egal sein, denn das letzte Wort habe ohnehin ich.«

»Nicht dein älterer Bruder?«

»Ferdinand ist froh, wenn ich ihn mit dergleichen Dingen in Ruhe lasse. Aber noch ist davon ja gar nicht die Rede. Wie sieht es bei dir aus?«

»Mein Vater liegt mir fortwährend in den Ohren, mich zu binden. Er sagt, wenn ich schon gegen seinen Willen der kaiserlichen Armee beigetreten bin, soll ich mich wenigstens in dieser Hinsicht fügen und mir eine passende Braut suchen, in die richtigen Kreise heiraten. Er meinte, wir müssen dann eben aus der Not eine Tugend machen und zusehen, dass wir eine Frau für mich finden, in deren Familie sich Ansehen, Geld und eine hohe Offizierslaufbahn miteinander vereint.«

»Und wie siehst du das?«

Karl Ludwig zuckte mit den Schultern. »Momentan ist es mir gleich. Heiraten werde ich ohnehin, und wenn es mir auch noch Vorteile bringt, umso besser.«

Benedict hätte diese pragmatische Haltung gerne geteilt, aber er hing vermutlich zu romantischen Vorstellungen von der großen Liebe an. Er stellte sich vor, wie er tagtäglich mit einer Frau zusammenlebte, für die er nichts empfand, außer allenfalls ein wenig Zuneigung oder Sympathie. Und wenn selbst das fehlte? Wenn er aus rein gesellschaftlichen Erwägungen heiratete? Kinder zeugte mit einer Frau, die er respektierte, aber für die er darüber hinaus nicht viel übrighatte? Mit der er keine interessanten Gespräche führen konnte? Die seine Leidenschaft für Musik nicht teilte?

»Offiziell weißt du übrigens nichts von der Sache bei der Fürstin von Gladig. Ich möchte die Schwestern nicht in Schwierigkeiten bringen.«

»Meine Lippen sind versiegelt.« Karl Ludwig hob die Hand und winkte den Kellner heran, um eine weitere Bestellung aufzugeben. Dieser beeilte sich, zu ihnen zu kommen.

»Was darf ich den Herren Offizieren bringen?«

»Zweimal dasselbe wie vorhin bitte«, antwortete Karl Ludwig. Er wartete, bis der Kellner gegangen war, dann wandte er sich wieder an Benedict. »Wäre interessant, dich verheiratet zu erleben. Du hast dich in dem Haus allein ja mittlerweile recht gut eingerichtet. Oder bist du doch manchmal einsam?«

»Nein, das kann ich eigentlich nicht sagen. Mir persönlich würde es nichts ausmachen, noch eine Weile ungebunden zu bleiben. Allerdings gefällt mir die Vorstellung, wie Kinder das Haus beleben. Und wenn ich dazu noch eine Frau an meiner Seite habe, mit der ich glücklich sein kann, sträube ich mich nicht gegen eine Ehe. Ich gehöre nicht zu den Männern, die um jeden Preis ungebunden sein wollen, um sich dann in Schenken und Freudenhäusern zu vergnügen und sich heimlich Geliebte in verschwiegenen Wohnungen zu halten.« Benedict hatten häufig wechselnde Geliebte nie gereizt, er mochte Beständigkeit in seinem Leben.

Es ging auf Mitternacht zu, als sie aufbrachen und sich auf den Weg nach Hause machten. Die Straßen hatten sich geleert, und bis auf die Nachtschwärmer, die es von einem Vergnügen ins nächste zog, war kaum jemand unterwegs. Benedicts

Palais lag in der Augustinergasse, die direkt von dem prachtvollen Michaelerplatz mit seinen barocken Gebäuden einbog.

»Kommst du noch mit?«, fragte Benedict, als sie an seinem Palais angekommen waren.

»Nein, ich habe meinen Geschwistern versprochen, meinen freien Tag mit ihnen zu verbringen, und wie ich die beiden kenne, werden sie mich in aller Frühe aus dem Bett schmeißen.« Karl Ludwig gähnte, und Benedict wünschte ihm lachend eine gute Nacht.

Er schloss selbst auf, um den Hausdiener schlafen zu lassen. In der Halle brannte eine Funzel, damit sie nicht in völliger Finsternis dalag. Von der Eingangshalle aus führte eine zweiflügliche Treppe hinauf in die Beletage und in einem eleganten Schwung zu beiden Seiten der Galerie weiter nach oben, wo die privaten Wohn- und Schlafräume lagen. Kurz überlegte er, noch ein Buch aus der Bibliothek zu holen, entschied dann aber, direkt schlafen zu gehen. Er ging hinauf, betrat sein Zimmer und machte Licht, als er ein Schnaufen hörte und sich eine Gestalt im Sessel neben dem Fenster regte. Benedict fuhr zusammen. »Allmächtiger!«

»Du liebe Zeit!«, rief Tante Ludwina. »Musst du mich so erschrecken?«

»Ich dich?« Benedict schlug das Herz so schnell, dass es schmerzhaft gegen die Rippen zu hämmern schien. »Was tust du hier?« Das ging nun wirklich zu weit!

»Auf dich warten.«

»In meinem Zimmer im Dunkeln?«

»Lass doch diese schlüpfrigen Andeutungen.«

»Ich habe nicht …«

»Und darüber hinaus war es noch hell, als ich hierhergegangen bin.«

»Zum Warten gibt es …«

»Und unterbrich mich nicht ständig! Ich habe erst im Salon gewartet, aber du lieber Himmel, sind die Sessel auf Dauer unbequem. Machst du das extra, damit der Besuch nicht lange bleibt?«

»Ich …«

»Auf jeden Fall habe ich mich an diesen bequemen Sessel erinnert, den mein lieber Bruder – Gott sei seiner Seele gnädig – seinerzeit gekauft hat und den du dir ins Zimmer gestellt hast, kaum, dass seine Leiche kalt war. Da dachte ich mir, hier wartet es sich besser. Und dann bin ich wohl eingeschlafen. Wie spät ist es?«

»Mitternacht.«

»Warum kommst du so spät nach Hause? Ist das das Lotterleben, das du führst, wenn du dich unbeobachtet glaubst?«

»Ich bin achtundzwanzig.«

Tante Ludwina tat den Einwand mit einer wedelnden Handbewegung ab. »Früh ins Bett, früh hinaus. Daran halte ich mich seit meiner Jugend und bin gut damit gefahren.«

»Verstehe.« Er knöpfte seine Uniformjacke auf, was sie damit beantwortete, dass sie aufstand, zu ihm ging und ihm einen derben Klaps gegen den Hinterkopf gab.

»Du wirst dich doch wohl nicht in Gegenwart deiner Tante umkleiden.«

»Also, ich bin nicht nackt unter meiner Jacke.«

Das brachte ihm einen weiteren Klaps ein. »Nicht so impertinent!«

»Warum bist du überhaupt hier?« Benedict verließ das Schlafzimmer und ließ sich auf einem Stuhl in seinem Ankleidezimmer nieder, um die Stiefel auszuziehen.

Seine Tante redete weiter, hob jedoch die Stimme, damit er sie auch im angrenzenden Raum gut verstand. »Eigentlich hatte ich eine gute Nachricht für dich.«

»Und die wäre?«

»Im Grunde genommen sind es zwei. Die erste ist, dass außer mir offenbar niemand bemerkt hat, dass du den Ballsaal verlassen hast. Zweifellos, um in den privaten Gemächern der Fürstin Unzucht mit irgendeiner Frau zu treiben. Damit kommen wir auch schon zur zweiten guten Nachricht. Die Gräfin zu Helbling zweifelt keinen Moment an deinem guten Charakter und deinem tadellosen Leumund. Daher bist du in der engeren Wahl für ihre Tochter Constanze.«

»Wie wunderbar.« Er hängte sein Hemd auf. Als er umgekleidet war und seinen Morgenmantel trug, kehrte er zurück ins Zimmer. »Und die Nachricht konnte nicht bis morgen warten?«

»Doch, aber wie gesagt bin ich eingeschlafen. Ansonsten wäre ich viel früher gegangen.«

»Mich wundert, dass keiner meiner Dienstboten dich geweckt hat.«

»Na, das würde ich mir aber verbitten!«

Benedict seufzte. »Darf ich jetzt schlafen gehen?«

»Ich dachte mir, wir könnten schon einmal überlegen, welche Gelegenheit günstig wäre, Constanze zu treffen.«

»Es ist nach Mitternacht.«

»Ich bin hellwach.«

Kein Wunder, dachte Benedict, wenn du hier über sieben Stunden in meinem Sessel schläfst.

»Wir werden es jetzt machen. Deinetwegen ist mein Schlafrhythmus aus dem Ruder, und vermutlich werde ich einige Tage brauchen, ehe ich wieder vernünftig schlafen kann.«

Einen Teufel werde ich, dachte Benedict und schlug die Decke zurück. »Dann plane gerne, wie du magst. Ich für meinen Teil werde nun schlafen. Ich wünsche eine angenehme Nachtruhe.«

Ehe er einschlief, hörte er noch, wie sie ihn tadelte für seine Unhöflichkeit. Dann jedoch wurde das Licht gelöscht.

8

Antonia

Der Januar zog sich in die Länge, fand Antonia. Das mochte daran liegen, dass es von allen Monaten der war, den sie am wenigsten mochte. Weihnachten war vorbei, der Winter ohne jede Feierlichkeit nur noch trist. Im Februar konnte man sich dann schon wieder auf den Frühling freuen.

Immerhin wurden sie nach der Silvesterfeier noch zweimal zu einer Gesellschaft eingeladen, weil ihre Mutter gut darin war, Kontakte zu knüpfen. Schon in München hatte Ursula von Althenau auf dem gesellschaftlichen Parkett brilliert, und sie verstand es auch hier, zu glänzen. Man wollte sie kennenlernen, diese Frau mit dem hintergründigen Lächeln, die nicht viel von sich preisgab, aber doch gerade genug, um mehr über sie wissen zu wollen. Dass sie darüber hinaus vier unverheiratete Töchter hatte, schien den Marktwert der Familie zu erhöhen. Geld hatten sie nicht, aber einen Namen und Beziehungen zum bayerischen Königshof. Dass diese sich in einigen Hofdamen erschöpften, musste hier ja niemand wissen.

An diesem Tag stand nichts an, und Antonia beschloss, ein wenig im Schlosspark Schönbrunn spazieren zu gehen. Sie ritt hin und ließ Elisée in einem Unterstand, wo Kutschen und Pferde der Besucher standen. Dass seit dem Vorfall mit dem Armband nichts mehr passiert war und kein weiterer Brief gekommen war, beruhigte sie kein bisschen – ganz im Gegenteil. Sie befand sich in einer beständigen Anspannung und hatte Angst, dass etwas Schlimmes passierte. Bernadette spekulierte nach wie vor, dass es Fabian gewesen sein musste, der ihr den Brief untergeschoben hatte und dem sie auch die Sache mit dem Armband verdankte. »Er weiß Bescheid über Großtante Elinor. Vielleicht hat er Kontakte hier und will uns erpressen.«

Aber so klang der Brief nicht. Eine Erpressung hätte direkt mit Forderungen begonnen, hatte Antonia gemutmaßt.

»Nicht, wenn der Erpresser uns vorab zeigen möchte, wozu er fähig ist«, hatte Bernadette dagegengehalten.

»Aber bei uns ist doch nichts zu holen.«

»Bei Großtante Elinor schon.«

Tief in Gedanken versunken, spazierte Antonia über die Parkwege und betrat schließlich den bewaldeten Berghang an der Ostseite des Parks. Das Wetter war herrlich, die Sonne schien von einem frostig klaren Himmel, und in der Kälte bildete sich Antonia ein, schon einen Hauch von Frühling zu atmen, wenngleich dieser noch in weiter Ferne lag. Alles könnte sich so wunderbar fügen, wenn nicht beständig diese Angst wäre. Was sollte sie nur tun?

Das Schluchzen eines Kindes riss sie aus ihren Überlegungen. Sie blickte auf, dann erkannte sie einen kleinen Jungen. Er stand vor einem hohen, zweistöckigen Pavillon, der sich cremegelb mit grünen Fensterläden zwischen den Bäumen erhob. Antonia sah sich um, konnte aber keinen Erwachsenen erkennen, der zu dem Kind gehörte. Sie ging zu dem Kleinen, den sie auf acht Jahre schätzte.

»Was ist passiert?«

»Ich will meinen Ball zurück.«

»Wo ist dein Ball denn?«

»Dort drin.« Der Junge zeigte schluchzend auf ein offenes Fenster im Pavillon. »Ich hätte den Ball nicht mitnehmen dürfen und kriege jetzt Prügel von meinem Vater.« Er schniefte, und Antonia brach es fast das Herz.

Charlotte hätte vermutlich beherzt die Röcke gerafft und wäre durchs Fenster geklettert, aber Antonia bevorzugte den offiziellen Weg. Sie wollte sehen, wo der Ball war, damit sie sich nicht blamierte, und dann würde sie die Palastwache um Hilfe bitten. Vielleicht irrte der Junge sich ja, der Ball war am Pavillon vorbeigeflogen, und am Ende schickte sie die Leute sinnlos herum.

Sie blickte sich um, ob niemand sie sah, dann stieg sie auf den Sims des unteren Fensters und hielt sich am Rand des oberen Fensters fest, um in den Raum zu schauen. »Ich sehe nichts. Bist du sicher, dass du ihn hier reingeworfen hast?« Natürlich konnte er auch so liegen, dass sie ihn nicht sah, von ihrer Position aus konnte sie mal gerade so in den Raum blicken.

»Soll es jetzt jedes Mal so sein, dass wir uns begegnen, während Sie versuchen, irgendwo einzubrechen?«

Antonia fuhr herum, glitt aus und rutschte sehr undamenhaft vom Sims. Würdevoll richtete sie sich auf und sah sich dem dunkelhaarigen Offizier gegenüber, der, die Arme hinter dem Rücken verschränkt, dastand und sie musterte. Konnte das denn wahr sein? Sie spürte, wie ihre Wangen heiß wurden. »Ach, Sie schon wieder? Es ist nicht so, wie es aussieht.«

Er hob eine Braue.

»Der kleine Junge hat seinen Ball in den Raum geworfen.«

»Welcher kleine Junge?«

Antonia blickte sich um. »Hm, also ...«

»Könnte es der gewesen sein, der flink wie ein Hase davon ist, kaum, dass er mich bemerkt hat?«

Dieser kleine Schuft. Nicht mal gewarnt hatte er sie. Sie sah sich um, bemerkte ihn dann etwas weiter entfernt, wie er hinter einem Baum kauerte und vorsichtig herüberlugte.

»Also, da ist dieser Ball.« Antonia deutete auf den Raum. »Er wollte ihn wiederhaben.«

»Und da dachten Sie, anstatt jemandem Bescheid zu geben, steigen Sie kurzerhand selbst ein?«

»Mitnichten. Wenn Sie genau hingeschaut hätten, wäre Ihnen bewusst gewesen, dass es viel zu hoch ist.«

»Mit ein bisschen sportlicher Anstrengung ...« Er ließ den Satz offen und grinste jetzt. »Soll ich jemandem Bescheid sagen, der den Ball holt?«

Antonia sah wieder zu dem Jungen. »Ja, das wäre reizend.«

Nun folgte der Offizier ihrem Blick und winkte den Jungen heran. »Ich habe dich bemerkt, Bürschchen.«

Ängstlich kam der Junge näher, und Benedict legte den Kopf schräg. »Wo sind denn deine Eltern.«

»Meine Mutter und meine Schwester sind dort vorne.« Der Junge wedelte mit der Hand in Richtung Park.

»Verstehe. Und du bist ausgebüxt?«

Der Junge hob in einer unbehaglich wirkenden Geste die Schultern.

»Ich sage Bescheid, dass jemand deinen Ball herausholt. Doch dann gehst du zu deiner Mutter, sie macht sich gewiss schon Sorgen.«

»Ja, Herr Offizier.«

Benedict sah Antonia an. »Darf ich Sie zu einer heißen Schokolade einladen, sobald mein Auftrag hier erledigt ist?«

Antonia konnte nicht anders, als sein Lächeln zu erwidern. »Sehr gerne.«

Er machte eine leichte Verbeugung. »Es ist mir eine Ehre und ein großes Vergnügen, meine Dame.«

Sie musste lachen.

»Warte hier«, sagte er zu dem Jungen. »Ich schicke jemanden.«

Auf sein leichtes Neigen des Kopfes hin trat Antonia an seine Seite und begleitete ihn. »Ich habe mich noch nicht vorgestellt und bitte darum, diese Unhöflichkeit zu entschuldigen. Mein Name ist Benedict von Breling, Leutnant der kaiserlichen Armee.«

»Antonia von Althenau aus dem Grafengeschlecht von Althenau aus Bayern.«

»Man hört es am Zungenschlag.« Er lächelte. »Und ich habe von Ihrer Familie bereits gehört. Wenn ein Grafengeschlecht neu in Wien erscheint, spricht sich das gleich in der ganzen Stadt herum.«

Erst recht, wenn vier unverheiratete Töchter mit von der Partie sind, dachte Antonia. »Wir sind im Dezember nach Wien gekommen, weil meine Mutter gebürtige Wienerin ist, wenngleich die Familie Wien kurz nach ihrer Geburt verlassen hat. Außerdem hat meine Großtante gute Beziehungen zum kaiserlichen Hof.«

»Darf ich fragen, wer Ihre Großtante ist?«

»Elinor von Caspers.«

»Die Gräfin von Caspers ist mir natürlich ein Begriff. Ihr Ehemann war Graf Leonhard von Caspers?«

»Richtig.«

»Hoch angesehen am kaiserlichen Hof.«

»Ja, so erzählt man sich.«

»Caspers hat sich für weitreichende Amnestien in der italienischen Bevölkerung eingesetzt. Das war noch unter dem ehemaligen Kaiser Ferdinand. Aber das hohe Ansehen ist ihm geblieben.«

Sie verließen das Waldstück und gingen über die breiten Parkwege auf das Schloss zu. Dabei bemerkte Antonia eine Frau, die über die Wege eilte, sich suchend umschaute und immer wieder den Namen »Curd« rief. Ihr folgten zwei halbwüchsige Mädchen, sichtlich gelangweilt.

»Ich hab doch gesagt, dass er immer nur Ärger macht«, sagte eine von ihnen.

Benedict von Breling hielt auf sie zu. »Ein Knabe in ungefähr dieser Größe?« Er hielt die Hand auf Bauchhöhe über den Boden.

»Ja, ganz recht, Herr Leutnant. Haben Sie ihn gesehen?«

»Er ist bei der kleinen Gloriette. Sein Ball ist ihm abhandengekommen, und ich wollte gerade jemanden schicken, der ihn für ihn herausholt.«

»Ach, dieser Bengel.« Die Wangen der Frau waren rot angelaufen. »Nichts als Ärger.«

»Hab ich doch gesagt, Mama«, sprang eines der Mädchen ihr bei.

»Es war gewiss ein Versehen.« Benedict von Breling lächelte. »Gehen Sie nicht zu hart mit ihm ins Gericht. Auch ich war nicht immer der mustergültigste Knabe, und doch vertrauen mir Männer nun ihr Leben an.«

Die Frau lächelte und wirkte verlegen. »Ach, wenn mein Curd es nur zum Unterleutnant bringen würde, wäre ich schon stolz.« Sie bedankte sich und eilte in die Richtung, in die der junge Mann gewiesen hatte.

»Kriegt der Curd jetzt Schläge?«, hörte Antonia das Mädchen fragen, während es seiner Mutter folgte. »Papa hat gesagt, er kriegt Schläge, wenn der Ball weg ist.«

»Der Ball ist ja gar nicht weg«, verteidigte das zweite Mädchen den Jungen.

Sie gingen zum Schloss, wo Benedict von Breling einem der Wachhabenden Bescheid gab. »Man nimmt sich der Sache an«, sagte er, als er zurückkehrte. »Und nun widmen wir uns den wichtigen Dingen. Die heiße Schokolade ist großartig.«

»Da bin ich gespannt. Ich habe eine große Schwäche für Schokolade.«

Antonia bemerkte, dass ihnen neugierige Blicke anderer Spaziergänger begegneten. Da sie jedoch die Hände in ihrem Muff hatte und sie in ausreichend Abstand nebeneinander hergingen, sodass niemand ihnen eine anstößige Nähe unterstellen konnte, war sie nicht beunruhigt, dass Gerüchte ihren Eltern zugetragen werden würden. Offenbar kannten so einige den jungen Offizier, denn immer wieder wurde er gegrüßt, während man Antonia aufmerksam oder prüfend taxierte.

»Wie vertreiben Sie sich in Wien die Zeit, wenn Sie nicht gerade irgendwo einbrechen?«

Antonia musste lachen. »Wir waren schon auf einigen Feiern eingeladen, und demnächst gehen wir in ein Konzert.«

»Ich liebe Musik und spiele Klavier.«

»Ich spiele seit meiner Kindheit Harfe.« Leider seit November nicht mehr, denn sie besaß schlicht keine. Die in München gehörte so wie das gesamte Mobiliar zum Palais. Und angesichts der beschränkten Mittel war eine Harfe für Antonia das Letzte, was ihre Eltern anzuschaffen gedachten. Da ihr Vater hier dasselbe tat wie in München – die Ländereien für Tante Elinor verwalten und ihr schriftlich Rede und Antwort stehen –, war auch nicht zu erwarten, dass sich an ihrer finanziellen Situation etwas ändern würde.

»Wie reizvoll.« Sie waren an einem Stand angekommen, wo heiße Getränke verkauft wurden, und Benedict von Breling bestellte zwei Tassen heiße Schokolade. »Das ist ein seltenes

Instrument. Die meisten, die ich kenne, spielen Klavier, Violine, Flöte oder Cello.«

»Ich habe schon als Kind die Harfe geliebt.«

»In meinem Musikzimmer steht eine, noch aus der Zeit meiner Großeltern.« Er zahlte, nahm die Tassen mit der heißen Schokolade entgegen, reichte ihr eine, und sie spazierten zu einer Bank, wo sie sich niederließen.

»Soll das eine unziemliche Einladung sein?«, fragte Antonia.

»Aber nein, natürlich nicht.« Er sah sie an, bemerkte dann offenbar, dass sie scherzte, und erwiderte ihr Lächeln. Er sah wirklich gut aus mit dem dunklen Haar und den honigbraunen Augen.

Sie nippte an der Schokolade, die so heiß war, dass sie sich die Oberlippe verbrannte und diese einsog. Vorsichtig nahm sie einen weiteren Schluck. Die Schokolade war wirklich sehr gut.

»Im Sophienbad-Saal wurde am siebzehnten Januar eine Polka von Johann Baptist Strauss uraufgeführt. Waren Sie dort?«

»Leider nein.«

»Es war wunderbar. Vermutlich werden Sie sie in der nächsten Zeit öfter hören, die Polka wurde für den Fasching geschrieben.«

Fasching. Antonia hatte davon gehört, dass dieser in Wien sehr schön sein würde, und sie hatten bereits eine Einladung erhalten. Inzwischen schien ihre Mutter hier wirklich angekommen zu sein, hatte – wenngleich ihre Familie seit fünfundzwanzig Jahren nicht mehr in Wien ansässig war – alte

Bekanntschaften ihrer Eltern aufleben lassen. Und auch Großtante Elinor ließ ihren Einfluss aus der Ferne spielen. Dass sie darüber hinaus mit Mechthild von Rechberg bekannt waren, half vermutlich am meisten, denn diese war direkt bei Hofe.

»Wo werden Sie zu Fasching sein?«, fragte Benedict von Breling.

»Wir haben einige Einladungen bekommen.« Zwei, um genau zu sein, aber Antonia wusste, dass es gesellschaftlich wichtig war, auf möglichst vielen Feiern eingeladen zu sein. »Wohin wir letzten Endes gehen, ist noch nicht entschieden.«

Der junge Offizier nickte. »Vielleicht führt uns der Weg ja zufällig ins selbe Haus.«

Sie lächelte. »Das wäre ganz reizend.«

»Ich bin auf dem Medizinerball im Tanzlokal ›Zum Sperl‹ am fünfundzwanzigsten Jänner. Dort wird die Aesculap-Polka uraufgeführt.«

»Auch von Strauss?«

»Ganz recht, sie ist den Medizinstudenten gewidmet, in der Tradition seines Vaters.«

Antonia kannte sich damit nicht so gut aus, wenngleich sie sich für Musik durchaus interessierte. Und so nickte sie nur und trank einen weiteren Schluck Schokolade. Als sie die Tasse geleert hatte, nahm Benedict von Breling sie ihr höflich ab.

»Die Pflicht ruft, und ich möchte Sie nicht über Gebühr aufhalten. Ich hoffe, Sie haben einen angenehmen Tag, Komtess von Althenau.« Er sprach ihren Namen aus, als wollte er ihren Klang hören, und lächelte.

»Danke, das wünsche ich Ihnen auch.«

»Dann auf bald.«

Antonia erwiderte den Abschiedsgruß und ging zu dem Unterstand, wo sie Elisée angebunden hatte. Ehe sie aufsaß, sah sie noch einmal nachdenklich zu dem Schloss und fragte sich, was es über sie aussagte, dass sie so kurz nach Arvids Tod wieder imstande war, einen Mann faszinierend zu finden. Aber in Arvid war sie nicht verliebt gewesen, und sie waren auch nicht verlobt oder einander versprochen. Sein Tod folgte ihr bis in die Träume, und das würde sich vermutlich nicht so bald ändern. Und sie bedauerte es unendlich, wie er dort gelegen hatte, einfach abgelegt in einer Gasse, als hätte es keine würdevollere Möglichkeit gegeben, eine, die seine Familie nicht im Ungewissen ließ. Doch der Ruf der Familie, untrennbar verbunden mit dem der Töchter – dem wurde alles untergeordnet. Antonia saß auf und machte sich auf den Weg nach Hause.

»Ich werde diese Unverschämtheiten nicht mehr dulden«, hörte sie beim Eintreten ins Haus die Stimme ihres Vaters. Er befand sich im Salon, zusammen mit Bernadette, Charlotte, Desirée und ihrer Mutter. Auf dem Tisch lagen Skizzen – Charlottes mittlerweile in Familienkreisen längst berüchtigte Karikaturen. Sie war überaus talentiert, was ihre Eltern geradezu zur Verzweiflung zu treiben schien.

»Wenn du deine Wildheit schon in etwas so Reizendes wie die Malerei oder das Zeichnen zu bändigen weißt, können es nicht ansprechende Gemälde sein?«, fragten sie stets.

Nun stand ihr Vater da und hielt eine kolorierte Zeichnung in die Höhe, die die Bibliothek zeigte, im Hintergrund vier lesende Frauen, im Vordergrund ein Mann, in seiner Überzeichnung klar erkennbar als Rudolf von Althenau. Er zog ein grimmiges Gesicht und hielt ein Schild hoch, auf dem »Herrenzimmer« stand.

»Rudolf«, sagte seine Ehefrau nun. »Du solltest dich wirklich ein wenig zurücknehmen. Wo bleibt dein Sinn für Humor?«

»Ach ja?« Rudolf von Althenau knallte die Zeichnung auf den Tisch und zog eine weitere hervor. Dieses Mal war es eine Menschenmenge, die offenbar vor etwas floh, Kleider gerafft, undamenhafte Hast, Blicke über die Schulter. In der Mitte stand eine Frau mit stoischer Miene – unverkennbar Ursula von Althenau. In der Hand hielt sie ein Schild, auf dem stand: »Achte die Etikette!«

Antonia sah, wie ihre Mutter rot anlief. »Also das ist doch wohl ...« Ihr schienen die Worte zu fehlen.

»Aber Ursula, wo bleibt dein Sinn für Humor?«, fragte ihr Vater.

»Irgendwann landen die Zeichnungen noch bei den falschen Leuten«, schimpfte Ursula von Althenau. »Untersteh dich, irgendwelche bedeutenden Leute zu zeichnen.«

»Du meinst so was?«, fragte ihr Mann und hielt eine weitere Zeichnung hoch, unverkennbar der Kaiser, deutlich beleibter als in Wirklichkeit. Über ihm stand: »Großer Staatskörper«. Der Bezug zur Regierungserklärung war offensichtlich, und Antonia wunderte sich, dass Charlotte diese kannte. *Fest entschlossen, den Glanz der Krone ungetrübt zu erhalten, aber bereit, Unsere Rechte mit den Vertretern Unserer Völker zu teilen, rechnen Wir darauf, dass es mit Gottes Beistand gelingen werde, alle Länder und Stämme der Monarchie zu einem großen Staatskörper zu vereinen.*

»Ah, Fabian«, sagte ihre Mutter und sah an Antonia vorbei zur offenen Tür. »Gut, dass Sie da sind. Werfen Sie das hier gleich in den Ofen.«

Charlotte sprang auf. »Das ist infam!«, rief sie. »Das könnt ihr nicht einfach so tun.«

»Solange du unverheiratet bist und unter unserem Dach lebst, wirst du dich so verhalten, dass du der Familie keinen Schaden zufügst«, sagte ihr Vater.

Der Hausdiener trat näher und nahm die Bilder entgegen. »Wie die Herrschaften wünschen.«

»Das ist doch nur eure gekränkte Eitelkeit«, schimpfte Charlotte. »Was soll euch denn für ein Schaden entstehen, wenn ich euch zeichne? Allenfalls lachen die Leute über die Bilder, mehr nicht. Überdies bringt es gar nichts, wenn ihr meine Zeichnungen zerstört. Ich zeichne einfach neue, und die werden gewiss nicht schmeichelhafter.«

Ihre Eltern starrten sie an, und Antonia bemerkte, wie um Fabians Lippen ein kaum sichtbares Lächeln spielte.

»Es ist vermutlich etwas übertrieben«, räumte ihre Mutter nun ein. »Fabian, bitte nur das mit dem Kaiser. Wir wollen keine Probleme, wenn es durch Indiskretionen an die Öffentlichkeit gelangt. Geben Sie die anderen meiner Tochter zurück.«

Offenbar spielte da nicht nur die Einsicht mit, sondern auch der Umstand, dass Großtante Elinor einmal beiläufig hatte fallen lassen, wie sehr sie Charlottes Talent schätzte. Es war vermutlich klug, sie nicht zu verärgern.

Antonia zog sich auf ihr Zimmer zurück, und Bernadette schloss sich ihr an. »Ich habe den Offizier wiedergesehen, der uns in den privaten Räumlichkeiten der Fürstin erwischt hat«, erzählte Antonia, als sie allein waren. »Er ist hinreißend.«

»Tatsächlich?« Bernadettes Augen weiteten sich erstaunt. »Hat er unser letztes Aufeinandertreffen angesprochen?«

»Er hat mich dabei erwischt, wie ich gerade versucht habe, in einen Pavillon zu schauen.« Sie musste lächeln bei dem Gedanken an die Begegnung.

»Wie passend.« Bernadette lachte. »Wenn ihr euch zum dritten Mal begegnet, dann hoffentlich in angemessenerem Rahmen.«

»Er ist auf dem Medizinerball in einer Woche. Weißt du, ob wir da eine Einladung haben?«

Bernadette krauste die Stirn. »Hm, nein, ich glaube, da war nichts. Wir haben zwei Einladungen zu Faschingsbällen, aber sonst nichts.«

»Ich würde zu gerne hin.«

»Hat es dich erwischt?«

Antonia zögerte, dann schüttelte sie den Kopf. »Nein, also nicht so richtig, ich kenne ihn ja kaum. Aber wiedersehen würde ich ihn dennoch gern.« Sie hielt inne. »Findest du das seltsam, so kurz nach Arvid?«

»Ihr hattet ein Stelldichein, das dramatisch verlaufen ist. Du warst nicht an ihn gebunden, und dass dich die Umstände seines Todes so unmittelbar betreffen, heißt nicht, dass es in deinem Leben keinen Mann geben darf, für den du tiefer empfindest.«

Antonia nickte, doch Arvids Tod fühlte sich an, als wäre in dem Moment etwas in ihr zerbrochen, dessen scharfkantige Splitter immerzu in ihrem Innern rieben und sich besonders schmerzhaft in Erinnerung brachten, wenn sie versuchte, wieder ein normales Leben zu führen. Aber sie hätte diesen Unfall unmöglich verhindern können, hatte doch noch instinkthaft versucht, Arvid im Fall festzuhalten, und wäre dabei vermutlich mit ihm abgestürzt. Morgens hätte man dann die Körper von ihnen beiden auf dem Boden gefunden. Was ihre Eltern wohl schlimmer gefunden hätten – Antonias Tod oder den Umstand, dass sie beide nur spärlich bekleidet waren?

»Meinst du, es gibt eine Möglichkeit, auf den Medizinerball zu gehen?«

»Ich wüsste gerade nicht, wie.« Bernadette sog die Unterlippe ein, dachte nach. »Wir könnten natürlich wieder Mechthild von Rechberg fragen, aber ich möchte ihre Zuwendung nicht zu sehr strapazieren.«

»Und wenn wir Elinor fragen?«

»Die wird wissen wollen, warum ausgerechnet der Medizinerball. Zudem klappt das so schnell nicht, wir müssen ihr ja schreiben, und bis der Brief bei ihr ist, ihre Antwort wiederum hier ...« Bernadette zuckte mit den Schultern. »Ich befürchte, das wird nichts. Vielleicht fragen wir Fabian.«

Antonia glaubte, ihren Ohren nicht zu trauen. »Bist du toll? Nach allem, was bisher passiert ist?«

»Noch wissen wir nicht, ob er wirklich dahintersteckt.«

»Wer denn sonst? Niemand kennt die Geschichten aus München, und er ist der Einzige, der die Gelegenheit hatte, all die Dinge zu tun, die bisher passiert sind. Das hast du doch selbst gesagt, du warst der festen Überzeugung, dass er es war.«

»Na ja.« Bernadette krauste nachdenklich die Stirn. »Das auf dem Ball der Gladig kann er eigentlich nicht gewesen sein. Er war ja gar nicht dort.«

»Soweit du weißt, zumindest. Ich habe ihn den ganzen Abend nicht gesehen.«

»Aber er kann ja wohl nicht einfach in das Palais spazieren.«

»Er sieht nicht übel aus, und ich kann mir denken, dass er auf das weibliche Personal sehr anziehend wirkt. Er hat ja durchaus etwas Draufgängerisches und ist sehr selbstsicher. Überleg doch mal, wie er mit Papa gesprochen hat. Welcher Dienstbote würde sich dergleichen denn trauen?«

»Da hast du natürlich auch wieder recht.«

Antonia spielte gedankenverloren an ihrem goldenen Armband, das sie von ihren Eltern zum letzten Geburtstag im Sommer bekommen hatte. Damals war die Welt noch in Ordnung gewesen. In München wäre es nie ein Problem gewesen, einen Ball zu besuchen, auf den sie gerne gegangen wäre. Da kannte man immer irgendwen, der wiederum jemanden kannte … Aber hier hatte sie die Möglichkeiten nicht, und so würde ihr dieser Ball wohl verwehrt bleiben.

9

Die Einladung zum Medizinerball war drei Tage zuvor gekommen, und Ursula von Althenau hatte es nicht fassen können.

»Wie kommen wir denn dazu?«, hatte sie gefragt, als die Einladung beim Frühstück auf einem silbernen Tablett mit der übrigen Post gereicht worden war.

»Ich habe mich sehr angeregt mit diesem Medizinprofessor unterhalten«, sagte ihr Ehemann.

»Na, das Gespräch muss euch ja tief beeindruckt haben, wenn du dich nicht mal an seinen Namen erinnerst und er drei Tage vor dem Ball an dich denkt. Vermutlich war es die Gräfin von Radig, mit der ich ein sehr interessantes Gespräch geführt habe. Ihr Neffe studiert Medizin.«

»Radost«, hatte Rudolf von Althenau sie korrigiert, »nicht Radig. Und was den Rest angeht – wie du bereits sagtest.«

Vermutlich waren Bernadette und Antonia die Einzigen, die ahnten, wem sie die Einladung zu verdanken hatten.

»Dann scheint ihm ja sehr daran gelegen, dich wiederzusehen«, sagte Bernadette, als sie sich abends für den Ball umkleideten.

»Wenn es wirklich sein Einfluss war, dem ich die Einladung zu verdanken habe.«

»Wir werden es gewiss erfahren, falls du ihn dort triffst.«

Bernadettes Kleid war in einem zarten Blauton, Antonias cremegelb. Beide Ballroben waren üppig verziert mit Spitze und Volants, und beim Gehen wippten die Röcke, während die Oberteile eng anlagen und weich fallende Spitze den Ausschnitt säumte. Sie verließen das Ankleidezimmer, und im Nachhinein hätte Antonia nicht sagen können, wie es passiert war, aber Bernadette stolperte über eine Falte im Läufer unmittelbar vor der Treppe, glitt über die erste Stufe, fing sich gerade noch, kam aber so unglücklich auf, dass ihr der Fuß umknickte. Antonia hatte vor Schreck aufgeschrien, hatte im ersten Moment geglaubt, Bernadette würde kopfüber die Treppe hinunterfallen.

»Was ist passiert?« Ihr Vater kam aus seinem Zimmer gestürzt.

»Wer hat da geschrien?« Ihre Mutter lief die Treppe hinauf.

»Bernadette?« Sie eilte zu ihr und sank auf einer Treppenstufe nieder, direkt neben ihrer Tochter, die sich den Knöchel hielt.

»Es tut so weh«, presste Bernadette hervor.

»Zeig mal her.« Ursula von Althenau schob das Kleid hoch und begutachtete den Knöchel, Antonia trat zu ihnen.

Das sah überhaupt nicht gut aus, man konnte zusehen, wie der Knöchel anschwoll.

»Was ist passiert?« Charlotte kam über den Korridor aus der Richtung ihres Zimmers.

»Bernadette ist gestürzt«, sagte ihr Vater.

»Das muss sich ein Arzt anschauen«, kam es von ihrer Mutter.

»Da ist so ein Medizinerball ja genau das Richtige«, konnte sich Charlotte nicht verkneifen zu sagen.

»Wenigstens in einer solchen Situation könntest du dich etwas zusammenreißen«, tadelte ihre Mutter. »So kann sie auf jeden Fall nicht auf den Ball.«

»Ich ziehe mich wieder um«, kam es gut gelaunt von Charlotte.

»Augenblick, junge Dame.« Ursula von Althenau richtete sich auf und stützte Bernadette, die sich mit leisem Aufstöhnen aufrichtete und dabei vermied, den Fuß zu belasten. »Die Rede ist von Bernadette. Ihr geht mit eurem Vater. Ich werde hierbleiben und auf den Arzt warten.«

»Das kann ich übernehmen«, kam es von der Treppe her, und Fabian stieg die Stufen hoch. »Ich lasse augenblicklich nach ihm schicken und sorge dafür, dass es der jungen Dame an nichts fehlt.«

»Aber Sie können doch nicht dabeisitzen, wenn der Arzt ihren Knöchel anschaut«, sagte Rudolf von Althenau. »Das wäre zutiefst ungehörig.«

Antonia starrte ihn an. Das ging nicht, sie konnten Bernadette doch nicht ihm anvertrauen. Diese Teppichfalte – war das womöglich sein Werk? Damit sie die Treppe hinunterstürzten? Wobei ihm gleichgültig war, wen es traf? Aber Desirée war ja auch hier, und er würde gewiss nicht wagen, ihr etwas unter diesem Dach anzutun, oder? Die Teppichfalte sagte etwas anderes.

»Geh nur, Mama«, sagte Bernadette. »Millie ist doch hier.«

»Ich gehe nicht tanzen, wenn eines meiner Kinder sich verletzt hat.« Ursula von Althenau strich resolut ihr Kleid glatt. »Rudolf, du gehst mit Antonia und Charlotte hin. Entschuldige mein Fernbleiben bitte und betone, wie sehr ich den Umstand bedaure, nicht erscheinen zu können.«

»Ist gut. Dann kommt.« Ihr Vater winkte Charlotte und Antonia heran. »Bis später, Liebes«, sagte er, an Bernadette gewandt. »Ich hoffe, es schmerzt nicht allzu sehr.«

»Das wird schon.« Bernadettes Stimme klang gepresst.

»Komm.« Ihre Mutter reichte ihr den Arm, um sie zu stützen. »Ich bringe dich auf dein Zimmer.«

Bernadette versuchte, den Fuß zu belasten, und Antonia sah, dass ihr die Tränen in die Augen schossen. »Wartet, ich helfe euch.« Sie eilte an die andere Seite ihrer Schwester und stützte diese, sodass sie auf einem Bein hüpfen konnte.

Schließlich war Bernadette in ihrem Zimmer, der Arzt auf dem Weg, und sie konnten das Haus verlassen. Auf der Straße stand die gemietete Kutsche, deren Fahrer in seinen dicken Umhang gehüllt gelangweilt an einer Pfeife sog. »Na endlich«, brummte er, ohne ihnen den Kutschschlag zu öffnen, was Antonia nichts ausmachte, aber von ihrem Vater mit einem gemurmelten »Unverschämtheit« bedacht wurde.

Antonia konnte den Mann verstehen, sie fror schon auf dem kurzen Weg vom Haus zur Kutsche in ihrem warmen Mantel, über dem sie eine Pelerine trug. Wie musste es da erst dem Fahrer gehen? Sie stiegen in die Kutsche, und Charlotte setzte sich nahe neben sie, sodass sie sich im frostig kalten Innern gegenseitig wärmen konnten.

Das Tanzlokal »Zum Sperl« lag in der Vorstadt Leopoldstadt in einer Seitengasse der Taborstraße. Gegenüber befand sich die Karmeliterkirche, weiß und imposant. Antonia hatte gehört, dass das Tanzlokal zu den populärsten Vergnügungsstätten Wiens gehörte. Hier hatte Johann Strauss seinen letzten Auftritt im Jahr 1849 gehabt, und er hatte dem Lokal den Sperl-Walzer, den Sperl-Galopp und die Sperl-Polka gewidmet. So war es überaus passend, dass sein Sohn hier die Uraufführung der Aesculap-Polka feierte.

Das Tanzlokal war im Stil Pariser Säle eingerichtet mit Kristalllüstern, goldenen Stuckverzierungen und goldgerahmten Spiegeln. Das Licht brach sich funkelnd im Schmuck der Damen, die in prachtvollen Ballroben durch die Säle gingen, begleitet vom Geräusch raschelnder Seide. Antonia fand es wundervoll, und auch Charlotte schien nicht mehr ganz so übel gelaunt wie noch kurz zuvor.

»Scheint ja nicht ganz so steif zuzugehen«, sagte sie.

Ihr Vater hatte offenbar jemanden entdeckt. »Oh, dort ist Professor …« Den Rest hörte sie nicht mehr, weil er bereits davongeeilt war. Damit waren sie und Charlotte sich selbst überlassen, was ihr nicht unlieb war. Zunächst schlenderten sie gemeinsam durch den Tanzsaal, dann begab sich Charlotte zum Büfett, weil sich von dort aus am trefflichsten die Menschen beobachten ließen.

Antonia spazierte langsam durch den Saal. Hin und wieder sah sie ein Gesicht, das ihr bekannt vorkam. Nur das eine, das sie zu sehen wünschte, konnte sie nicht entdecken. Schließlich ging sie ebenfalls ans Büfett, nahm ein Glas und nippte daran, um etwas zu tun zu haben. Bisher kannte sie niemanden ausreichend lange, um sich einfach dazuzustellen. Ihre Mutter war in dieser Hinsicht offener und fand stets ein gesellschaftliches Thema, mit dem sie in ein Gespräch eintrat. Aber dafür kannte Antonia die Gesellschaft hier noch nicht gut genug. Für einen Moment ballte sich ein Kloß in ihrer Kehle, weil sie München so vermisste, ihre Freundinnen und all die Vertrautheit. Sie nahm rasch einen weiteren Schluck aus ihrem Glas und blinzelte, hoffte, dass ihre Augen nicht glasig geworden waren, weil es sich anfühlte, als kämen ihr jeden Moment die Tränen. Diese unselige Balustrade. Wie hatte sie überhaupt so marode werden können? Hatte das beim Reinigen niemand gemerkt? Die musste doch geknarrt haben oder irgendwie wacklig gewesen sein. Aber ihr und Arvid war ja auch nichts aufgefallen, was auch daran liegen mochte, dass sie zu sehr auf das konzentriert gewesen waren, was sie gerade getan hatten.

Sie bemerkte die schlanke, hochgewachsene Gestalt eines Offiziers der kaiserlichen Armee, und ihr ging das Herz schneller. Dann sah sie, dass es nicht Benedict von Breling war, gleichwohl der Mann ebenfalls dunkelhaarig war. Er drehte sich um und sprach mit jemandem, der in diesem Moment den Saal betrat, und dieses Mal, dessen war sich Antonia gewiss, war *er* es. Weil sie natürlich nicht auf ihn zulaufen konnte – das wäre zutiefst unschicklich gewesen –, blieb sie mit dem Glas in der Hand stehen und hoffte, er werde sie sehen. Was kurz darauf der Fall war. Über sein Gesicht glitt ein Lächeln, dann kam er auf sie zu.

»Wie schön, Sie wiederzusehen«, begrüßte er sie.

»Ja, es flatterte überraschend eine Einladung ins Haus.« Über den Rand des Glases hinweg sah sie ihn aufmerksam an, und er wirkte ertappt, hob einen Mundwinkel, sodass sein Lächeln auf eine bezaubernde Art schief geriet.

»Ich hoffe, Sie finden es nicht vermessen, dass ich ein wenig Einfluss habe spielen lassen.«

»Keineswegs, ich freue mich, dass ich hier sein kann.« Antonia stellte das Glas ab. »Für meine Eltern war es eine Überraschung.«

»Eine angenehme, hoffe ich.«

»Nun, wir sind hier, nicht wahr?«

Er drehte sich zu dem anderen Offizier um. »Mein Freund Karl Ludwig von Trauttmannsberg.«

Der Mann deutete eine Verbeugung an. »Es ist mir ein Vergnügen.«

»Antonia von Althenau. Das Vergnügen ist ganz meinerseits.«

Sie fing den Blick ihres Vaters auf, dem offenbar nicht entging, dass ihr gleich zwei Offiziere die Aufwartung zu machen schienen. Dann wurde bereits aufgespielt und die erste Polka angekündigt. Johann Baptist Strauss der Jüngere präsentierte die Premiere seiner Aesculap-Polka.

Benedict von Breling streckte ihr die Hand entgegen. »Erweisen Sie mir die Ehre?«

Antonia legte ihre Hand in die seine und ließ sich auf die Tanzfläche führen. Dann ging es auch schon los, und Antonia, die bisher nur selten eine Polka getanzt hatte, fand sich rasch in die Schritte ein. Es war ein ausgelassener Tanz mit beschwingten Schritten und Drehungen. Benedict von Breling war ein hervorragender Tänzer, und Antonia genoss den Tanz in vollen Zügen. Viel zu schnell war die Polka vorbei, und der junge Offizier verbeugte sich vor ihr, um schon vom nächsten jungen Herrn für den folgenden Tanz abgelöst zu werden.

Antonia tanzte einen Tanz nach dem anderen – es war wunderbar. Als sie schließlich außer Atem die Tanzfläche verließ und sich Luft zufächelte, fühlte sie sich zum ersten Mal seit Wochen wieder wirklich lebendig. Sie ging zum Büfett, trank etwas und nahm sich danach ein Würstchen im Teigmantel. Wenn es doch nur immer so wunderbar sein könnte, ohne Angst, was noch auf sie zukommen würde. Ihre Gedanken wanderten zu Bernadette, die beinahe die Treppe hinuntergestürzt wäre, und Unbehagen mischte sich in ihre gute Stimmung. Bestimmt war es ein Unfall gewesen. Eine Falte im Teppich – das kam doch vor.

»Ich hoffe, der Ball gefällt Ihnen«, sagte Benedict von Breling, der in diesem Moment ebenfalls ans Büfett getreten war. »Hier werden auch wunderbare Faschingsbälle gefeiert.«

»Das glaube ich gern. Der Tanzsaal lädt ja geradezu ein.«

Ihr Vater kam zu ihnen und musterte Benedict. Antonia beeilte sich, die beiden miteinander bekannt zu machen, ehe ihr Vater einen falschen Eindruck bekam. »Papa, das ist Leutnant Benedict von Breling. Mein Vater, Rudolf von Althenau.«

Benedict von Breling legte sich die Hand an die Brust und verneigte sich leicht. »Es ist mir eine Ehre, Graf von Althenau. Ich habe bereits von Ihnen und Ihrer Familie gehört.«

Ihr Vater wirkte erstaunt und geschmeichelt. »Meine Frau ist Wienerin, wir begeben uns sozusagen auf heimisches Parkett.«

»Sie kommen aus München, habe ich gehört?«

»Ja, wir haben dort sehr gerne gelebt, aber weil meine Tante gute Kontakte zum kaiserlichen Hof hat, haben wir uns im Interesse unserer Töchter entschieden, nach Wien zu kommen.«

Benedict von Breling nickte. »Das eröffnet hervorragende Möglichkeiten.« Er lächelte. »Ich entstamme einer Familie kaiserlicher Offiziere und Hofdamen, ich bin praktisch am Hof aufgewachsen.«

Ihr Vater war angetan, das war nicht zu übersehen. Als in diesem Moment ein Walzer gespielt wurde, sagte Benedict von Breling: »Darf ich einen weiteren Tanz mit Ihrer Tochter tanzen?«

»Aber gewiss doch.« Rudolf von Althenau nickte hoheitsvoll. Ein zweiter Tanz würde nicht zu Gerede führen, nachdem der erste schon länger her war, aber offenbar fühlte er sich geschmeichelt, weil er gefragt worden war und der Sache damit sozusagen die Erlaubnis gab.

Es folgte ein Wiener Walzer, und Antonias Herz ging schneller, als sie Benedict von Brelings Hand auf ihrem Rücken spürte, während ihre rechte Hand in seiner Linken lag.

Sie wirbelten durch den Saal, der nur noch Licht und Farben war. Antonia wollte vor Glück lachen und gleichzeitig in Tränen ausbrechen, weil es nur von kurzer Dauer sein würde. Schnell, viel zu schnell, war der Walzer vorbei, und Benedict von Breling führte sie zurück zu ihrem Vater, der am Rand der Tanzfläche gestanden und sich unterhalten hatte. Er verbeugte sich leicht, und Antonia sank in einen Knicks.

Es schien, als wollte er noch etwas sagen, als Charlotte angelaufen kam, die Wangen gerötet, wobei nicht zu sagen war, ob vom Tanzen oder vor Ärger, denn sie wirkte erregt. »Ach, so eine vermaledeite Geschichte«, sagte sie und wurde umgehend von ihrem Vater ermahnt, auf ihre Sprache zu achten.

»Da war dieser Kerl, der in mich reingelaufen ist, als ich gerade ein Glas in der Hand gehalten habe. Er sagte, ich solle aufpassen, aber ich bin überzeugt davon, dass es allein seine Schuld ist, weil er die Augen überall hatte, nur nicht dort, wohin sein Weg ihn geführt hat.«

»Der Kerl« war Benedict von Brelings Freund, den dieser ihr kurz vorher vorgestellt hatte. Und als er nun zu ihnen trat – die Uniformjacke verunziert durch einen großen Fleck, als hätte jemand ihn mit Sekt begossen –, taxierte er erst Charlotte, dann Antonia. »Ah, Sie kennen sich?«

»Komtess von Althenau ist meine Schwester«, sagte Antonia, deren Stimme sich um einige Nuancen abgekühlt hatte. Sie selbst mochte sich über Charlottes Unachtsamkeiten ärgern – und dass sie vermutlich wieder in der ihr eigenen Ungeduld viel zu unaufmerksam unterwegs gewesen war, bezweifelte sie keinen Augenblick. Aber anderen stand das nicht zu.

»Ich bedaure«, kam es nun von ihrem Vater, »wenn Ihnen ein Ungemach passiert ist. Aber natürlich werden Sie meiner jungen Dame nicht die Schuld für Ihre mangelnde Achtsamkeit geben?«

Der Offizier – wie hieß er noch, irgendwas mit Trautmann oder so – tauschte einen Blick mit Benedict von Breling. Antonia konnte dessen Miene nicht lesen, sein Freund jedoch offenkundig durchaus, denn er neigte den Kopf und bat mit leicht verkniffener Miene um Verzeihung für sein Ungeschick und dafür, die junge Dame erschreckt zu haben.

»Pah, erschreckt!«, rief Charlotte. »Mich erschreckt vielleicht ein Eber, wenn ich im Wald ausreite, aber gewiss kein Kerl, der nicht sieht, wo er die Füße hinsetzt.«

»Charlotte!« Rudolf von Althenau lief puterrot an. »Sofort bittest du um Entschuldigung.«

Dieses Mal war es an Charlotte, in Antonias Miene zu lesen, und ihre Augen weiteten sich überrascht. Freimütig wandte sie sich an den Offizier und warf ihm ein »Verzeihung« zu.

Um Benedict von Brelings Mundwinkel zuckte es kaum merklich, wenngleich er sich offenkundig Mühe gab, der Sache mit dem nötigen Ernst zu begegnen. Er legte seinem Freund die Hand auf die Schulter. »Komm, sehen wir, dass wir das Malheur irgendwie beseitigen.«

Er tauschte einen kurzen Blick mit Antonia, und den Anflug echter Erheiterung konnte er nicht gut verbergen. Das nahm sie augenblicklich noch mehr für ihn ein, und sie neigte den Kopf, lächelte kaum merklich.

»Macht der dir den Hof?«, fragte Charlotte.

»Das hätte er durchaus«, entgegnete ihr Vater mit kaum verhohlener Verärgerung, »wärst du nicht in ebendiesem Moment hineingeplatzt, um seinen Freund schlechtzumachen.«

»Das konnte ich ja nicht wissen. Nächstes Mal komme ich in so einem Fall nicht zu dir, sondern bläue dem Kerl mit meinen eigenen Worten Benimm ein.«

»Untersteh dich!« Ihr Vater wirkte entsetzt.

Antonia bemerkte jedoch das leichte Blinzeln, mit dem Charlotte sie ansah. Ihre Schwester ärgerte ihn gerne, und er sprang immer wieder darauf an.

»Wenn sie ihm gefällt«, sagte Charlotte, »hat er jetzt gewiss erst recht Feuer gefangen. Immerhin weiß er ja, dass er die Familie gleich mitheiratet.«

Ihr Vater stöhnte leise auf, und Antonia biss sich auf die Lippen, um nicht zu lachen.

10

»Man tratscht es bereits in allen Salons, wie du mit dieser verarmten Adligen herumpoussierst.« Tante Ludwina betrat ohne Begrüßungsfloskeln das Musikzimmer.

»Ich freue mich auch, dich zu sehen.« Benedict schlug eine Taste des Klaviers an, das an diesem Morgen neu gestimmt worden war, und erfreute sich an dem vollen Klang.

Sie ließ sich auf dem mit sattgrünem Samt bezogenen Sessel nieder, der sich in seinem Musikzimmer mit drei weiteren und einem Sofa um einen Tisch gruppierte. »Du stößt damit mehr als eine Familie vor den Kopf, die sich Hoffnungen auf eine Verbindung mit dir macht.«

»Tatsächlich?« Benedict freute sich bereits auf das Musizieren mit seinen Freunden abends. Er schlug eine weitere Taste an und spielte eine kleine Melodie von Chopin, für den er eine besondere Schwäche hegte.

»Ich hatte dir doch eine Liste der infrage kommenden Damen gegeben.«

»Ja, das ist mir nicht entfallen. Ich danke dir für deine Mühe.«

»Hast du dir die jungen Frauen angesehen?«

Er blickte auf. »Angesehen? Es geht doch nicht um eine Viehbeschau.«

»Ach, jetzt hör mit den Haarspaltereien auf. Wenn du zu viel mit der Münchnerin herumschäkerst, wird man am Ende noch denken, du seiest interessiert.«

»Sie entstammt dem Hochadel, und ihre Mutter …«

»Ist gebürtige Wienerin, die Großtante die Witwe des Grafen von Caspers. Das weiß ich. Es ändert nichts daran, dass die Familie sonst nichts zu bieten hat. Da gibt es erfolgversprechendere Möglichkeiten. Familie mit Ansehen *und* Geld.«

»Ansehen hat die Familie, und Geld habe ich selbst im Übermaß.«

»Muss ich dir wirklich erklären, wie diese Gesellschaft funktioniert?«

»Nein, ich denke nicht, dass das nötig ist. Aber wie auch immer, die junge Dame entstammt dem Hochadel, und sie gefällt mir. Und da dein Wunsch ist, dass ich mich binde …«

»Gefallen!«, fuhr Ludwina auf. »Eine so bedeutsame Entscheidung wie eine mögliche Ehe entscheidet man doch nicht danach, ob einem die Frau gefällt!«

»Das ist mir bewusst, und in ihrem Fall passt auch das familiäre Umfeld. Dass sie kein Geld hat, ist in meinen Augen kein Nachteil.«

»Nun, dann muss ich wohl deinen Bruder anschreiben, damit der dir den Kopf zurechtrückt.«

»Was soll Hochwürden denn ausrichten? Mich exkommunizieren?«

Auf Ludwinas Wangen erschienen rote Flecken. »Dir vergeht der Spott schon noch, wenn Ferdinand dir die Dringlichkeit einer guten Verbindung darlegt.«

»Für unseren angehenden Bischof spielt es keine Rolle, ob ich Geld heirate oder nicht, die Kirche sieht davon ohnehin nichts.«

»Aber es spielt durchaus eine Rolle, wie viel Einfluss die Familie hat. Es gibt Familien mit hohen Kirchenträgern wie auch Offizieren. Darum sollte es dir gehen. Nicht, ob du die Frau hübsch findest und … Na ja, was ihr Männer euch eben so denkt, wenn ihr eine schöne Frau seht.«

Belustigt blickte Benedict vom Klavier auf. »Was denke ich mir denn so?«

»Gewiss nichts, was die Regeln des Anstands mir auszusprechen erlauben. Daher wirst du dich nun auch darauf konzentrieren, eine der Damen kennenzulernen, die ich dir auf die Liste geschrieben habe. Es gibt zwar schon eine ernsthafte Anwärterin, aber du solltest die Fühler dennoch ausstrecken.«

»Bedaure, aber ich bin nicht interessiert.«

»Du willst weiter mit ihr herumtändeln?«

»Wir haben bisher getanzt, unter den Augen ihres Vaters.«

»Und was war mit eurer Herumtreiberei im Schlosspark Schönbrunn?«

»Deine Freundinnen scheinen ja unter einem Übermaß an Langeweile zu leiden. Wir sind uns zufällig begegnet und sind dann ein paar Schritte gemeinsam gegangen.«

Ihre Lippen wurden ganz verkniffen vor Ärger. »Untersteh dich, so von meinen Freundinnen zu reden – allesamt Damen, die das Leben verstanden haben, was man von dir nun nicht gerade behaupten kann. Also wenn du die Güte haben möchtest, dich wieder darauf zu besinnen, was von dir angesichts deines Standes erwartet wird, wäre ich dir überaus dankbar. Im Übrigen habe ich auch gehört, dass die jüngere Schwester ein Ausbund an Unverschämtheit ist.«

»Welche? Derer gibt es drei.« Allerdings konnte sich Benedict natürlich denken, wer gemeint war. Der rothaarige Wildfang, wie Karl Ludwig sie genannt hatte, nachdem er über den Vorfall selbst hatte lachen müssen. »Wer sie mal heiratet«, so seine Worte, »dem wird es nicht langweilig.«

»Bist du interessiert?«, hatte Benedict prompt gefragt, woraufhin sein Freund schallend aufgelacht hatte.

»Gott bewahre!«

Ludwina schüttelte den Kopf, als sei ihr die Frage danach, von welcher Schwester sie sprach, keine Antwort wert. »Du wirst sie nicht mehr wiedertreffen, hast du mich verstanden?«

»Und wenn ich sie nun treffen möchte? Was dann?«

»Dann sorge ich dafür, dass die Menschen mit dem richtigen Einfluss sich der Sache annehmen.«

»Willst du mir drohen?«

Empört verschränkte sie die Arme vor der Brust. »Selbstverständlich nicht. Ich will dich nur davon überzeugen, wie wichtig eine richtige Entscheidung deinerseits ist.« Sie taxierte ihn. »Warum siehst du immerfort auf die Uhr? Möchtest du mir auf besonders unhöfliche Art zu verstehen geben, dass ich gehen soll?«

Nichts lieber als das. »Natürlich nicht. Ich bekomme nur gleich Besuch.«

»Was kann jetzt so wichtig sein?«

»Meine musikalische Runde.«

»Na, dann kann ich nur hoffen, dass deine Freunde dir den Kopf ein wenig zurechtrücken. Der Trauttmannsberg hat immerhin einen Ruf zu verlieren.«

»Den verliert er, wenn ich eine Frau aus dem Münchner Adel heirate?«

Sie machte eine wedelnde Handbewegung. »Ich werde die Details jetzt nicht mit dir diskutieren, wenn du schon selbst nichts verstehst.«

Benedict bezweifelte ernsthaft, dass seine Tante verstand, was sie da von sich gab. »Wie auch immer, sie sind in einer halben Stunde hier.«

»Na, dann will ich mich mal auf den Weg machen. Man weiß ja, wie es zugeht, wenn sich ein Haufen junger Männer trifft.«

Benedict hatte keine Ahnung, was seine Tante sich vorstellte, was sie während des Musizierens taten, aber er wollte es auch nicht genauer wissen, und so nahm er dankbar die Aufbruchsstimmung und damit die vorläufige Beendigung ihrer unangenehmen Erkundigungen an und erhob sich, um sie persönlich zur Tür zu bringen.

»Stellst du dich bereits auf das Leben als verarmter Adliger ein, der sich kein Personal mehr leisten kann?«, fragte sie denn auch prompt.

»Ich wollte nur höflich sein.«

»Dann sei es bitte nicht auf eine dermaßen vulgäre Art, als wärst du ein Hausdiener. Wo ist Peter?«

Benedict läutete, und kurz darauf trat sein Lakai ein. »Bringen Sie die Gräfin von Böhm bitte zur Tür.«

Peter machte beflissen eine leichte Verneigung. »Wie Sie wünschen, Herr Graf. Frau Gräfin?« Er hielt ihr die Tür auf, und mit hoheitsvoll erhobenem Kopf schritt sie hindurch.

Sebastian von Seltmann schien stets der Duft von Schokolade und Kaffee anzuhaften. Vielleicht bildete Benedict sich das auch nur ein, aber Karl Ludwig hatte das auch schon festgestellt. Die Seltmanns waren Barone, doch Sebastian hatte sich für einen unkonventionellen Weg entschieden und betrieb ein Kaffeehaus mit Zuckerbäckerei, hatte das Handwerk von der Pike auf gelernt und war auf abenteuerlich verschlungenen Wegen an seinen Betrieb gelangt.

Er stellte nicht nur die besten Süßwaren her, die Benedict je gekostet hatte, er war auch ein begeisterter Cellospieler, wie er einmal bei Hofe unter Beweis gestellt hatte, als er erlesene Süßspeisen für einen Ball lieferte und der Konzert-Cellist aufgrund von Krankheit ausgefallen war. Die Vertretung war zwar pünktlich angekommen, hatte aber so gut gebechert, dass sie nicht einmal den Kopf im richtigen Winkel halten konnte, geschweige denn einen Cellobogen. Sebastian war eingesprungen, und er war so virtuos gewesen, dass Benedict und Karl Ludwig einander zugenickt hatten und wussten – er würde ihre Musikrunde aufs Beste ergänzen.

Sie waren zu fünft – Benedict am Piano, Sebastian am Cello, die Grafen Christoph von Wallershaus und Franz von Leonberg an der Violine. Karl Ludwig schließlich beherrschte zwar auch das Piano, aber er verfügte zudem als Einziger von ihnen über eine begnadete Gesangsstimme, sodass klar war, schweigend an einem Instrument wäre dieses Talent verschwendet. In der Regel versuchten sie, sich zweimal im Monat zu treffen, je nachdem, wie es ihre gesellschaftlichen Verpflichtungen und jene bei Hofe zuließen. Von ihnen waren ausschließlich Benedict und Karl Ludwig bei der kaiserlichen Armee.

Sie gingen an ihre Instrumente, und Benedict schlug einen Ton auf dem Klavier an, damit sie gestimmt werden konnten. Das Cello hatte er extra für ihre Musikrunden gekauft, damit Sebastian seines nicht immer mitschleppen musste. Das Musizieren war so erfüllend, dass Benedict in diesen Momenten stets bedauerte, es nicht fortwährend tun zu können. Es gab nur wenig, das ihn mit einer so tiefen Zufriedenheit erfüllte. Sie hatten bereits überlegt, Kammermusikabende auszurichten, und vielleicht würde Benedict das ja in der Tat einmal tun. Er könnte dann Antonia von Althenau einladen mit ihrer Familie. Was für eine großartige Gelegenheit, die ganze Familie unverfänglich kennenzulernen. Vielleicht gefiel ihr sogar die Harfe. Ob sie die Gruppe ergänzen könnte? Das würde er besprechen müssen.

Wie von selbst fanden Benedicts Finger die Tasten, spielten die Melodien, die von den Streichinstrumenten begleitet und von Karl Ludwigs wohltönender Stimme zum Tragen gebracht wurden. Mehrere Stücke spielten sie nacheinander, dann machten sie eine Pause, und Benedict ließ Getränke servieren.

»Ich habe gehört, du hast Interesse an einer der Töchter dieser neu zugezogenen Münchner Familie?«, fragte Christoph, der sich in einem der Sessel niedergelassen hatte und ein Bein über die Armlehne baumeln ließ.

»Woher weißt du das?« Benedict saß in einem der anderen Sessel.

»Pfeifen die Spatzen von den Dächern.« Sebastian hatte sich halb aufs Sofa gelegt und wirkte ein wenig erschöpft, was kein Wunder war, wenn er jeden Tag in aller Frühe beginnen musste.

»Ich habe sie bereits gesehen«, antwortete Karl Ludwig.

»Ich auch«, entgegnete Franz. »Sie und ihre Schwester, die, die ihr so ähnlich sieht. Ich kann verstehen, dass du da Feuer gefangen hast. Mir würden beide gefallen, wenn mein Vater mich nicht auf bestimmte Familien festgelegt hätte.«

»Die Rothaarige ist auch apart«, meinte Karl Ludwig. »Wenn man sich ein etwas aufregenderes Leben wünscht.«

»Mir ist der Gedanke an eine Ehe gerade völlig fremd«, entgegnete Sebastian. »Ich wüsste gar nicht, wann ich mich noch um die Suche nach einer Ehefrau kümmern sollte.«

»Dir erliegt jede Person, für die du Zuckergebäck bereitest«, entgegnete Christoph.

»Du auch?«, scherzte Sebastian.

»Noch vor allen anderen.«

Sie lachten, hoben die Gläser und stießen auf Sebastians künftige Kreationen an.

»Ich würde mit dem Heiraten auch gerne noch warten«, sagte Franz, »aber mein Vater ist schon älter, und ich möchte ihn gerne mit Enkelkindern beglücken, ehe er das Zeitliche segnet.«

»So arg ist es doch nicht, dass in Kürze sein Ableben zu befürchten ist«, entgegnete Karl Ludwig. »Er wirkt sehr agil, wenn ich das so sagen darf.«

»Das ist er auch, aber ich werde ja ein bisschen brauchen, die richtige Braut zu finden. Und ob es dann direkt mit Kindern klappt?« Er zuckte mit den Schultern.

»Zuerst heiratet unser Benedict«, sagte Sebastian. »Er hat sich ja offenkundig schon eine auserwählt.«

»Warten wir es ab«, entgegnete Benedict und erhob sich. »So, können wir weitermachen?«

Sie musizierten eine weitere Stunde, dann tranken sie gemeinsam etwas, und schließlich verabschiedeten sich alle bis auf Karl Leopold.

»Die Idee mit der Kammermusikaufführung ist nicht übel«, sagte er, als sie noch ein wenig beisammensaßen. »Vielleicht ließe sich das nach Fasching machen.«

»Möglicherweise.«

»Möglicherweise erscheinen ja sogar deine Geschwister.«

»Das wage ich zu bezweifeln. Ferdinand möglicherweise, aber darauf, dass Clara den Schleier ablegt, darfst du weiterhin nicht hoffen.«

Karl Ludwig seufzte tief. »So eine Verschwendung.«

»Sie sieht es anders und fühlt sich ganz und gar eins mit ihrer Berufung.« Benedicts Schwester war eine sehr schöne Frau, vermutlich die schönste in der ganzen Familie, einschließlich sämtlicher Cousinen. Nicht wenige junge Männer hatten sich zum Narren gemacht, damit sie ihnen einen Blick schenkte, und Karl Ludwig hätte sich aufgrund der Nähe zum Haus von Breling durchaus Möglichkeiten ausmalen können. Aber Clara hatte zur Überraschung aller – und tiefer Enttäuschung der Männer – den Schleier genommen und diesem Leben entsagt. Wenn Benedict sie besuchte, strahlte sie eine tiefe Ruhe und Zufriedenheit aus, und wer war er, darüber urteilen zu wollen, welchen Weg sie hätte einschlagen sollen? Dabei war er ganz und gar nicht einverstanden gewesen und dachte nach wie vor, sie würde es irgendwann bereuen. Aber es war ihre Entscheidung, nicht seine, und er mischte sich nicht ein, hatte ihr weder zugeredet noch versucht, es ihr auszureden.

»Was wirst du jetzt tun?«, fragte Karl Ludwig. »Die Eltern der reizenden Komtess aufsuchen?«

»Erst einmal möchte ich ihr die Gelegenheit geben, mich besser kennenzulernen. Ich werde darum bitten, ihr in aller Form den Hof machen zu dürfen. Schließlich möchte ich kein Gerede.«

Karl Ludwig hob das Glas in seine Richtung. »Dann viel Glück. So, wie ich deine Tante kenne, wirst du es brauchen.«

11

Sie hätte gerne gesagt, dass der Faschingsball aufregend gewesen war, aber da hatte sie in München schon ganz andere Feste gefeiert. Es war nun nicht so, als hätten sie eine große Auswahl gehabt, aber Antonia fragte sich, ob es auf der anderen Feier nicht vielleicht doch aufregender zugegangen wäre. Auf dieser war praktisch kein bekanntes Gesicht aufgetaucht, und sie hätte zu gerne gewusst, nach welchen Kriterien ihre Mutter die Entscheidung getroffen hatte. Bernadette war zunächst betrübt gewesen, weil sie aufgrund ihres immer noch schmerzenden Knöchels nicht mitgekonnt hatte, aber Antonia hatte ihr noch in derselben Nacht gesagt, sie habe absolut nichts verpasst. Und Benedict von Breling hatte sie auch nicht getroffen. Überhaupt machte er sich rar, und sie fragte sich, ob sie sich das Einvernehmen mit ihm und sein Interesse nur eingebildet hatte.

»Er wird viel zu tun haben als Offizier«, sagte Bernadette, als sie sich mit ihr darüber unterhielt.

»Und vermutlich war *er* auf einer Feier, die wirklich Spaß gemacht hat.«

»Davon ist auszugehen, da er Teil des Hofes und der Wiener Gesellschaft ist. Da kommen wir gewiss auch noch hin.« Bernadette klang indes etwas mutlos. Ihr dauerte das zu lang, und Antonia konnte das verstehen, bedachte man, wie nahe dran sie in München gewesen war, an den Hof zu gelangen. Alles ruiniert durch ihre Schuld. Aber nein, dachte Antonia, so wollte sie nicht mehr denken. Sie trug keine Schuld. Es war ein Unfall gewesen. Nichts als ein Unfall, für den niemand etwas konnte – sie nicht, und auch nicht der arme Arvid.

»Du wirst auch an den Hof kommen«, sagte sie dann. »Dessen bin ich mir sicher. Tante Elinor sagte doch, sie wird ihren Einfluss spielen lassen.«

Bernadette nickte nur und wirkte ein wenig verzagt, dann schien sie die Trübsal abschütteln zu wollen und lächelte. »Und wie ist es bei dir? Hast du dich verliebt?«

Antonia zögerte. Verliebt? »Nein, so weit ist es noch nicht. Aber ich möchte ihn gerne näher kennenlernen. Eigentlich dachte ich noch gar nicht daran, so rasch zu heiraten.«

»Das kann ich verstehen, mir geht es ähnlich.« Bernadette wollte an den Hof, Antonia das Leben genießen, ehe sie ihren eigenen Haushalt führte. Aber dieser Mann war so anziehend, und sie wollte ihn wiedersehen.

Am späten Vormittag, als sie allein im Töchter-Salon saß und ein Journal durchblätterte, klopfte es an der Tür, und

Millie trat ein, eine versiegelte Epistel in der Hand. »Das wurde gerade von einem Boten für Sie abgegeben, Komtess.«

Antonia nahm das Schreiben entgegen, erbrach das Siegel, und ihr klopfte das Herz vor Angst, es könnte sich um eine weitere Drohung handeln. Dann verwandelte sich die Angst in freudige Erregung, als sie erkannte, von wem der Brief war. Benedict von Breling fragte höflich, ob sie ihn auf einem Spaziergang begleiten wolle. Er sei um zwei Uhr am Nachmittag auf der Kärntnertor-Bastei und hoffe, sie werde sein Ansinnen nicht als vermessen empfinden, denn es sei von dem ehrlichen und aufrichtigen Wunsch getragen, sie im Rahmen des Anstands wiederzusehen. Antonia faltete den Brief zusammen, und das Glück schien über ihr zusammenzuschlagen wie eine Welle.

Als sie sich zum Mittagessen in den privaten Speisesaal in der Beletage begaben, saßen ihre Mutter und Desirée bereits bei Tisch. Aufgetragen würde das Essen später von Fabian, den Antonia nach wie vor mit Misstrauen beäugte. Das Personal hier war ihr auch nach über zwei Monaten noch fremd. Natürlich hatte in München ebenfalls keine Vertrautheit mit den Dienstboten geherrscht, aber vertraut waren sie einem doch gewesen. Die Haushälterin kam ihr steif und distanziert vor, Millie arbeitete schweigend im Hintergrund, die Küchenmagd Greta bekam sie überhaupt nur zu Gesicht, wenn sie zufällig mitbekam, wie diese die Kamine reinigte und neu anfachte.

Nur Moritz, dem Stallburschen, lief sie täglich über den Weg, und immer hatte er einen gut gelaunten Gruß auf den

Lippen und pfiff ein Liedchen vor sich hin. Dass er das mit dem Brief gewesen war, hatte sie nach einigem Überlegen direkt wieder verworfen – wie hätte er von alldem wissen sollen? Natürlich könnte ihn jemand beauftragt haben, aber warum das Risiko eingehen? Es konnte nur Fabian gewesen sein.

»Warum schafft es diese Familie nicht mehr, pünktlich bei Tisch zu erscheinen?«, fragte ihre Mutter. »Hat mit dem Umzug auch der Schlendrian Einzug gehalten?«

Charlotte erschien kurz darauf, erhitzt und mit einem Kleid, das aussah, als hätte sie im Stall auf dem Boden gekniet. Aus ihrer Frisur hatten sich kleine Löckchen gelöst, die ihr Gesicht umspielten, und sie zog sich gerade die Reithandschuhe aus, die sie nachlässig auf die Anrichte warf.

»Dieses Benehmen, als wärst du auf einem Bauernhof aufgewachsen, dulde ich nicht mehr«, sagte ihre Mutter. »Sofort bringst du die Handschuhe weg, wäschst dir das Gesicht und erscheinst bei Tisch, wie sich das gehört. Bernadette, hilf deiner Schwester in ein sauberes Kleid. Wir sind hier doch nicht bei der Armenspeisung.«

»Wenn man bedenkt, was in dieser Pracht alles uns gehört, ist das Bild gar nicht mal verkehrt«, antwortete Charlotte.

»Eine derartige Impertinenz verbitte ich mir.«

Charlotte zuckte mit den Schultern und verließ das Speisezimmer, gefolgt von Bernadette, die im Vorbeigehen die Handschuhe mitnahm.

»Mechthild von Rechberg hat unserer Desirée angeboten, sie in der Bibliothek des kaiserlichen Hofes zu besuchen«, sagte ihre Mutter, als schließlich alle am Tisch saßen.

»Desirée kommt an den Hof?« Bernadette wirkte ein wenig konsterniert.

»Nicht direkt an den Hof«, sagte Desirée, die wusste, wie gerne ihre ältere Schwester Hofdame werden wollte und wie kurz sie in München davorgestanden hatte. »Nur in die Bibliothek.«

»Das ist aber ein guter Schritt in diese Richtung«, antwortete ihr Vater, dem jegliches Feingefühl völlig abging. »Wenn unsere Antonia jetzt auch noch von einem Offizier umworben wird, dann, denke ich, geht es alles seinen Weg.«

Ursula von Althenau sah Antonia scharf an und nickte dann. »Warten wir es ab.«

Damit schien aus ihrer Sicht alles zu dem Thema gesagt, und sie wandten sich dem Essen zu. Bernadette wirkte verstimmt. Ganz gewiss missgönnte sie es ihrer Schwester nicht, das war nicht ihre Art, aber an den Hof zu kommen, war einer ihrer Herzenswünsche, und es musste sie schmerzen, zu sehen, wie leicht es Desirée fiel, während ihr der Weg nach wie vor versperrt schien.

Nach dem Essen zog sich Antonia auf ihr Zimmer zurück und überlegte, ob sie sich umkleiden sollte. Eigentlich war dieses zartgelbe, geblümte Kleid ein Nachmittagskleid und somit durchaus passend für einen Spaziergang. Sie hatte Bernadette einweihen wollen, aber diese schien so niedergeschlagen durch Desirées Einladung an den Hof, dass Antonia sie in Ruhe ließ. Keinesfalls sollte es wirken, als liefe es derzeit für jeden gut, nur für sie nicht.

»Wo gehst du hin?«, fragte ihre Mutter, als Antonia ausgehfertig hinunter in die Halle ging.

»Ach, nur ein wenig spazieren.«

»Allein oder mit Bernadette?«

»Allein.«

»Vielleicht solltest du deine Schwester fragen, ob sie mitmöchte. Das bringt sie möglicherweise auf andere Gedanken.«

»Da wird ein Spaziergang nicht reichen.«

Ihre Mutter sah sie an. »Es ist ungerecht, nicht wahr?«

Antonia biss sich auf die Unterlippe, wusste nicht, was sie sagen sollte.

»Sie hätte so großartige Möglichkeiten gehabt. Und nun ist alles zunichte.«

»Was soll ich tun? In Sacke und Asche gehen? In ein Kloster und lebenslang Buße tun?«

»Hör auf mit diesem selbstmitleidigen Unsinn.«

»Ich bin nicht selbstmitleidig, aber wie lange wollt ihr mir diesen Unfall noch vorhalten?«

»Es geht nicht um den Unfall, sondern um das liederliche Verhalten, das überhaupt dazu geführt hat. Ich war immer so stolz auf dich, auf dein Benehmen, deine Disziplin.«

»Das kannst du auch weiterhin.«

»Das würde ich zu gerne, aber ich frage mich, wann der nächste Tiefschlag kommt.«

Antonia wurde wütend, wollte aber nicht weiter darüber diskutieren. Sie war es so leid. »Darf ich nun ein bisschen an die frische Luft?«

Ihre Mutter winkte ab. »Geh nur.«

»Danke.« Antonia ging zur Tür, öffnete sie und trat hinaus in den kalten Nachmittag. Sie hatte mit dem Gedanken gespielt, ihrer Mutter zu erzählen, dass ihr Benedict von Breling offenbar den Hof zu machen gedachte und sie sich treffen wollten. Nun war sie froh, es nicht getan zu haben. Ihre Mutter trug ihr die Sache mit Arvid immer noch nach, und gewiss hätte sie Einwände gehabt, dass Antonia sich allein mit diesem jungen Mann traf. Was sollten die Leute denken? Nein, ein wenig wollte Antonia Benedict von Breling für sich haben und in Ruhe herausfinden, wie es um ihre Gefühle stand. Ohne dass ihre Mutter sich einmischte oder womöglich die Sache zu dirigieren begann.

Antonia beschleunigte ihre Schritte. Wo die Kärntnertor-Bastei genau war, hatte sie auf dem Stadtplan nachgeschaut. Sie wollten sich am Tor treffen, und Antonia schätzte die Entfernung richtig ein, sodass sie ankam, als es kurz nach zwei war und Benedict von Breling auf sie wartete. Er wirkte so aufrichtig erfreut über ihr Erscheinen, dass ihr ganz warm wurde, und sie erwiderte sein Lächeln.

»Wie schön, dass Sie meiner Einladung gefolgt sind«, sagte er.

»Ich habe mich sehr darüber gefreut.«

»Waren Sie schon einmal hier?«

»Bisher noch nicht.«

»Es gibt sicher schönere Spazierwege, aber ich war heute den ganzen Vormittag hier, da war es das Nächste, und ich möchte nicht, dass Sie allzu spät noch durch die Stadt laufen müssen.«

»Das war sehr aufmerksam.«

Sie spazierten über die ehemalige Stadtmauer, und Benedict von Breling erzählte, wie er Fasching verbracht hatte. »Ich war mit meinen Freunden im ›Sperl‹, das war überaus unterhaltsam. Wie war es bei Ihnen?«

»Hm, nett.«

»Bei wem waren Sie?«

»Ich muss gestehen, ich habe den Namen vergessen.«

Er lachte. »Dann muss es ja beeindruckend gewesen sein.«

»Sie sagen es.«

»Der Kaiser geht heute übrigens auch hier spazieren«, sagte er. »Vielleicht sehen wir ihn ja.«

»Wirklich?«

»Ja. Sind Sie ihm bereits begegnet?«

»Bisher nicht.«

»Dann wird es Zeit.«

Das würde Bernadette gewiss gern hören, und vielleicht ergab sich ja auf diesem Weg die Möglichkeit. Sie spazierten langsam weiter, und Benedict von Breling wusste mit einigen Hof-Anekdoten zu unterhalten. Dann erweckte ein Aufruhr seine Aufmerksamkeit, und er blieb stehen, wirkte alarmiert.

»Was ist denn da los?«, fragte Antonia.

Jemand schrie auf, dann folgte ein erregtes: »Er hat ein Messer!«

»Der Kaiser! Ist der Kaiser getroffen?«, rief ein Mann.

»Grundgütiger! Ich glaube, jemand hat ein Attentat auf unseren Kaiser verübt.« Benedict von Breling ließ sie stehen, lief los, und Antonia folgte ihm langsamer, wobei die Leute um sie herum nun auch erregt auf die Stelle zueilten.

»Lebt unser Kaiser noch?«, rief eine Frau.

Antonia rauschte das Blut in den Ohren, und für einen irrwitzigen Moment glaubte sie gar, dass jemand das alles inszeniert hatte, um ihr zu schaden. Und Bernadette. Aber das war Unsinn. Gerade wurde ein Mann zu Boden gerungen, der in einer ihr fremden Sprache etwas schrie. Nein, das hatte natürlich nichts mit ihr zu tun, jemand hatte versucht, den Kaiser zu ermorden. Erst jetzt wurde ihr vollumfänglich bewusst, wovon sie da gerade Zeugin geworden war. Sie blieb in einigem Abstand stehen, sah Benedict von Breling, der mit einigen Männern sprach, auf den am Boden Liegenden schaute und dann mit einem Mann redete, der offenbar verletzt war, da er sich den Nacken hielt. Von Bildern her erkannte Antonia Kaiser Franz Joseph. Sie hob die Hand an den Mund, wenngleich es nicht den Eindruck machte, als sei er dem Tode nahe. Aber welch eine Ungeheuerlichkeit!

Als Benedict von Breling zu ihr zurückkehrte, war er ganz blass. »Wir können Gott danken, dass der Adjutant Graf O'Donnell die größte Wucht des Stoßes so geistesgegenwärtig abgefangen hat. Er hat ihn mit dem Säbel niedergestreckt, und geholfen hat ihm dieser gute Mann, der dort neben ihm steht in dem schwarzen Gehrock. Nicht auszudenken, was passiert wäre, wäre der Mordanschlag geglückt.«

Antonia war zwar erschrocken, aber die politischen Folgen vermochte sie nicht zu erfassen, dafür kannte sie sich mit dem österreichischen kaiserlichen Hof zu wenig aus. Allerdings wusste sie, dass der Kaiser unverheiratet war und daher keinen legitimen Thronfolger in seiner Linie hatte. Ein anderes Familienmitglied hätte es danach auf den Thron geschafft. Aber ob das nun gut oder schlecht war – Antonia wusste es nicht, und so beschränkte sie sich auf ein zustimmendes Nicken.

»Kommen Sie, lassen Sie uns woanders hingehen. Um den Attentäter kümmern sich nun die Polizei und die Gerichtsbarkeit.«

Sie verließen die Bastei und spazierten durch die Straßen, wobei sie in ausreichend Abstand zueinander blieben. Die Stimmung war dahin, und es war offensichtlich, dass Benedict von Breling mit seinen Gedanken bei dem Kaiser war und vermutlich nur zu höflich, um ihr kleines Stelldichein zu beenden. Also zog Antonia ihre Uhr hervor und bemerkte, sie müsse sich langsam auf den Rückweg machen.

»Ich bedaure es zutiefst, dass der Ausflug ein so unschönes Ende genommen hat«, sagte Benedict von Breling. »Ich hoffe, wir können das beizeiten nachholen.«

»Die Gelegenheit ergibt sich gewiss.«

»Gleich Sonntag? Im Schlosspark Schönbrunn beim Pferdeunterstand? Um dieselbe Zeit wie heute?«

Sie hob die Brauen. »So draufgängerisch?« Dann lächelte sie. »Nur zu gern.« Sie reichte ihm die rechte Hand, und er nahm sie, neigte sich darüber und atmete einen Kuss in die Luft.

»Dann bis Sonntag, Komtess.«

»Bis Sonntag.« Sie wandte sich ab, ging langsam zurück nach Hause und musste fortwährend lächeln.

»Das ist unfassbar!« Ihr Vater war entsetzt, als Antonia im Salon von den Geschehnissen erzählte. »Und du warst dabei, als dieser Mörder auf den Kaiser zugestürmt ist?«

»Ich habe nur den Aufruhr bemerkt. Da war der Attentäter bereits niedergestreckt.«

Ihre Mutter wirkte erregt. »Und du bist dir sicher, dass es keine tödliche Verletzung war?«

»Ja.«

»Himmel, Ursula«, rief ihr Vater. »Wäre der Kaiser tot – denkst du, das hätte auch nur irgendwem hier entgehen können?«

»Sprich nicht so herablassend mit mir. Es kann ja durchaus sein, dass die Wunde schwer war, aber der Kaiser noch lebt. Wie soll Antonia das aus der Ferne überhaupt gesehen haben?«

»Er stand und hat sich den Nacken gehalten. Das wirkte nicht wie jemand, der schwer verletzt ist.«

»Was hast du überhaupt dort gemacht?«, fragte ihre Mutter.

»Wie gesagt, ich war spazieren.«

»Warum ausgerechnet auf der Bastei?«, wollte ihr Vater wissen.

»Weil sie – im Gegensatz zu dir – offenbar weiß, dass man dort auf den Kaiser treffen kann«, entgegnete Ursula von Althenau. »Warum warst du eigentlich noch nie mit uns dort? Beim Flanieren ergibt sich gewiss die Möglichkeit, bedeutsamen Menschen zu begegnen.«

»Und die sprechen wir dann einfach so an, oder was?«

»Natürlich nicht! Aber es kann sich immer ein Gespräch ergeben. Dass ich dir das wirklich erklären muss.«

Charlotte verdrehte nach diesen Worten die Augen. »Wer war der Attentäter?«, fragte sie an Antonia gewandt. »Irgendein armer Kerl, der durch Steuern um Hab und Gut gebracht wurde und sich nicht anders zu helfen wusste, wofür er nun am Strang endet?«

»Das klingt ja geradezu, als würdest du es gutheißen«, empörte sich ihre Mutter.

Ein kurzes Schulterzucken war Charlottes einzige Antwort dazu. »Nein, gutheißen nicht, aber verstehen irgendwie schon. Wenn jemand am hellichten Tag vor allen Leuten versucht, den Kaiser zu töten, muss er verzweifelt sein.«

Rasch blickte ihr Vater zur Tür. »Stell dir mal vor, dich hört jemand! Soll man sich erzählen, du würdest mit einem Attentäter sympathisieren?«

»Ich habe nur gesagt, ich verstehe, dass Menschen verzweifelte Dinge tun. Nicht, dass ich es richtig finde, jemanden zu ermorden.«

»Er hat nicht *jemanden* ermorden wollen, sondern den Kaiser!«

»Der in einem Bett schläft und morgens mit wirrem Haar erwacht, genau wie jeder Dienstbote.«

Es war beinahe amüsant zu beobachten, wie Ursula von Althenau ganz blass wurde, während ihr Ehemann dunkelrot anlief. »Dergleichen Reden will ich nie wieder hören!«, schrie Rudolf von Althenau. »Hast du das verstanden?«

Charlotte antwortete nicht.

»Du kommst nicht mehr zu deinem Pferd, nicht auf drei Schritte. Ob du mich verstanden hast?«

»Ja«, stieß Charlotte mit sichtlichem Widerwillen hervor.

»Dann darfst du jetzt auf dein Zimmer gehen.«

Charlotte wirkte nicht so, als empfände sie das als Strafe, ganz im Gegenteil.

»Wo hat das Kind diese Reden her?«, fragte ihr Vater mit einer Miene an seine Frau gewandt, als wüsste er bereits, wo der Ursprung in der mangelhaften Erziehung lag.

»Was fragst du mich das? Hast du mich jemals dergleichen Dinge sagen hören?«

»Hat sie die falschen Freunde?«

»Woher sollte sie die hier wohl haben?«, höhnte Ursula von Althenau. »Durch ihr reges Gesellschaftsleben?«

»Vielleicht denkt sie einfach selbst«, wandte Desirée ein, die schweigend danebengesessen hatte. »Warum muss da unbedingt jemand schuld sein?«

»Dann denkt sie die falschen Dinge«, antwortete ihr Vater. »Wir müssen mit Elinor sprechen, vielleicht weiß sie, welche Familien der richtige Umgang für sie sind.«

»Ausgerechnet Elinor, die ihr doch diesen Floh ins Ohr gesetzt hat, dass es umso besser ist, je wilder sie sich gebärdet«, entgegnete ihre Mutter.

»Das hat sie nicht«, sagte Bernadette. »Sie hat lediglich gesagt, dass sie in ihrer Jugend auch oft so ungebärdig war.«

Antonia erhob sich.

»Wo willst du hin?«, fragte ihr Vater.

»Auf mein Zimmer. Ich bin müde.«

»Wir sitzen hier beisammen, und ich dulde nicht, dass du dich einfach so davonstiehlst. Wo bleibt dein Benehmen?«

»Das Mädchen hat gerade mitansehen müssen, wie jemand einen Mord am Kaiser begehen wollte. Wer will es ihr verübeln, wenn sie daraufhin ein wenig allein sein möchte?«

»Ist ja nicht der Erste, dessen Tod sie mitansieht.«

Sowohl ihre Mutter als auch Antonia starrten ihren Vater an.

»Was meinst du?«, fragte Desirée denn auch im nächsten Moment.

»Hm, als deine Großmutter aufgebahrt war, da waren wir doch in der Totenhalle«, antwortete ihre Mutter rasch.

Desirée krauste die Stirn. »Aber da waren wir doch alle. Und da hat sie nicht ihren Tod mitangesehen.«

»Sie hat den Tod gesehen, das meinte ich«, entgegnete ihr Vater. »Mich erregt das Attentat auf den Kaiser, ich ... offenbar fehlen mir gerade die richtigen Worte. Auch ich werde mich zurückziehen.« Er erhob sich und hastete aus dem Raum.

Antonia fing den Blick ihrer Mutter auf. Dann nickte diese ihr zu, und sie war entlassen. Eilig verließ Antonia den Salon und ging auf ihr Zimmer. Sie sank auf ihr Bett und vergrub das Gesicht in den Händen. Arvid, dachte sie, Arvid, Arvid, Arvid. Sie konnte das nicht tun, nicht diesen anderen Mann treffen und mit ihm ... Antonia schluchzte auf, hörte, wie die Tür geöffnet wurde und ins Schloss fiel. Leichte Schritte näherten sich, dann senkte sich das Bett, als sich jemand neben ihr niederließ. Ein Arm legte sich um ihre Schultern.

»Denk nicht einmal darüber nach«, sagte Bernadette leise, »dir das Glück zu versagen, auf das du gerade zustrebst.«

12

Beinahe hätte sie nicht fortgekonnt, weil ihr Vater auf einmal die Idee hatte, sie könnten einen gemeinsamen Spaziergang unternehmen. Schlussendlich war es dann doch kein Problem, weil auch Charlotte eher der Sinn nach Ausreiten stand und das Wetter nicht unbedingt für einen Spaziergang geeignet schien. Den ganzen Morgen über hatte es genieselt, aber mittlerweile war es trocken, und hin und wieder brach sogar die Sonne durch die Wolkendecke. Antonia ritt zum Park bei Schloss Schönbrunn, stellte Elisée in den Unterstand und sah sich um, ob sie Benedict schon irgendwo entdecken konnte. Offenbar verspätete er sich, und sie ging ein wenig spazieren, behielt dabei den Unterstand im Auge. Es sollte nicht wirken, als ließe man sie warten oder versetze sie gar.

Endlich bemerkte sie einen Reiter in der Uniform der kaiserlichen Armee, der sich in leichtem Galopp näherte. Kurz darauf erkannte sie Benedict von Breling, der sie nun ihrerseits sah, sein Pferd zügelte, neben ihr zum Stehen kam und absaß.

»Ich bitte vielmals um Verzeihung, ich wurde aufgehalten.«

»Das macht nichts, ich bin ein wenig spazieren gegangen.« Sie begleitete ihn, als er sein Pferd zum Unterstand brachte.

»Haben Sie auch am Sonntag Truppenübungen?«

»Nein, ich habe mit meiner Tante zu Mittag gegessen, und das hat sich über Gebühr in die Länge gezogen.«

»Ich freue mich, dass Sie es noch geschafft haben.«

»Das stand außer Frage.« Er band sein Pferd an, klopfte ihm sacht den Hals und wandte sich ihr zu.

Sie gingen in den Park und spazierten langsam nebeneinanderher. »Mittlerweile weiß man auch, wer das Attentat begangen hat. Vermutlich haben Sie es in der Zeitung gelesen?«

»Ein ungarischer Schneidergeselle und ehemaliger Husar in Wien«, antwortete sie. »Weiß man, warum er das getan hat?«

»Nein. Man vermutet nationalistische Motive. Vielleicht sollte damit die österreichische Regierung gestürzt werden.«

»Das ist doch verrückt. Es ist ja nicht so, als wäre die Thronfolge mit dem Kaiser an ihrem Ende angelangt.«

»Das ist richtig, aber es hätte zunächst vielleicht Chaos und Verwirrung gestiftet.«

»Was geschieht nun mit ihm?«

»Das wird ein Gericht entscheiden. Doch wenden wir uns erfreulicheren Themen zu. Ich plane demnächst einen Kammermusikabend und würde Ihrer Familie gerne eine Einladung zukommen lassen.«

»Das wäre ganz reizend.«

»Dann freue ich mich auf Ihr Kommen.«

Graue Wolken wälzten sich über den Himmel, und Antonia hoffte, sie würden vorbeiziehen. Sie hatte keine Lust auf einen Spaziergang oder Heimritt im Regen. Allein bei dem Gedanken, bei diesem kühlen Wind tropfnass auf dem Pferd zu sitzen, fröstelte sie.

»Ist Ihnen kalt?«, fragte Benedict von Breling, dem offenbar nichts entging.

»Nur ein bisschen.«

»Im Wald sind wir windgeschützter.« Sie waren am Saum des bewaldeten Gebiets angekommen und betraten den Spazierweg, der zwischen den Bäumen hindurchführte.

Vereinzelt kamen ihnen Spaziergänger entgegen, Paare, Eltern mit Kindern, Kindermädchen, die ihre Schützlinge an den Händen hielten. Es war schön in dem Waldstück, wenn der Wind in dem Geäst rauschte, mit dem Duft nach Harz, Tannennadeln, feuchter Erde und dem federnden Waldboden unter ihren Füßen. Antonia liebte Wälder, das war für sie schon immer ein Lebensgefühl gewesen, ein Innehalten und Durchatmen.

»Haben Sie auch gerade einen Tropfen abbekommen?«, fragte Benedict von Breling, und Antonia wollte gerade verneinen, als ein Regentropfen ihre Nase traf.

»Ach je, und ich hatte so gehofft, es wäre fürs Erste vorbei.«

»Vielleicht bleibt es bei ein paar Tropfen.«

Das blieb es nicht, und schon im nächsten Moment fielen dicke, schwere Tropfen, die schon bald zu einem stetigen Regenguss wurden, der an Intensität zunahm.

»Kommen Sie.« Benedict von Breling reichte ihr die Hand, und sie legte ihre hinein. Er lief los, und sie folgte ihm, das Kleid mit der anderen Hand gerafft. Der Regen war zu einem heftigen Schauer geworden. Sie gelangten an der kleinen Gloriette an, und Benedict von Breling rüttelte an der Tür. Verschlossen, sie hatte es nicht anders erwartet.

Er lief mit ihr um das Gebäude herum und blieb an einem Fenster stehen. Wie er es geöffnet bekam, konnte sie nicht erkennen, aber er tat es mit der Geschicklichkeit eines geübten Einbrechers.

»Fragen Sie nicht!«, rief er ihr über die Schulter zu, dann half er ihr ins Innere, ehe er selbst hineinstieg.

Drinnen strich Antonia sich das Regenwasser aus den Augen und blinzelte. Sie nahm den Hut ab und legte ihn auf den marmornen Brunnen, der im Erdgeschoss stand und kein Wasser führte. Ihren nassen Mantel zog sie ebenfalls aus, in der Hoffnung, er werde wenigstens ein kleines bisschen trocknen und auf dem Rückweg nicht gar so kalt und nass an ihr kleben. Dann sah sie Benedict von Breling an. »Soll das nun unsere Zukunft sein, als Einbrecherpaar durch die Stadt zu ziehen?«

Er grinste. »Die Umstände erfordern manchmal unkonventionelles Handeln.«

»Gut, dass meine Eltern hiervon nichts wissen, sie würden auf der Stelle fordern, dass Sie mich heiraten, um meinen Ruf wiederherzustellen.«

Er wirkte amüsiert. »Ich könnte dergleichen geplant haben, um mich nicht mit dem langen Werben aufhalten zu müssen.«

Ein Lächeln zupfte an ihren Mundwinkeln. »Bis ins Detail geplant, sogar den Regen genau abgepasst. Mein Vater wäre angesichts des strategischen Denkens tief beeindruckt. Aber woher wollen Sie wissen, dass nicht ich es war, die diese Falle gestellt hat?«

Jetzt lachte er. »Dergleichen hätten Sie wohl schwerlich nötig. Es sei denn, Ihre Eltern stünden den Plänen im Wege, und daher versuchten Sie es auf eine Art, die unorthodox sein mag, aber in der Vergangenheit Erfolg hatte. Und wie Sie den Regen abgepasst haben – mein General wäre angesichts Ihrer Strategie entzückt. Allerdings konnten Sie nicht ahnen, dass ich das Fenster aufbrechen würde.«

Sie hob die Brauen. »Zweifeln Sie an meinen Fähigkeiten als Einbrecherin?«

Wieder lachte er auf. »Touché. Bin ich Ihnen also in die Falle gegangen?«, scherzte er.

Sie schenkte ihm ein hintergründiges Lächeln, das seine Wirkung normalerweise nicht verfehlte und es auch dieses Mal nicht tat. Antonia, stets so diszipliniert und auf Etikette bedacht, konnte diesem verbotenen Spiel einfach nicht widerstehen. Benedict von Breling schloss das Fenster, dann wandte er sich ihr wieder zu. Seine Uniform war durchnässt, und das Haar war dort trocken, wo er seinen hohen Hut getragen hatte, während ihm Haarsträhnen nass auf der Stirn klebten und kleine Tropfen über sein Gesicht rannen wie Tränen. Er wischte das Wasser ab, sah Antonia wieder an, und sie las das sinnliche Begehren in seinem Blick, das mit seinem Anstand und der Zurückhaltung rang.

»Halten Sie mich für einen Schuft, wenn ich Ihnen gestehe, wie gerne ich Sie küssen möchte?«, fragte er.

Sie ging zu ihm, und anstelle einer Antwort hob sie die Hand an seine Wange, wischte behutsam mit dem Daumen Wassertropfen fort, und nun legte er seine Hand auf ihre Schulter, liebkoste ihren Nacken, dann senkte er den Kopf, und ihre Münder fanden sich in einem langen Kuss. Antonia öffnete die Lippen, ging auf das aufregende Spiel ein, erwiderte diese lockende Verführung, und als er sich von ihr löste, war er ebenso atemlos wie sie.

»Das war unglaublich«, sagte er. »Wo haben Sie so küssen gelernt?«

Sie hob die Brauen. »Die Frage gebe ich gerne an Sie zurück.«

Er lachte kurz auf, dann zog er sie an sich und küsste sie erneut, dieses Mal länger, fordernder. Schließlich lösten sie sich voneinander, hielten sich aber eng umschlungen. Benedict hatte die Arme um ihre Mitte gelegt, und sie lehnte mit dem Körper leicht gegen seine Hände.

»Und jetzt?«, fragte er.

»Ich hoffe, du denkst dabei nicht an irgendetwas Verbotenes.«

Sein Lächeln wurde breiter. »Das würde ich nicht wagen. Also daran zu denken vielleicht, aber ich bin viel zu anständig, etwas Derartiges auszusprechen.«

»Du lässt mich nicht an deinen Gedanken teilhaben?«

»Es muss doch auch noch Dinge zu entdecken geben. Wo bleibt der Reiz des Geheimnisses?«

»Das stimmt natürlich.« Wieder küssten sie sich.

»Ich dachte eigentlich«, sagte er danach, »daran, wie es nun weitergeht. Darf ich dir offiziell den Hof machen? Oder war das hier nur der kleine Reiz des Verbotenen, über den wir künftig schweigen werden?«

Sie wurde ernst. »Natürlich darfst du das. Ich …« Kurz dachte sie an Arvid, mit dem sie der Reiz des Verbotenen gelockt hatte, diese überbordende Sinnlichkeit des Augenblicks. Diese Erregung, die sie auch jetzt wieder spürte, der Wunsch, sich an ihn zu schmiegen, ihn zu küssen, sich ganz und gar darin zu verlieren. Aber bei Benedict war es noch ein bisschen mehr, es ging tiefer, und sie hatte das Gefühl, dass sie sich viel zu erzählen hatten, über dieselben Dinge lachen konnten. Mit Arvid hatte sie geplaudert, aber nie gemeinsam gelacht oder echte Gespräche geführt. »Ich würde mich freuen«, schloss sie entschieden.

Er besiegelte das mit einem Kuss, dann ließ er sie los und zog die Uniformjacke aus. »Es ist schauderhaft kalt«, gestand er.

»Mir auch.« Langsam ging sie im Raum umher und sah sich um. Der Pavillon war von innen mit einer Trompe-l'Œil-Architekturmalerei verziert, die an den Stil des Rokoko erinnerte. Nach oben hin öffnete sie sich in eine Kuppel mit einem gemalten Himmel, den eine Brüstung umgab. Seitlich war ein Treppenhaus mit Wendeltreppe angebaut.

»Was befindet sich oben?«, fragte Antonia.

»Der Pavillon ist als Aussichtsplattform erbaut worden, in den beiden Obergeschossen kann man auf Balkone hinaustreten. Das würde ich aber momentan nicht empfehlen.«

»Was du nicht sagst.«

Er blickte hinaus. »Der Regen lässt langsam nach. Wir sollten zusehen, dass wir gehen, sobald es nur noch nieselt. Wenn hier jemand vorbeikommt, wird es schwierig, ungesehen rauszukommen.«

Sie nickte und trat neben ihn ans Fenster, dann holte sie ihren Mantel und zog ihn an, wobei sie vor Kälte erschauerte. Sie setzte den nassen Hut auf und ließ sich von Benedict aus dem Fenster helfen, was mit den ausladenden nassen Röcken nicht ganz einfach war. Schließlich landete sie auf dem matschigen Boden und wartete darauf, dass Benedict ebenfalls hinausstieg und das Fenster, so gut es ging, schloss.

»Hast du es aufgebrochen?«, fragte sie. »Kann das für dich Probleme nach sich ziehen?«

»Nein, nur geschickt entriegelt.«

»Du hast ja wirklich ein verborgenes Talent für eine verbrecherische Laufbahn.«

»Mir war immer wichtig, mir Wege offenzuhalten, falls es bei der Armee doch nicht so gut läuft wie erwartet.«

Sie gingen durch den bewaldeten Hang zurück auf das offene Parkgelände. Der Rock schlug Antonia durchnässt um die Beine, und sie fror erbärmlich.

»Ach je«, seufzte Benedict unvermittelt, als sie endlich am Unterstand für die Pferde ankamen.

Antonia sah sich um, entdeckte eine junge Frau an der Seite einer älteren, vermutlich ihrer Mutter. »Was ist los?«

»Gräfin zu Helbling«, murmelte er.

»Sagt mir nichts.«

»Mir leider schon.«

»Du eröffnest mir jetzt aber nicht, dass du verlobt bist, oder?«

»Natürlich nicht.« Er begleitete sie zu ihrem Pferd und löste die Zügel. Dann half er ihr beim Aufsitzen. »Ich schreibe dir. Auf bald.«

»Auf bald.« Antonia ritt los, trieb Elisée in einen Trab und schließlich in einen leichten Galopp, solange die Wege dies noch erlaubten.

Als sie endlich das Haus betrat – Moritz hatte ihr die Stute sofort abgenommen und versorgt –, trieb ihr die Wärme das Blut in die Wangen, während sie in dem nassen Kleid nach wie vor zitterte. Rasch eilte sie nach oben und läutete nach Millie. Himmel, war ihr kalt. Sie ging in das Ankleidezimmer, läutete erneut. Wo blieb sie denn? Antonia sah in Bernadettes Zimmer, auch das war verwaist. Überhaupt war es sehr still gewesen, als sie heimgekommen war. Sie zog ihren nassen Mantel aus und wollte aus dem Kleid, kam aber nicht an die Haken in ihrem Rücken. Wieder läutete sie. War das denn die Möglichkeit?

Schließlich verließ sie das Zimmer und lief über den Flur zu Charlottes Räumlichkeit. Ophélie war im Stall, also musste ihre Schwester doch hier sein. Nichts. Auch nicht bei Desirée. Waren sie ausgegangen? Ohne ihr etwas davon zu erzählen? Weil sie nicht wusste, was sie sonst tun sollte, und auch

Millie nicht erschien, lief Antonia die Treppe hinunter. Dann musste die Haushälterin ihr eben das Kleid öffnen. Oder die Köchin. Ein Blick in den Salon offenbarte ebenfalls nur Leere. Dasselbe in der Bibliothek.

Auf dem Weg in den Dienstbotentrakt hörte sie ein leises Stöhnen aus dem Musikzimmer, und sie hielt inne. Sie blickte durch den Türspalt und entdeckte das Stubenmädchen, das zurückgelehnt halb auf dem Klavier lag, die Dienstbotentracht über die Schultern geschoben, und ein blonder Mann, dessen Gesicht Antonia nicht erkennen konnte, küsste ihren Hals und hatte die Hand unter ihren gerafften Röcken. Antonia schoss das Blut ins Gesicht. Kein Wunder, dass sie die ganze Zeit vergeblich nach dem Stubenmädchen läutete. Ließ einen Fremden ein und vergnügte sich auf dem Klavier. Mit einem Knall schloss Antonia die Tür und wandte sich ab. Dann lief sie zum Zimmer der Haushälterin, klopfte an und bat die Frau, die mit einer Tasse Tee in einem Sessel saß und ein Buch im Schoß hatte, ihr das Kleid zu öffnen.

»Ach, Sie Ärmste, Sie sind ja völlig durchnässt.« Frau Wagner stand auf. »Kommen Sie, ich begleite Sie in Ihr Zimmer. Mit offenem Kleid durch das Haus zu laufen, wäre doch sehr unschicklich. Warum haben Sie denn nicht geläutet?«

»Das habe ich, aber offenbar funktioniert es nicht.«

»Oje, da werde ich gleich nachschauen.«

»Wo sind meine Eltern und meine Schwestern?«

»Die sind zu einem Spaziergang aufgebrochen und vermutlich ebenfalls in den Regen gekommen. Ich hoffe, sie konnten einen Unterstand finden.«

Sie gingen gemeinsam die Treppe hinauf und betraten das Ankleidezimmer. »Können Sie mir vielleicht auch den Boiler einschalten, damit ich ein Bad einlassen kann?«

»Mache ich, Komtess.« Die dralle Frau mit dem akkurat frisierten grauen Haar öffnete Antonia das Kleid, sodass sie es endlich abstreifen und in einen gefütterten Morgenmantel schlüpfen konnte.

Sie fror immer noch und war froh, endlich in das heiße Badewasser gleiten zu können, das ihren Körper samtweich umschloss. Mit geschlossenen Augen lehnte sie sich zurück, während das Wasser immer noch einlief, ein leises, einlullendes Plätschern. Offenbar war sie eingeschlafen, denn als sie die Augen aufriss, war es stockduster. Das Wasser plätscherte immer noch. Was hatte sie aufschrecken lassen? Die Tür? Antonia blickte sich um.

»Ist da jemand?«

Keine Antwort, nur das Plätschern des Wassers, das mittlerweile so hoch stand, dass es womöglich gleich überlief. Antonia tastete nach dem Wasserhahn und drehte ihn zu. War da ein Atmen? Stand da jemand hinter ihr, bereit, sie unter Wasser zu drücken? Hastig richtete sie sich auf, hörte, wie das Wasser auf den Boden schwappte. Sie stand auf, verließ die Wanne und wäre auf dem nassen Fußboden beinahe ausgeglitten. Gerade noch bekam sie den Wannenrand zu fassen und stieß sich schmerzhaft das Schienbein daran.

Antonia tastete nach dem Handtuch, fand es schließlich und wickelte sich hinein, als böte es ihr irgendeine Art von Schutz. Dann ging sie suchend und tastend durch den Raum, berührte mit den Fingerspitzen schließlich die Wand und versuchte, das Licht durch das Kettchen am Regler anzumachen. Die Zündflamme war aus, und ohne ein Streichholz war sie nicht wieder anzubekommen. Dafür roch es jedoch unverkennbar nach Gas, das nahm Antonia erst jetzt wahr. Sie hatte das Ventil durch das weitere Ziehen vermutlich geschlossen.

Die Flamme war offenbar erloschen, noch während das Gas eingeschaltet war. Das war seltsam, aber es kam vor. Gut, dass sie nicht noch länger geschlafen hatte.

Sie suchte nach ihrem Morgenmantel, fand ihn schließlich und zog ihn über. Mittlerweile fror sie wieder, aber ehe sie zurück in die Wanne stieg, musste jemand die Lüftung öffnen, damit der Gasgeruch nicht mehr so intensiv war – ganz verflog er nie –, und sie brauchte vor allem Licht. Immerhin war sie sich nun gewiss, dass außer ihr niemand hier war, und sie atmete ruhiger. Im Nachhinein kam ihr ihre Angst geradezu lächerlich vor.

Sie zog am Klingelstrang, doch das war offenbar genauso vergebens wie zuvor. Dann griff sie nach dem Türgriff, um in ihr Zimmer zu gehen, aber die Tür ließ sich nicht öffnen. Antonia drückte dagegen, rüttelte, aber nichts rührte sich. Die Angst kehrte zurück, geradezu Übelkeit erregend. Sie schlug gegen die Tür, dann riss sie am Klingelstrang, wieder und wieder. Endlich hörte sie Schritte, und eine Männerstimme sagte etwas, das sie nicht verstand. Ihr Vater? Die Tür wurde geöffnet, und in dem einfallenden Licht schloss Antonia geblendet die Augen.

»Komtess?« Sie blinzelte und sah Fabian vor sich stehen. Erschrocken starrte sie ihn an, und das Herz schlug ihr bis zum Hals. »Geht es Ihnen gut?«

»Die Tür«, ihre Stimme war kratzig, und sie musste sich räuspern, »die Tür ging nicht mehr auf, und das Licht …«

»Die Schmuckstandarte ist wohl umgekippt und hat sich unter der Tür verkeilt. Erlauben Sie?« Sie trat zurück, und er wollte gerade Licht machen, als er innehielt und schnupperte. »Kommen Sie lieber hinaus. Ehe hier Licht gemacht wird, muss erst einmal das Gas verfliegen.«

Schweigend trat Antonia an ihm vorbei, barfuß und nur in einen Morgenmantel gekleidet. Sie fühlte sich nackt und bloßgestellt, wenngleich er den Blick höflich abgewandt hatte. Rasch lief sie in ihr Ankleidezimmer und warf die Tür hinter sich ins Schloss. Dann sank sie auf den goldenen, mit rotem Samt bezogenen Sessel in der Ecke und beugte sich vornüber, versuchte, ihre Atmung zu beruhigen.

Fabian. War er im Badezimmer gewesen, als sie nackt in der Wanne gelegen hatte? Antonia wollte sich das nicht vorstellen. Sie hüllte sich in ihren Morgenmantel und saß zitternd auf dem Sessel. Schließlich klopfte es, und Millie trat ein, das Gesicht reglos und seltsam unergründlich.

»Ich habe gehört, Sie haben vorhin nach mir geläutet?«

»Ja. Offenbar ist die Klingel defekt.«

Millie sah sie an, als wollte sie etwas ausloten. »Ja, offenbar. Soll ich Ihnen beim Ankleiden helfen?«

Antonia wollte bejahen, aber dann hörte sie Stimmen. Ihre Schwestern, die die Treppe hochkamen und über irgendetwas

diskutierten. Vor Erleichterung wäre sie am liebsten in Tränen ausgebrochen. Sie musste mit Bernadette sprechen.
»Nein, nicht notwendig. Sie können gehen.«

13

Er war verrückt nach ihr, und das konnte und wollte er sich nicht versagen. Beim Einschlafen hatte er an sie gedacht, daran, wie ihre Lippen sich teilten, wenn sie lächelte, die grauen Augen zwischen langen Wimpern, ihre Brust, die sich in Atemzügen hob und senkte, ihre Küsse ... Es brachte ihn um den Schlaf, und so war er morgens nicht so recht bei der Sache, als die Vorbereitungen für ein militärisches Manöver bevorstanden.

»Dich hat es ja schwer erwischt«, sagte Karl Ludwig, als sie sich in einer Pause vom Truppenübungsplatz zurückzogen. »Und wie geht es jetzt weiter?«

»Ich möchte mit ihren Eltern sprechen und darum bitten, offiziell um sie werben zu dürfen.«

»Es ist dir also ernst. Das ging ja schnell.«

»Dazu durfte ich mir von meiner Tante bereits das Entsprechende anhören. Sie hat Constanze zu Helbling für mich auserkoren, und wir sind am Samstag bei der Gräfin zu Helbling zum Nachmittagstee eingeladen. Nun hat mich die aber mit Antonia aus dem Park kommen sehen und entsprechend bei meiner Tante gefragt, ob ich vorhabe, auf mehreren Hochzeiten gleichzeitig zu tanzen.«

Karl Ludwig verzog das Gesicht, als hätte er Zahnschmerzen.

»Und es kommt noch besser. Meine Tante hat sich nicht entblödet, meinen Bruder anzuschreiben, denn die Helblings haben einen einflussreichen Kirchendiener in der Familie, und für das Fortkommen von Ferdinand wäre das ideal. Also hat der mich angeschrieben und mir meine Pflichten als Erbe des Hauses und der Familie gegenüber dargelegt – Pflichten, vor denen er sich als Erstgeborener geschickt gedrückt hat. Clara hat offenbar davon erfahren und mir ebenfalls geschrieben. Mein Wunsch, eine Frau zu heiraten, die einer armen Familie entstamme, ehre mich, sagt sie. Als hätte ich Antonia von der Straße aufgelesen. Aber darüber dürfe ich nicht vergessen, dass ich auch Pflichten hätte.«

»Die Sache steht also erst einmal unter keinem guten Stern?«

»Sie ist zumindest schwieriger als erwartet.«

»Eine arme Familie.« Karl Ludwig lachte. »Was haben sie ihr denn erzählt, aus was für Kreisen sie stammt?«

»Vermutlich hat meine Tante es sehr dramatisch dargelegt. Verarmt, bescheidene Verhältnisse – was auch immer aus ihrer Sicht gegen die Verbindung spricht.«

»Nun ja, verarmter Adel ist nicht unbedingt eine schlechte Referenz, wenn der Name stimmt. Und sie ist doch mit der Gräfin von Caspers verwandt.«

»Es gibt größere Namen bei Hofe.« Benedict seufzte. »Aber wie auch immer, ich werde mit ihren Eltern sprechen, gleich, was Tante Ludwina dazu sagt.«

Karl Ludwig rieb sich den Nacken und kreiste die rechte Schulter, als sei sie verspannt. »Ein bisschen beneide ich dich ja um diese Gewissheit, wen du heiraten möchtest, und die Überzeugung, dass es der richtige Weg sein könnte.«

»Ich wünschte nur, meine Familie würde mir da keine Steine in den Weg legen.«

»Gehst du denn zu der Helbling?«

»Mir bleibt kaum was anderes übrig. Abzulehnen wäre grob unhöflich.«

Karl Ludwig nickte und sah in den diesigen Himmel, dann wieder zu Benedict. »Bleibt es bei unserem Kammermusikabend im April?«

»Gewiss doch. Ich möchte Antonia und ihre Familie einladen.«

»Tu das. Siehst du sie vorher noch?«

»Das hoffe ich. Kommende Woche ist der Ball bei General von Brettenthaler zu Ehren der Verlobung seines Sohnes. Vielleicht ist sie da auch.«

»Wenn sie mit den Caspers verwandt sind, kann das gut sein. Der Erbgraf von Caspers – Gott hab ihn selig – war recht angesehen in Armeekreisen. Bedauerlich, dass er so früh hat gehen müssen.«

»Hatte er eigentlich Kinder?«

»Zwei Töchter. Die Caspers haben in der Erblinie ausschließlich Frauen, was bedeutet, mit dem Erbgrafen ist auch der Name dieser Linie ausgestorben.«

»Gibt es nicht noch ein paar Cousins?«

»Ja, aber keinen davon hier in Wien, und ich glaube, nicht einmal mehr in Österreich. Maximilian von Caspers lebt in Salzburg, soweit ich weiß. Aber der Rest ...« Karl Ludwig zuckte mit den Schultern.

Die Pause war vorbei, und sie mussten zurück auf den Truppenübungsplatz. Benedict schob den Gedanken an Antonia beiseite und konzentrierte sich. Es hing viel davon ab, dass das Manöver Anfang April glatt über die Bühne ging. Der Kaiser würde ebenfalls zugegen sein, und da war es wichtig, sich keine Blöße zu geben.

Als Benedict nach Hause kam, wartete Ludwina auf ihn. Langsam nahm es überhand. Früher war sie auch nicht nahezu jeden Tag bei ihm gewesen, und das mit einer Selbstverständlichkeit, als würde sie hier wohnen.

»Soll ich dir das Gästezimmer herrichten?«, fragte er wenig freundlich. »Dann sparst du dir den täglichen Weg.«

»Sei nicht unverschämt. Ich bin hier, weil sich jemand darum kümmern muss, dass du deinen gesellschaftlichen Pflichten genügst. Es geht um dein Ansehen, das des Hauses und damit auch deiner künftigen Nachfahren.«

»Nun, dann wird es dich ja vermutlich freuen zu hören, dass es mir ernst ist mit meinen Plänen, Antonia von Althenau den Hof zu machen. Und mir ist gleich, ob du dich dagegen auflehnst oder meine Geschwister gegen mich aufhetzt.«

Ludwina wurde rot. »Ich hetze niemanden auf! Ich habe deine Geschwister um Hilfe gebeten, weil dir ja nicht beizukommen ist und du an deinem närrischen Vorhaben festhältst.«

»Die Familie von Preußler war durchaus angesehen und ...«

»Unbedeutend.«

»Die Familie von Caspers ist ...«

»Nicht mehr in Wien ansässig.«

»Dennoch ist das Haus von Althenau ...«

»Verarmt und gesellschaftlich belanglos. Sind wir nun fertig? Wir werden heute die Soiree besuchen.«

Benedict glaubte, sich verhört zu haben. »Heute?«

»Ganz recht. Im Haus des Grafen von Aurich.«

»Von Aurich?«

»Haben sie die Kanonen zu oft dicht an deinen Ohren abgefeuert? Ja, von Aurich. Du wirst dich erinnern, dass sie zwei Töchter haben.«

»Willst du mir die beiden auch noch antragen?«

»Werde bitte nicht geschmacklos, so verzweifelt sind die Leute auch wieder nicht.«

»Ach was?«

»Jetzt sei nicht eingeschnappt. Niemand sucht für beide Töchter gleichzeitig einen Ehemann. Die Älteste ist noch keine neunzehn, da ist es noch nicht zu spät.«

»Ich bin nicht ...«

»Deine Antonia von Althenau ist zweiundzwanzig! Ist dir klar, was das heißt?«

»Es ...«

»Sie ist eine alte Jungfer. Oder vielleicht nicht einmal mehr eine solche, sondern nur alt.«

»Wie kannst ...«

»Und ich sage dir gleich, ich werde nicht dulden, dass du eine Frau heiratest, auf der auch nur der Schatten eines Makels liegt.«

»Sie ist kein Schmuckstück, das ich mir zulege und vorab auf Beschädigungen untersuche.«

Ludwina war das offenbar keine Antwort wert, und sie machte nur eine wedelnde Handbewegung. »Die Helblings werden ebenfalls auf der Soiree sein. Es ist eine gute Gelegenheit für ein zwangloses Zusammentreffen.«

Zwanglos.

»Soll ich das Abendessen schon auftragen lassen?«

Benedict sah sie an. »Sag mal, ist dir entfallen, dass dies hier mein Haus ist? Wie stellst du dir das künftig vor? Soll ich hier mit meiner Frau leben, während du dich als Ersatz-Schwiegermutter einrichtest und das Zepter schwingst?«

»Seit wann bist du so dermaßen impertinent?«

Benedict schüttelte nur entnervt den Kopf. »Das Essen wird um sieben Uhr aufgetragen, wie immer.«

»Bei mir wird es stets um sechs serviert.«

»Dann würde ich vorschlagen, dass du bei dir zu Abend isst. Oder frag in der Küche, ob man dir etwas gibt, wenn es dir bis sieben zu lange dauert.«

»In der Küche fragen?« Ludwina starrte ihn an, eine steile Falte zwischen den Brauen. »Bin ich etwa eine Magd?«

»Entschuldige mich bitte. Ich bin zum Abendessen wieder hier, ich brauche etwas Ruhe, wenn ich eine Soiree durchstehen soll.« Ihm stand wahrhaftig nicht der Sinn danach, aber nachdem seine Tante zweifellos in seinem Namen zugesagt hatte, konnte er schlecht einfach nicht erscheinen. Darauf, dass Antonia zugegen war, musste er wohl nicht hoffen, dafür war die Runde zu klein, und die Familien kannten einander gut.

Immerhin konnte er sich noch eine gute Stunde ausruhen, und die nutzte Benedict, um sich umzukleiden, sich in den bequemen Sessel in seinem Zimmer zu setzen und zu lesen. Am liebsten hätte er die Uniform an diesem Tag nicht wieder angelegt, aber natürlich wurde von ihm erwartet, dass er seinen Offiziersstatus repräsentierte, wenn er auf Gesellschaften eingeladen war. Dabei hätte er gerade heute am liebsten einfach nur seine Ruhe gehabt. Es war ein fordernder Tag gewesen, und er war müde. Keinesfalls stand ihm der Sinn danach, nun auch noch auf eine Soiree zu gehen. Aber da gab es wohl kein Entkommen.

Seine Tante war wie angekündigt auch zum Abendessen noch da, und sie brach um acht Uhr gemeinsam mit ihm auf, als wollte sie sich vergewissern, dass er tatsächlich hinging. Wenn er verheiratet war, musste das aufhören, dass sie sich ständig in sein Leben einmischte. Am Ende stand sie noch unangekündigt in seinem Schlafgemach, wenn er mit seiner Angetrauten im Bett lag. Ein Freund hatte erzählt, dass seine

Mutter das gemacht habe. Sie hatte irgendwas Wichtiges erzählen wollen, in aller Frühe. Die Ehefrau hatte sie so angeschrien, dass dergleichen Besuche wohl von nun an der Vergangenheit angehörten.

Es war kein weiter Weg zur Villa des Grafen von Aurich, und als sie vorfuhren, stand da bereits eine Reihe eleganter Kutschen, denen Gäste entstiegen. Benedict öffnete den Kutschschlag und stieg aus, ehe er seiner Tante heraushalf. Sie richtete sich mit einem Ächzen auf, und ihre Knie knackten. Die Röcke raschelten, als sie sie glatt strich. Schließlich nahm sie Benedicts dargebotenen Arm und begleitete ihn zu der Villa von Aurich.

Als sie die Eingangshalle betraten, hörte Benedict Geigenklänge, untermalt von Flöten und Klavier, sanfte melodische Töne, die sich im Hintergrund hielten, um die Gäste nicht zu übertönen. Nach seinem Dafürhalten könnte es gerne umgekehrt sein.

»Suchst du jemanden?«, fragte er, weil seine Tante sich auf dem Weg durch die Halle fortwährend umsah.

»Hm, nein ...«

Sie begrüßten die Gastgeber, die sie am Eingang zum Salon willkommen hießen, dann traten sie ein. Im nächsten Moment sah Benedict, wen seine Tante gesucht hatte, und wollte seinen Augen nicht trauen.

»Du?«

»Ich freue mich auch, dich zu sehen, Bruderherz.« Ferdinand hielt ein Glas in der Hand und machte in seinem schwarzen Priestergewand eine überaus gute Figur.

»Was tust du hier?«

»Dich moralisch unterstützen bei deinem Versuch, dich wieder in vollem Bewusstsein deiner gesellschaftlichen und familiären Stellung zu besinnen.«

»Mir ist meine Stellung durchaus bewusst.«

»Den Eindruck habe ich nun nicht gerade. Die Familie zu Helbling ist wichtig, sowohl für dein Fortkommen als auch für meins.«

»Ach was?«

»Ich glaube dir, dass du den Verlockungen dieser jungen Frau nur allzu gerne erliegen möchtest, aber das ist kein Grund, sie zu heiraten.«

»Und das aus deinem Mund?«, spottete Benedict.

Ferdinand taxierte ihn aus verengten Augen. »Ich spreche nicht davon, dich unehelich mit ihr zu vereinigen, sondern davon, dass diese Vereinigung kein Grund ist, sie zu ehelichen. Du wirst dir dieses Vergnügen versagen und dich deiner Pflicht widmen. Der Fortbestand des Hauses …«

»War dir gleich, sonst hättest du dich ihm gewidmet, nicht wahr?«

»Meine Berufung ist eine andere. Aus Ehe und Kindern habe ich mir nie viel gemacht, so wie aus der körperlichen Liebe im Allgemeinen. Meine Liebe ist spiritueller Natur.«

»Wie praktisch für dich.«

Ferdinand sah ihn an. »Du magst es mir nicht glauben, aber mein Leben ist vermutlich genauso viel Disziplin unterworfen wie deines. Ich habe nur andere Aufgaben als du.«

»Das ist ja gut und schön, aber ich bin nicht bereit, zu heiraten, um deine kirchliche Laufbahn zu fördern.«

»Tja, mir bleibt dieser Weg nun einmal verschlossen. Und in einer Ehe mit Constanze zu Helbling förderst du nicht nur meine, sondern auch deine Laufbahn.«

Benedict schwieg.

»Warum sträubst du dich? Sie ist eine hübsche junge Frau, und sie ist ganz reizend.«

»Das stelle ich nicht in Abrede. Heiraten möchte ich sie dennoch nicht. Meine Wahl steht fest.«

»Himmel noch mal«, brach es aus Ferdinand heraus, und er bekreuzigte sich rasch. »Du kannst dich nicht so egoistisch aufführen. Diese junge Frau, mit der du anbandelst, ist eine von Althenau, ja? Ich sorge dafür, dass einer der großen Namen um sie wirbt. Dann hat sie den Namen und die Verbindungen, dass es sich für die Schwestern wie von selbst fügt.«

»Untersteh dich, dich einzumischen.«

Ferdinand antwortete nicht.

»Es ist mir ernst.«

»Das glaube ich gern, Benedict. Mir auch.« Damit ließ er ihn stehen und ging durch den Salon auf eine Gruppe Männer zu, gefolgt von den Blicken einiger Frauen.

Verärgert wandte Benedict sich ab und schlug den Weg zum Büfett ein. Dort griff er nach einem Glas und kippte den Inhalt rasch herunter.

»Möchten Sie sich vor dem ersten Tanz ein wenig Mut antrinken?«, hörte er eine Frauenstimme sagen und drehte sich um. Constanze zu Helbling hatte ihn zielsicher ausgemacht und stand nun da, einen Fächer in der behandschuhten Hand, über den sie ihn mit gespielter Koketterie ansah. »Hilft es denn? Dann gönne ich mir vielleicht auch ein Glas.«

Er musste lachen. »Probieren Sie es gerne aus.«

Sie griff nach einem Glas, nippte daran und senkte verschwörerisch die Stimme. »Wir werden beobachtet.«

»Daran zweifle ich keinen Augenblick.«

»Sie haben mit Ihrem Bruder gestritten.«

»Einen Streit würde ich es nicht nennen. Wir waren uns über gewisse Punkte uneinig.«

»Verstehe.« Sie nahm einen weiteren Schluck und sah über das Glas hinweg zu den Gästen. »Ihre Tante wirkt gerade überaus zufrieden.«

»Ja, das glaube ich Ihnen aufs Wort.«

Sie war bezaubernd, und unter anderen Umständen hätte Benedict sich einer solchen Verbindung gegenüber aufgeschlossen gezeigt. Er fand sie apart, nicht im eigentlichen Sinne hübsch, aber anziehend. Hoffentlich weckte er hier keine falsche Erwartungen.

»Darf ich mich in Ihre Tanzkarte eintragen?«, fragte er, denn alles andere wäre in dieser Situation sehr unhöflich.

Sie reichte sie ihm mit einem kecken Lächeln, und er sah, dass der erste Tanz vergeben war. Walzer wäre vielleicht zu bedeutsam, also entschied er sich für eine Polka. Das nahm sie zur Kenntnis und zog womöglich ihre Schlüsse daraus.

Er lächelte freundlich. »Wenn Sie mich bitte entschuldigen? Da vorne ist ein Freund von mir, den ich gerne begrüßen möchte.«

Sie neigte den Kopf und entließ ihn. Er ging zu Sebastian von Seltmann, der an diesem Abend in Funktion des Sohnes aus angesehener Familie da war. Die Seltmanns waren als Barone nur niederer Adel, der zwar durchaus in noble Häuser geladen wurde, aber keinen Zugang zum Hof hatte. Durch Heirat aufzusteigen, war ihm nicht möglich, denn keine hochadlige junge Frau würde unter ihrem Stand heiraten und dadurch die Privilegien verlieren wollen, die ihr von Geburt an zustanden. Ihm machte das nichts aus, weil er auf diese Weise seiner wahren Leidenschaft nachgehen konnte – der Confiserie, die er ohne Wissen seiner Eltern führte und über die er den Hof dauerhaft beliefern wollte.

»Du bandelst mit der Alleinerbin der zu Helbling an?«, begrüßte Sebastian ihn.

»Meine Tante sähe die Verbindung gerne, mein Bruder ebenfalls, und sie scheint nicht gerade abgeneigt.«

»Und du?«

»Ich habe andere Vorstellungen davon, wen ich heirate.«

»Ist es wirklich schon so konkret?«

Sebastian sah, wie Constanze von einem jungen Mann aufgefordert wurde. »Ich möchte bei ihrer Familie vorsprechen und darum bitten, ihr offiziell den Hof machen zu dürfen. Leider sperrt meine Tante sich gegen dieses Vorhaben, ebenso mein Bruder.«

»Ja, ich habe schon gesehen, dass offenbar gerade die schweren Geschütze aufgefahren werden.« Sebastian hatte Ferdinand kennengelernt, als sie am Tag vor Heiligabend für die Familie ein kleines Privatkonzert gegeben hatten.

»Wenn sie denkt, dass sie mich damit von meinen Plänen abbringt, hat sie sich getäuscht. Es wird vielleicht ein wenig umständlicher, aber ich werde mich trotzdem nicht in diese Verbindung drängen lassen.«

Sebastian sah über seine Schulter und hob warnend die Brauen. Alarmiert drehte sich Benedict ebenfalls um und sah den Grafen zu Helbling auf sich zukommen.

Der Mann lächelte breit. »Mein lieber Leutnant von Breling. Was für eine Freude, Sie hier zu treffen. Die Gräfin von Böhm hat mir gerade Ihre Einladung übermittelt.«

Von welcher Einladung sprach der Mann? Weil Benedict schlecht so tun konnte, als wisse er von nichts, lächelte er. In dem Moment kam Ludwina auch schon angerauscht, legte ihm die Hand auf den Arm. »Mein Lieber, ich war so frei, die Einladung zu übermitteln, noch ehe sie offiziell rausgegangen ist.« Sie wandte sich an den Grafen zu Helbling. »Sie bekommen sie noch in den nächsten Tagen zugestellt, wir haben sie bereits in den Druck gegeben.«

Benedict lächelte und hoffte, es wirkte nicht gar zu gezwungen. Er tauschte einen Blick mit Sebastian, aus dessen Miene echte Erheiterung sprach. Auf der anderen Seite der Tanzfläche stand Ferdinand, hielt ein Glas in der Hand, lächelte und hob es, als wollte er ihm zuprosten.

14

Obwohl der Vorfall im Bad bereits eine Woche her war, hatte Antonia immer noch Angst, wenn sie nachts aufwachte und in die Dunkelheit sah. Sie fühlte sich angreifbar und schutzlos. Bernadette war zutiefst erschrocken gewesen, als Antonia ihr davon erzählt hatte.

»Das mit dem Licht mag noch ein Zufall gewesen sein – wenngleich ein ungewöhnlicher. Aber die verkeilte Tür?«

»Wie hat derjenige denn überhaupt wissen können, dass ich in der Wanne eingenickt bin?«

»Vermutlich hat er hineingeschaut und hätte sich andernfalls mit einer Entschuldigung zurückgezogen.«

»Spräche das nicht eher gegen Fabian? Stell dir vor, ich wäre wach gewesen, oder jemand hätte ihn dabei erwischt.«

Bernadette zuckte mit den Schultern. »Wenn er wirklich so gewieft ist, fällt ihm schon eine Ausrede ein.«

Immerhin war seither nichts weiter vorgefallen, was Antonia jedoch kaum beruhigte, sie stand unter dauernder Anspannung. An diesem Abend waren sie auf einen Ball bei General von Brettenthaler eingeladen, und durch einen Brief von Benedict wusste sie, dass dieser auch zugegen sein würde. Ein Lichtblick in dieser düsteren Situation.

Charlotte hatte keine Lust, aber ihre Mutter ließ ihr keine Wahl.

»Ich wünschte, ich würde auch mal über einen Teppich stolpern«, sagte sie.

»Dann könntest du nicht reiten«, meinte Antonia lapidar.

Sie fanden sich pünktlich in der Eingangshalle ein und stiegen in die gemietete Kutsche. Damit die Damen mit ihren ausladenden Kleidern nicht wieder so eng gedrängt sitzen mussten, nahm Rudolf von Althenau auf dem Kutschbock Platz und nutzte den Umstand, um während der Fahrt eine Pfeife zu rauchen. Dann sähe es für jeden unbeteiligten Passanten so aus, als wäre das der Grund für seine Wahl und nicht der Umstand, dass es schlicht zu teuer wäre, zwei Kutschen zu mieten. Er hätte auch hinreiten können, aber Reiten hatte nie zu seinen Leidenschaften gezählt, und er bekäme zwei temperamentvolle Pferde wie Elisée oder die deutlich feurigere Ophélie nicht gebändigt. Letzteres würde er nie zugeben, er sagte daher stets, entweder er reite auf seinem eigenen Pferd oder gar nicht.

Das Palais des Generals war wahrhaft prachtvoll, und Antonia musterte beeindruckt die weiße Fassade, als die Kutsche durch das Tor auf den Hof fuhr, der wie ein Rondell angelegt war, sodass die Kutschen nacheinander vor dem

Eingangsportal halten und ihre Insassen aussteigen lassen konnten. Antonia verließ die Kutsche und sah erneut an der stuckverzierten Fassade des Hauses hoch, bewunderte die Wasserspeier und den säulenbestandenen Eingang.

»Wir können uns glücklich schätzen, dass Elinor ihren Einfluss hat spielen lassen«, sagte Rudolf von Althenau.

»Das war nicht deine Tante, sondern Mechthild von Rechberg«, verbesserte ihn seine Frau. »Elinor mag gute Beziehungen zum Hof haben, aber zu den Mitgliedern der höheren Gesellschaft hat uns bisher die Gräfin von Rechberg die Türen geöffnet.«

Antonia war es gleich, wer von ihnen es war, wichtig war nur, dass sie hier waren und sich amüsieren konnten. Sie freute sich auf Benedict und hoffte, er werde sich bald erklären, damit nicht alles in dieser Heimlichkeit ablaufen musste. Ihre Eltern würden sich nicht gegen eine solche Verbindung stellen, dessen war sie sich gewiss. Sie würden sich sogar freuen, wenn Antonia eine so hervorragende Partie an Land zog. Nur das Damoklesschwert des Unbekannten schwebte weiter über ihr. Bei dem Gedanken daran überkam Antonia wieder Verzweiflung und das Gefühl hilfloser Wut. Sie hatte das doch alles nicht gewollt! Es war ein Unfall gewesen.

Sie begrüßten den General, der in der Tat wirkte wie der humorloseste Mensch, dem Antonia je begegnet war. Offenbar hatte Benedict mit seiner Beschreibung nicht übertrieben. Er war hager, hochgewachsen, und sogar die Begrüßung lief in einer Art militärischer Strenge ab. Seine Frau war anders, eine elegante Erscheinung, ein wenig rundlich und mit einem verschmitzten Lächeln. Sie hatten zwei erwachsene Söhne, die mit ihren Ehefrauen danebenstanden und die Gäste begrüßten.

Im Tanzsaal hielt sie Ausschau nach Benedict und entdeckte ihn nach einigem Suchen im Gespräch mit zwei Männern, die ebenfalls die Uniform der kaiserlichen Armee trugen. Weil sie sich nicht einfach dazugesellen konnte, blieb sie stehen und fächelte sich Luft zu, tat, als beobachtete sie die Festgesellschaft. Irgendwann blickte er auf, bemerkte sie und schenkte ihr ein flüchtiges Lächeln. Kurz darauf ging er zum Büfett, holte zwei Gläser und gesellte sich zu ihr, wobei er ihr eins reichte. Antonia war sich bewusst, dass die Geste nicht unbemerkt bleiben würde, und ihr Herz machte einen kleinen Hüpfer, denn es zeigte ihr, dass es ihm ernst war. Da war nichts Verstohlenes und keine Aufforderung zu Heimlichkeiten, sondern er bekundete offen sein Interesse.

»Wie wunderbar, dich zu sehen«, sagte er mit einem warmen Lächeln. »Darf ich hoffen, dass mir niemand zuvorgekommen ist beim ersten Tanz?«

Sie reichte ihm die Tanzkarte, an der ein kleiner Bleistift an einem Bändchen hing, und er trug sich direkt für den ersten Tanz ein, einen Wiener Walzer. »Ich befürchte, wenn ich es wagte, einen weiteren auszuwählen, würde das angesichts der bisher leeren Tanzkarte zu Gerede führen. Aber wenn der Ansturm junger Herren auf deine Gunst es erlaubt, trage ich mich gerne für einen weiteren deiner Wahl ein.«

»Das wäre wunderbar.«

»Darf ich deinen Eltern meine Aufwartung machen?«

Wieder schlug das Herz ihr schneller. »Aber gewiss doch.«
»Dann werde ich mich jetzt meinen Freunden widmen und gebe dir Gelegenheit, noch ein paar Eroberungen zu machen. Wir wollen ja nicht, dass es zu Gerede kommt, noch ehe ich die Gelegenheit hatte, mich zu erklären.« Er zwinkerte ihr zu und ging. Sie sah ihm nach, während ein verträumtes Lächeln an ihren Mundwinkeln zupfte.

Antonias Tanzkarte füllte sich rasch, ebenso wie die ihrer Schwestern. Kurz darauf wurde zum ersten Tanz aufgespielt, und Benedict führte sie auf die Tanzfläche. Es war herrlich, mit ihm zu tanzen, und kurz schloss Antonia die Augen und genoss es, einfach nur zum Takt der Musik durch den Saal gewirbelt zu werden. Einen kurzen Moment lang war alles nur Musik und Tanz. Dann öffnete sie die Augen und sah Benedict an. Sie hätte nicht geglaubt, dass sie sich in so kurzer Zeit so rettungslos würde verlieben können. Selbst Arvids Geist stand in diesem Moment nicht zwischen ihnen, und sie wagte es, sich auf die Zukunft zu freuen. Sie hätte ewig so weitertanzen können.

Nach dem Tanz führte er sie an den Rand der Tanzfläche und verneigte sich leicht. Dann wurde Antonia auch schon von dem nächsten Herrn aufgefordert. Sie war mitten in ihrem vierten Tanz, als die Musik abrupt verstummte. Irritiert hielten sie und ihr Tanzpartner inne, sahen zur Kapelle, die aufgehört hatte zu spielen. General von Brettenthaler stand neben den Musikern und hielt ein Blatt in die Höhe, auf dem eine Karikatur erkennbar war, deren Stil Antonia alarmierend bekannt vorkam.

»Das hier hing in der Eingangshalle, sorgsam befestigt am Treppenlauf. Wer kann mir etwas dazu sagen?«

Antonia ließ ihren Tanzpartner stehen, um das Bild genauer in Augenschein zu nehmen. Hoffentlich ist es ein Missverständnis, dachte sie, hoffentlich, hoffentlich, hoffentlich. Aber beim Näherkommen war klar, dass die Hoffnung vergeblich war. Antonia betrachtete das Bild.

Die Ehefrau des Generals war gekonnt karikiert, einen Kopf größer als ihr Mann, in einem Kleid, das frappierende Ähnlichkeit mit der kaiserlichen Uniform hatte, die Frisur aufgetürmt wie ein Helm. Sie hob den Finger, als hätte sie gerade einen Befehl erteilt. Davor stand der hochrangige Offizier, der mit betretener Miene salutierte, über ihm in einer Sprechblase »Ja, Frau General«. Darunter auf der rechten Seite, direkt über dem in die rechte untere Ecke hingeworfenen Kürzel *C. u. A.*, stand deutlich lesbar *Charlotte von Althenau*.

General von Brettenthaler wandte sich an die Gäste, die in betretenem Schweigen dastanden. »Wer ist Charlotte von Althenau?«

Antonia war wie erstarrt und bemerkte, dass ihre Eltern, wenngleich auf entgegengesetzten Seiten der Tanzfläche stehend, den nahezu identischen Ausdruck fassungslosen Entsetzens aufgesetzt hatten. Sie erinnerte sich daran, dass Charlotte nicht hatte hierherkommen wollen.

»Dem General bin ich mal auf einem Ausritt begegnet«, hatte sie gesagt. »Wenn die Feier so wird, wie er ist, dann laufen alle mit einem Stock im Allerwertesten herum.« Sie war dafür von den Eltern gescholten worden.

»Charlotte von Althenau?«, wiederholte der General mit einem Ausdruck militärischer Strenge.

Schließlich trat Charlotte vor, und nur, wer sie gut kannte, wusste, dass ihr selbstsicheres Gehabe eine tiefe Verlegenheit überspielen sollte. Sie wagte eine Menge, aber das ging selbst für sie zu weit. »Ich schreibe nie meinen vollen Namen unter die Bilder«, war offenbar alles, was ihr dazu einfiel.

Nun erwachte auch ihr Vater aus seiner Erstarrung. Er eilte zu Charlotte, ergriff ihren Arm. »Herr General, ich muss mich für meine Tochter entschuldigen. Es ist mir zutiefst unangenehm, und ich versichere Ihnen, wir hatten keine Ahnung.«

»Haben Sie das gezeichnet?«, fragte der General, an Charlotte gewandt.

Die biss sich auf die Unterlippe und nickte schließlich. »Aber ich habe es hier nicht aufgehängt.«

»Das möchte ich annehmen. Da hat Ihnen wohl jemand einen Streich spielen wollen? Vielleicht eine Schwester, die Sie einmal zu oft gezeichnet haben?«

Charlotte fuhr herum, und ihr Blick flog von Bernadette zu Antonia. Sie verengte die Augen, schien ausloten zu wollen, wem dergleichen am ehesten zuzutrauen war.

»Nun«, fuhr der General fort, und unvermittelt trat ein breites Lächeln auf sein hageres Gesicht, »ich bin zutiefst erstaunt, wie trefflich Sie auszuloten wussten, wer bei uns in Wahrheit das Sagen hat.« Er zwinkerte ihr zu. »Aber verraten Sie es keinem.«

Die Umstehenden lachten, und auch auf Charlottes Gesicht trat ein zögerliches Lächeln.

»Darf ich das Bild behalten? Für Tage, an denen es nichts zu lachen gibt.«

»Oh, aber natürlich.«

»Nun denn«, er winkte dem Orchester zu, »nur zu, meine Herren. Wir sind doch keine Trauergemeinde.«

Der nächste Tanz war eine Quadrille, und da Antonia von einem jungen Mann aufgefordert wurde, hatte sie keine Zeit mehr, mit Charlotte zu sprechen. Ihrer Schwester jedoch verlieh dieser Auftritt offenbar eine große Anziehungskraft, denn es verneigten sich gleich vier Männer vor ihr. Antonia sah, dass ihr Vater zwischen Erleichterung und Wut schwankte. Das hätte alles ganz anders ausgehen können.

Benedict von Breling trat zu ihr. »Was war das denn?«

Hilflos zuckte sie mit den Schultern. »Ich weiß es nicht. Meine Schwester karikiert gerne Menschen.«

»Das Bild hier aufzuhängen, kostet viel Mut.«

Unmöglich konnte sie ihm sagen, dass Charlotte das nicht gewesen sein konnte. Er würde nicht verstehen, was gerade in ihrem Leben aus dem Ruder lief, und so nickte sie nur. Die Sache mit dem gestohlenen Schmuck bei ihrer ersten Begegnung war schon skurril genug. Was sollte er von ihr denken?

»Offenbar muss ich auf der Hut sein, wenn ich euch einlade.«

Antonia zwang sich zu einem Lächeln. Die Vorstellung, was alles schiefgehen konnte bei einer Einladung zu ihm, war ihr bislang noch nicht gekommen. Aber wenn Fabian – und daran, dass er das war, zweifelte sie inzwischen keinen Augenblick mehr – es geschafft hatte, dieses Bild hier aufzuhängen, dann würde er auch in Benedicts Haus etwas tun können, das sie bloßstellte. Aber wie hatte er das bewerkstelligt? Hatte er Freunde hier? Über Großtante Elinors Beziehungen?

»Ich gebe demnächst eine abendliche Gesellschaft und werde euch eine Einladung zukommen lassen«, fuhr Benedict fort. »Keine große Feier, eher eine kleinere Soiree, mit Musik, aber ohne Tanz.«

»Das ist wunderbar.«

Er schenkte ihr ein Lächeln, dann wurde Antonia auch schon wieder aufgefordert und ging mit ihrem Begleiter auf die Tanzfläche.

Später nahm ihre Mutter sie zur Seite. »Dieser Offizier, mit dem du so herumschäkerst, ist das der, von dem dein Vater erzählt hat? Der so offenkundiges Interesse an dir hatte?«

»Ja, das ist er. Er möchte euch darum bitten, mir den Hof machen zu dürfen.«

Ihre Mutter sah sie mit erfreuter Überraschung an. »Ach, aber das ist ja eine großartige Neuigkeit. Wann wird er bei uns vorsprechen?«

»Das hat er noch nicht gesagt, aber er wird uns demnächst zu einer Gesellschaft in sein Haus einladen.«

»Offenbar war es doch die richtige Entscheidung, München nach diesem, hm, Malheur verlassen zu haben. Hier hast du die Möglichkeiten, die du in München mit so leichter Hand verschenkt hast. Ich hoffe, du lässt dich nicht wieder zu einer Dummheit hinreißen.«

»Kannst du dich nicht einfach für mich freuen?«

»Aber das tue ich doch.«

Antonia nickte nur und ging zu Bernadette, die gerade ausnahmsweise nicht tanzte und sich ein wenig außer Atem Luft zufächelte. »Wie ich sehe, bemüht sich dein schmucker Offizier weiterhin um dich?«

»Er wird uns zu einer Gesellschaft einladen.«

»Wissen Mama und Papa es schon?«

»Ich habe es Mama gerade gesagt. Sie hat sich gefreut und meinte, ich solle mich nicht schon wieder zu einer Dummheit hinreißen lassen.«

Bernadette verdrehte die Augen. »Lass dir davon die Freude nicht verderben. Es ist schön, dass du dich verliebt hast und das offenbar auf Gegenseitigkeit beruht.«

»Ja, das ist es.«

Die Verandatüren waren geöffnet worden und ließen die erfrischend kalte Februarluft ein. Antonia genoss den Moment, in dem die Nachtluft ihre erhitzten Wangen kühlte, und sie blickte hinaus in den dunklen Garten, der von vereinzelten Lampions erhellt war. Niemand ging nach draußen bei der Kälte, aber hübsch war es dennoch. Der Garten war nicht besonders groß, wenn man ihn im Verhältnis zum Haus betrachtete. Aber es ließ sich erkennen, mit wie viel Hingabe und Sorgfalt er angelegt worden war.

»Denkst du daran, hinauszugehen?«, fragte Benedict, der hinter sie getreten war.

Sie wandte halb den Kopf. »Nein, ich friere jetzt schon. Oder sollte das ein unanständiges Angebot sein?«

»Ich käme nie auf die Idee!« Um seine Mundwinkel zuckte es.

»Bedauerlich«, ging sie auf seinen scherzenden Tonfall ein. »Unbemerkt kämen wir nicht hinaus.«

»Nein, vermutlich nicht.«

»Es bleibt wohl nur der bisher bewährte Weg. Ich schreibe dir, und wir treffen uns zum, hm, Spaziergang.«

»Ich kann es kaum erwarten.«

»Wann bin ich auf deiner Tanzkarte dran?«

Sie sah nicht drauf. »Genau jetzt.«

Sein Lächeln wurde breiter. »Na, so ein Zufall.«

»Nicht wahr?« Sie nahm seine Hand und ließ sich zur Tanzfläche führen.

15

»Und deine Tante weiß nicht, dass du die Familie von Althenau eingeladen hast?« Karl Ludwig schien es nicht glauben zu wollen.

»Ich habe keine Veranlassung dazu gesehen, ihr das mitzuteilen. Sie vor vollendete Tatsachen zu stellen, erscheint mir zielführender.«

Sie saßen im Gasthaus »Zum roten Husaren« und ließen einen anstrengenden Tag ausklingen. Am kommenden Tag stand ein Manöver an, bei dem der Kaiser zugegen sein würde. Benedict war müde, wollte aber noch nicht nach Hause gehen. Hoffentlich war seine Tante nicht schon wieder da. Aber vermutlich ließ sie ihn jetzt ein paar Tage in Ruhe, nachdem er die Einladung zum Abendessen bei den Helblings anständig und ohne der Tante erneut Gründe für irgendeine Rüge zu liefern, hinter sich gebracht hatte.

»Wird dein Bruder das hinnehmen, wenn du eine andere Frau heiraten möchtest? Du meintest ja vor einigen Wochen, es würde ihn nicht interessieren, aber wenn Hochwürden selbst hier anreist, muss es wohl doch von Interesse für ihn sein.«

»Ich bin mit der Wahl einer möglichen Ehefrau seinen ehrgeizigen Bestrebungen im Weg.«

»Lässt du dir das bieten?«

»Natürlich nicht. Ich heirate doch nicht, damit er seine kirchliche Laufbahn schneller vorantreibt. Leider hat er nun auch Clara mit eingespannt, die mir mit ihren Briefen ein schlechtes Gewissen macht und mich an die Verpflichtungen meiner Familie gegenüber erinnert.«

»Sie selbst haben sich dieser Verpflichtung ja sehr gekonnt entledigt.«

»Ja, das kommt noch dazu.«

Karl Ludwig leerte sein Glas und bestellte eine Runde für sie beide nach. »Bedauerlich, dass ich an dem Abend, als General von Brettenthaler den Ball gegeben hat, anderweitige Verpflichtungen hatte. Ich wäre zu gerne dabei gewesen, als der Vorfall mit der Karikatur gewesen ist. Offenbar sind diese Töchter immer für eine Überraschung gut.«

Benedict musste lachen. »Ja, da hast du recht. Mit denen wird es einem nicht langweilig.«

»Allein auf die Idee zu kommen, es aufzuhängen, so deutlich signiert.«

»Na ja, sie meinte ja, sie würde immer nur Kürzel unter ihre Bilder schreiben.«

»Umso erstaunlicher das Ganze.«

»Wie auch immer, es war unterhaltsam, wenngleich ich anfangs wirklich Sorge hatte, dass Brettenthaler das nicht so gelassen hinnimmt. Ich hatte den Mann stets für völlig humorlos gehalten.«

»Es hätte ja auch für deine Heiratsambitionen schwierig werden können, nicht wahr? Stell dir nur vor, er hätte die Sache übel genommen, und dann stellt sich heraus, dass du die Schwester der Übeltäterin ehelichen möchtest.«

»Das war mein erster Gedanke, als das Bild entdeckt worden ist und klar war, dass es die jüngere Schwester ist.«

»Ein echter Wildfang. Wenn ich an meine erste Begegnung mit ihr denke.« Karl Ludwig grinste. »Hätte es etwas geändert für dich?«

»Nein, aber die Sache hätte mit viel Fingerspitzengefühl gelöst werden müssen.«

Karl Ludwig hob das Glas in Benedicts Richtung. »Was dir nun glücklicherweise erspart geblieben ist.«

»Nicht auszudenken, wenn Tante Ludwina an dem Abend ebenfalls zugegen gewesen wäre.«

Bei der Vorstellung musste Karl Ludwig grinsen. »Sie hätte sich bestätigt gefühlt und gleichzeitig einräumen müssen, dass die Schwester einen gewissen Humor aus dem General herausgekitzelt hat.«

Benedict wollte antworten, als seine Aufmerksamkeit abgelenkt wurde von zwei Männern, die einen lautstarken Streit ausfochten. Einer der beiden war deutlich alkoholisiert, und er erkannte den Grafen von Ammerer, mit dem er seinerzeit beim Militär die Grundausbildung absolviert hatte, ehe dieser gemerkt hatte, dass es doch nicht das Rechte für ihn war. Nun stritt er mit seinem Gegenüber, das er des Falschspiels beschuldigte.

»Es war doch nur ein Freundschaftsspiel«, versuchte ein Mann, der mit am Tisch gesessen hatte, zu schlichten.

»Falschspiel ist Falschspiel«, erklärte der Graf mit verwaschen klingender Stimme.

»Ich spiele nicht falsch. Das ist unerhört«, rief sein Gegenüber, ein Freund von Karl Ludwig. Der richtete sich nun ebenfalls auf und sah zu den Streitenden.

»Vielleicht nüchtert sich der Herr Graf aus«, rief Benedict, »und verhandelt die Sache dann mit dem nötigen Abstand?«

Graf von Ammerer sah ihn an, verengte die Augen, als könne er ihn so besser fixieren. »Ah, der Leutnant von Breling.« Er machte eine übertriebene Verbeugung. »Der die schöne Constanze zu Helbling ehelichen möchte und gleichzeitig der bettelarmen Münchnerin schöne Augen macht.«

»Das reicht jetzt.« Jemand legte ihm die Hand auf die Schulter, die der Graf von Ammerer jedoch wegschlug, um nun zu Benedict zu kommen, der sich nicht aus seinem gemütlichen Sessel im Erker erhoben hatte. »Was bildet sich der Herr Leutnant ein, mir zu sagen, ich solle mich ausnüchtern?« Er brauchte mehrere Anläufe, um das letzte Wort fehlerfrei über die Lippen zu bekommen. »So viel kann ich nicht trinken, um nicht zu erkennen, wenn ich betrogen werde.«

»Mit dergleichen Vorwürfen wäre ich vorsichtig«, sagte Karl Ludwig. »Manch einer könnte das für ehrenrührig halten.«

»Ach, der Leutnant von Trauttmannsberg, der sich immer schon gerne eingemischt hat in Dinge, die ihn nichts angehen.«

Karl Ludwig ließ sich nicht provozieren, sondern hob bloß die Brauen. Als sich der Graf von Ammerer tiefer zu ihm beugte, erhob sich Benedict und legte ihm die Hand auf den Arm, um ihn zu beruhigen. Der Mann fühlte sich davon jedoch augenscheinlich provoziert, denn er schwang herum, und seine Faust hätte Benedict vermutlich am Kinn getroffen, wäre dieser nicht geistesgegenwärtig zurückgewichen. Das erboste den Grafen noch mehr, und er wollte erneut zuschlagen. Jetzt griff Karl Ludwig ein und hielt ihn fest.

Der Mann schlug den Kopf zurück, und Benedict glaubte schon, im nächsten Moment die Nase seines Freundes brechen zu hören, aber dieser hatte sich rasch zur Seite geneigt. Benedict stürzte vor, und sie hielten den Grafen nun mit vereinten Kräften fest.

Einer der Kellner trat zu ihnen. »Die Kutsche des Grafen steht bereit.«

»Ich bin noch nicht fertig!«, rief der Mann.

»Doch, das sind Sie«, antwortete Karl Ludwig und bugsierte den Grafen mit Benedicts Hilfe zur Tür, indem er ihm den Arm auf den Rücken drehte und ihn vor sich herschob.

»Für das Falschspiel bezahlst du«, rief der Graf im Vorbeigehen. »Und Sie«, spuckte er in Benedicts Richtung, indem er den Kopf verdrehte, »lassen Sie bloß die Finger von Constanze. Die ist zu gut für einen wie Sie.«

»Schon klar«, sagte Karl Ludwig.

Benedict öffnete die Tür, und der Kutscher nahm seinen tobenden Dienstherrn in Empfang.

»Du liebe Zeit.« Ludwig rieb sich die Hände in der abendlichen Kühle und drehte sich um, im Begriff, zurück ins Gasthaus zu gehen. »Offenbar buhlt er mit dir um die Gunst der zu Helbling.«

»Er kann ihr gerne den Hof machen, ich stehe ihm nicht im Weg. Aber vermutlich wird die Familie zu Helbling das nicht wollen, weil der Graf weder einen großen Namen noch ein nennenswertes Vermögen oder gute Verbindungen mit in die Ehe bringt.«

»Ist sie vielleicht in ihn verliebt?«

Benedict zuckte mit den Schultern. »Möglich. Es ist mir gleich.«

Sie kehrten zu ihren Plätzen zurück, und Karl Ludwig gab eine weitere Bestellung auf. »Wir sollten nicht mehr so lange machen, morgen geht es früh raus.«

»Ich bin froh, wenn wir das Manöver hinter uns haben.«

Sie stießen ihre Gläser aneinander. »Wird schon gut gehen«, sagte Karl Ludwig.

Es war ein diesiger Morgen, als sie sich auf dem Exerzierplatz zwischen Minkendorf und Laxenburg einfanden, auf dem das Manöver stattfand. Karl Ludwig hatte Benedict nur kurz im Vorbeigehen gegrüßt, dann war er von General von Brettenthaler in Beschlag genommen worden. Seit er vor mehreren Monaten die sogenannte Trauttmann'sche Kesseltechnik entwickelt hatte, hielt der General große Stücke auf ihn.

Seinerzeit war er frisch befördert worden in den Leutnantsrang und hatte seine Truppe in die Strategie eingeweiht.

Nachts war ihm die Idee dazu gekommen, hatte er Benedict einmal anvertraut. Durch eine schnelle Bewegung der Reiter und ein Überraschungsmoment mit dem hinter den Felsen verborgenem Armeeteil sollten die feindlichen Truppen in kürzester Zeit eingekesselt und besiegt werden. Sollten sich seine Ideen durchsetzen, würde das für minimale Verluste und schnelle Erfolge sorgen.

Der Kaiser traf mit seiner Entourage ein, und wenngleich Karl Ludwig gut darin war, sich seine Anspannung nicht anmerken zu lassen, erkannte Benedict sie doch. Es war sichtbar darin, wie fokussiert und konzentriert er war. Das Manöver begann unter dem Kommando General von Brettenthalers. Es lief gut, und wenn Benedict die Gelegenheit bekam, zum Kaiser zu sehen, so war offensichtlich, dass dieser zufrieden war. Doch mit einem Mal brach das Chaos aus. Im Nachhinein hätte er nicht zu sagen gewusst, wie es passierte und wer schuld war.

Eine fehlgeleitete Kugel hatte Karl Ludwig getroffen, der nur wenige Meter entfernt war vom Kaiser, und im ersten Moment glaubte man an ein missglücktes Attentat. Das wäre an und für sich nicht so schlimm gewesen, denn es schien nur ein Streifschuss, aber es setzte eine Reihe von Ereignissen in Gang. Das Pferd stieg, und Karl Ludwig, den der Schuss überrascht hatte, hielt sich nicht mehr im Sattel. Er stürzte zu Boden, und sein Pferd ging durch – dieses Pferd, vor dem Benedict gewarnt hatte, weil es noch jung und wenig nervenstark war. Einer der Soldaten versuchte noch, es aufzuhalten, gab nicht acht auf das Geschütz, das er hatte sichern sollen, sodass es sich löste und auf Karl Ludwig zurollte. Benedict stürzte auf seinen Freund zu, gleichzeitig mit mehreren Soldaten, aber sie schafften es nicht mehr, die Kanone aufzuhalten, die Karl Ludwigs Arm unter sich begrub. Der Schrei seines Freundes hallte durch die Luft, und nun kam Bewegung in den gesamten Truppenübungsplatz.

Mit vereinten Kräften schoben die Männer das Geschütz zurück, während Benedict und der General Karl Ludwig darunter hervorzogen. Der Truppenarzt kam bereits über den Platz gelaufen, kniete sich neben Karl Ludwig, der bleich war und dem der Schweiß im Gesicht stand. Die Brust hob und senkte sich in schnellen Atemzügen, und Benedict vermochte kaum, den Arm anzusehen, der in diesem durchgebluteten Uniformärmel steckte und dessen Finger seltsam nach außen gebogen schienen.

»Er muss sofort in ein Krankenhaus«, befahl der Arzt.

»Können Sie seinen Arm retten?«, wagte Benedict zu fragen.

»Seinen Arm? Fragen Sie lieber, ob ich sein Leben retten kann.«

Benedict ging neben seinem Freund in die Knie, nahm die gesunde Hand, die den Druck erst leicht erwiderte und schließlich erschlaffte. Wo blieb der Wagen, der Karl Ludwig ins Krankenhaus bringen sollte?

»Warum dauert das so lange?«, schrie Benedict.

Da endlich kam der Wagen übers Feld gerollt, gezogen von zwei Pferden. Er hielt an, und Männer sprangen heraus, legten Karl Ludwig auf eine Trage. Benedict war schlecht vor Angst um seinen Freund, und betroffen sah er zu, wie die Trage in den Wagen geschoben wurde und die Pferde losliefen. Auch General von Brettenthaler war kreidebleich, dann drehte er sich um. »Wer«, fragte er mit Unheil verkündender Stimme, »hat die Kugel abgeschossen, die den Leutnant von Trauttmannsberg getroffen hat?«

Ein junger Unterleutnant trat hervor, salutierte und hielt sich sehr gerade, obwohl ihm anzusehen war, wie elend er sich fühlte. »Das war ich, Herr General.«

»Unser Kaiser stand nur wenige Schritte entfernt.«

»Ich hatte nicht die Absicht …« Der Mann schluckte, und nun stand ihm der Schweiß auf der Stirn. »Ich bin abgerutscht, der Schuss hat sich gelöst. Ich … niemals hätte ich …«

»Die Sache wird Konsequenzen haben.«

Der Mann war so bleich, dass Benedict befürchtete, er könne jeden Moment in Ohnmacht fallen. Vermutlich stand ihm das Bild des missglückten Attentats vor einem Monat vor Augen, ebenso der Umstand, dass der Mann nur wenige Tage später zum Tode verurteilt und hingerichtet worden war. Dass dieser junge Kerl den Kaiser hatte erschießen wollen, hielt Benedict für wenig wahrscheinlich. Vermutlich war es ganz einfach so gewesen, wie er gesagt hatte – ein Missgeschick. Eines, das Karl Ludwig womöglich das Leben kostete. Am liebsten hätte er den Kerl geschüttelt. Aber das änderte nichts daran, dass es nicht beabsichtigt gewesen war, und er wusste, dass es nichts brachte, wenn sich nun sein Zorn über ihm ergoss. Der junge Unterleutnant würde noch erhebliche

Konsequenzen seiner Tat zu spüren bekommen. Selbst wenn klar wurde, dass er nicht auf den Kaiser gezielt hatte – und das würden die Umstehenden gewiss bezeugen können –, aber die Familie Trauttmannsberg würde nicht so ohne Weiteres darüber hinweggehen.

Das Manöver wurde abgebrochen, und Benedict verabschiedete sich, sobald es ihm möglich war, um zum Erzherzog-Rainer-Spital zu reiten. Dort traf er auf Karl Ludwigs Eltern, die im Wartesaal saßen. Caroline von Trauttmannsberg weinte, die Augen verquollen, das Gesicht rot gefleckt. Der Vater hingegen wahrte die Fassung, was ihm sichtlich schwerfiel, aber er war ein Mann, der jederzeit die Kontrolle behielt, was auch immer es ihn kostete.

»Gibt es etwas Neues?«, fragte Benedict.

Graf von Trauttmannsberg schüttelte den Kopf. »Er ist außer Lebensgefahr, sagen die Ärzte, mehr wissen wir nicht.«

Benedict atmete auf und ließ sich auf einen Stuhl sinken.

»Ob sie seinen Arm retten können, vermochten die Ärzte jedoch noch nicht zu sagen«, fuhr der Graf fort. Verbitterung hatte sich in seine Stimme geschlichen. Er war von Anfang an gegen die Militärlaufbahn seines Sohnes gewesen, die ihn nun möglicherweise zum Krüppel gemacht hatte.

Benedict lehnte sich vor und rieb sich die Augen. Karl Ludwig würde überleben, das war zunächst alles, was zählte. Der Rest würde sich finden.

Es zog sich lange hin, und Benedict war es, als bewegten die Zeiger der Uhr sich durch dicken Sirup. Er stand auf, streckte sich, fragte die Grafen von Trauttmannsberg, ob er ihnen etwas zu trinken holen solle, denn die Gräfin sah elend aus und schien sich nur mit Mühe im Stuhl aufrecht zu halten. Aber beide lehnten ab, und Karl Ludwigs Mutter brach erneut in Tränen aus. Endlich kam ein Arzt durch den Gang auf sie zu. Sein weißer Kittel flatterte, seine Bewegungen wirkten fahrig. Hoffentlich war das nicht der Mann, der Karl Ludwig unter dem Messer gehabt hatte. Als er jedoch vor ihnen stand und sich an den Grafen von Trauttmannsberg wandte, wirkte er ruhig und von aufmerksamem Ernst. »Ihr Sohn wird nun aus dem Operationssaal in den Krankensaal gebracht. Sein Leben konnten wir retten, den Arm auch. Aber ich bedaure, sagen zu müssen, dass er ihn zunächst nicht mehr benutzen kann. Drei Finger sind steif und werden es bleiben. Inwieweit er den Arm gebrauchen kann, wird die Rekonvaleszenz zeigen.«

»Oh, dem Herrn sei es gedankt«, rief die Gräfin, während der Graf aschfahl geworden war.

»Soll das heißen, mein Sohn ist für den Rest seines Lebens ein einarmiger Krüppel?«

»Arnulf!« Die Stimme der Gräfin klang erstickt.

Nach kurzem, verlegenem Räuspern sagte der Arzt: »Sie dürfen nun zu ihm.« Er wandte sich an Benedict. »Sind Sie auch verwandt mit ihm?«

»Er ist ein Freund der Familie«, sagte der Graf, wobei es nicht sehr freundschaftlich klang, sondern vielmehr, als gäbe er Benedict die Schuld an allem. Als wäre Karl Ludwig nur zur Armee gegangen, weil Benedict es ihm vorgemacht hatte.

»Ich bedaure«, sagte der Arzt, »zu dem Patienten dürfen nur Angehörige.«

Benedict nickte. Karl Ludwig lebte, nur das war wichtig. Das mit seinem Arm war tragisch, aber es würde sich finden, Hauptsache war, dass er wieder gesund wurde. Nachdem er sich von dem Grafen und der Gräfin von Trauttmannsberg verabschiedet hatte, verließ er das Krankenhaus und ritt nach Hause. Dort empfing ihn seine Tante, die gerade die Kaffeetafel decken ließ.

»Da bist du ja. Ich habe es schon gehört. Wie geht es Karl Ludwig?«

»Er hat es überlebt, aber er wird den rechten Arm wahrscheinlich nicht mehr gebrauchen können.«

»Das ist ja furchtbar. Zum Glück sind die Grafen von Trauttmannsberg reich genug, damit bei einer möglichen Eheschließung über diesen Makel hinweggesehen werden kann.«

Benedict glaubte, sich verhört zu haben.

»Immerhin hat er überlebt«, fuhr seine Tante fort. »Was angesichts dessen, was passiert ist, wohl an ein Wunder grenzt.«

»Woher weißt du überhaupt davon?«

»Dergleichen spricht sich schnell herum.« Tante Ludwina schenkte eine Tasse Kaffee ein und reichte sie ihm. »Möchtest du Kuchen?«

»Nein.«

»Hattest du mittags überhaupt etwas zu essen?«

»Nein, und mir ist angesichts der Umstände auch der Appetit vergangen.«

Sie seufzte. »Nun gut. Du kannst dir ja später was aus der Küche kommen lassen.«

»Danke für den Hinweis«, ätzte Benedict.

»Ich wollte eigentlich mit dir noch einige Details über die Gesellschaft, die du geben wirst, besprechen, aber das können wir gerne auf morgen verschieben.«

Er starrte sie an. »Du glaubst doch nicht, dass ich hier feiern werde, wenn mein bester Freund im Krankenhaus liegt?«

»Die Gesellschaft ist erst in zwei Wochen, bis dahin dürfte er das Schlimmste überstanden haben. Wäre er gestorben, könnte ich das verstehen, aber abzusagen, nur weil er sich verletzt hat, kommt nicht infrage. Wir können nicht alle wieder ausladen.«

»Ist dir jeder Anstand abhandengekommen?«

Tante Ludwina verengte die Augen. »Du vergreifst dich entschieden im Ton. Ich weiß recht wohl, was sich gehört, im Gegensatz zu dir, möchte ich meinen.«

»Kannst du dir vorstellen, was es für einen Eindruck macht, wenn mein bester Freund schwer verletzt ist und ich feiere?«

»Wenn er ein Krüppel ist, ist er das auch noch in einem Jahr. Sollen wir so lange auf alle Feiern verzichten?«

Benedict war fassungslos.

»Die Gesellschaft findet statt. Es sei denn, Karl Ludwigs Zustand verschlechtert sich besorgniserregend. Dann wird jeder verstehen, dass wir absagen. Aber so wie der Stand der Dinge ist, wirst du die Feier abhalten.«

Benedict wollte widersprechen, aber er wusste bereits, dass es sinnlos war, und so unterließ er es. Er war müde und hatte keine Lust mehr, diesen Disput weiterzuführen. Sollte seine Tante tun, was sie für richtig hielt. Dass er Antonia an dem Abend sehen würde, wäre der einzige Lichtblick.

16

Antonia

»Wie oft sollen wir eigentlich noch sagen, dass das mit dem Bild keine von uns war?« Bernadette war hörbar verärgert. Sie saßen im Töchter-Salon und hatten gerade ein paar belegte kleine Brote zum Tee serviert bekommen.

»Dann war es Papa oder Mama?«, fragte Charlotte. »Ich meine, es ist gut und schön, wenn ihr euren Spaß haben wolltet auf meine Kosten. Aber dann gebt es wenigstens zu.«

Seit drei Wochen führten sie diese Diskussion nun schon, und Antonia war es ebenso leid wie Bernadette. »Ich finde es ein starkes Stück, dass du uns so etwas zutraust.«

»Es kann sonst niemand gewesen sein«, beharrte Charlotte.

»Vielleicht warst du es auch einfach selbst?«, antwortete Bernadette. »Weil du dachtest, das sei irgendwie lustig.«

»Und schreibe meinen Namen drunter? Über mein Kürzel?«

»Das ergibt mehr Sinn, als dass es eine von uns macht«, entgegnete Antonia. »Er ist Benedicts Vorgesetzter, da würde ich ganz sicher nichts tun, was ihm schaden könnte. Das wäre doch geradezu töricht.«

Charlotte sah sie nachdenklich an. »Dir ist das wirklich ernst?«

»Ja, das habe ich dir auch schon gesagt. Mehr als ein Mal.«

»Dann war es eben Bernadette.«

»Ich möchte an den kaiserlichen Hof. Das klappt wohl kaum, wenn meine eigene Schwester sich solche Scherze erlaubt. Wir können froh sein, dass der General Sinn für Humor hat.«

»Ich war das nicht!«

»Du bist die Einzige von uns, die sich in der Gesellschaft gerne unbeliebt machen möchte«, entgegnete Antonia.

»Wie kommst du denn auf diesen Unsinn?«

»Sie geht nicht gerne auf Bälle«, mischte sich nun Desirée ein, die schweigend danebengesessen hatte. »Aber das heißt doch nicht, dass sie vor der ganzen Gesellschaft bloßgestellt werden möchte.«

»Danke«, sagte Charlotte. »Wenigstens eine, die klar denkt.«

Bernadette verdrehte die Augen. »Dann war es wohl offensichtlich keine von uns. Vielleicht ist irgendein Dienstbote hier unzufrieden.«

»Und der schleicht sich dann ins Haus des Generals?« Desirée wirkte skeptisch.

»Die Dienstboten kennen sich doch untereinander. Vielleicht sind sie befreundet. Das ist auf jeden Fall realistischer, als dass es eine von uns war«, schloss Antonia.

Charlotte zuckte mit den Schultern. »Wie auch immer. Ich schließe meine Zeichnungen jetzt in meinen Sekretär ein.«

»Das ist sicher keine schlechte Idee«, antwortete Desirée.

»Wie ist es eigentlich in der kaiserlichen Bibliothek?«, fragte Bernadette. »Lernst du interessante Leute kennen?«

»Nein, die interessieren mich auch nicht. Ich führe interessante Gespräche mit Mechthild von Rechberg. Leider kann ich nicht allzu oft hin, ohne aufdringlich zu wirken. Aber sie sagt, sie versucht, mich in offizieller Funktion unterzubringen.«

»Vorher möchte ich aber an den Hof.« Bernadette schenkte ihnen Tee nach. »Immerhin warte ich schon lange genug darauf.«

»Mama und Papa lassen mich ohnehin nicht, ehe ich nicht achtzehn bin.« Desirée war im Winter gerade erst siebzehn geworden. Bis Ende des Jahres konnte noch viel passieren. Und das empfand Antonia nicht gerade als positiv. Ihr war klar, wer das Bild in der Halle des Generals aufgehängt haben musste – wie auch immer er es bewerkstelligen konnte. Gewiss nutzte er die Beziehungen durch Großtante Elinor. Es war zum Verzweifeln. Die Einschläge kamen stets aus einer völlig unvorhergesehenen Richtung.

Sie freute sich auf den Abend bei Benedict, und ihre Eltern waren überaus entzückt über die Einladung gewesen. Beide setzten große Hoffnungen darauf, dass er sich erklären würde und Antonia auf diese Weise eine großartige Partie machte.

Seither waren sie gnädiger im Umgang mit ihr. Sie war wieder die disziplinierte Tochter, auf die man sich verlassen konnte. Vielleicht würde nun doch noch alles gut werden. Sollte Bernadette es an den kaiserlichen Hof schaffen, wäre ein weiterer Schritt getan. Desirée hatte ebenfalls Möglichkeiten, an den Hof zu gelangen – freilich auf andere Art, als ihre Eltern es sich vorgestellt hatten, aber immerhin hätte sie die richtigen Kontakte. Und Charlotte? Die war, wie sie war, da spielte es keine Rolle, ob sie hier oder in München lebte. Charlotte ging ihren Weg, unabhängig von der Gesellschaft, in der sie lebte.

Antonia erhob sich und ging in ihr Ankleidezimmer. Es war noch ein wenig hin, aber sie wollte das Kleid anschauen, das sie an diesem Abend zu tragen gedachte. In den letzten zwei Wochen hatte sie Benedict nicht gesehen. Er hatte ihr geschrieben und ihr erklärt, dass sein bester Freund einen schlimmen Unfall gehabt hatte. Deshalb verbrachte er die freie Zeit, die ihm zur Verfügung stand, bei diesem und dessen Familie. Antonia verstand das, wenngleich sie ihn vermisste. Daher freute sie sich umso mehr auf den Abend bei ihm.

Sie würde ein Kleid aus weißem Brokat mit untergründigem roséfarbenem Schimmer tragen. Der Rock war mit winzigen Rosen bestickt, über Schultern und Ausschnitt fiel feine Brüsseler Spitze. Das Kleid schien geradezu dafür geschaffen, an einem bedeutsamen Abend getragen zu werden. Kurz durchzuckte Antonia der Gedanke an Arvid, und sie verdrängte ihn. Es war nicht ihre Schuld gewesen. Aber irgendjemand war anderer Meinung, davon zeugten der Brief und die Vorfälle seither. Alles wäre anders gekommen, hätten ihre Eltern nicht darauf bestanden, seine Leiche irgendwo auf der Straße zu entsorgen, als wäre er ein Müllsack.

»Was für ein prachtvolles Haus«, sagte Ursula von Althenau bewundernd, als sie vor Benedicts Wohnsitz hielten.

Antonia musste ihr beipflichten. Das Palais war weiß mit einer stuckverzierten Fassade, Erkern, Fenstern mit schwarzen Rahmen, einem säulenbestandenen Eingang, zu dem drei breite Stufen führten. Es war kein Vergleich mit der kleinen Villa, in der sie selbst wohnte.

»Das wird hoffentlich keine böse Überraschung, wenn er uns besuchen kommt«, sagte Charlotte in diesem Moment.

Ihre Mutter presste die Lippen zusammen und schwieg.

»Er ist reich genug, um darüber hinwegsehen zu können«, antwortete ihr Vater. »Und immerhin bringen wir einen Namen mit.«

Charlotte zuckte mit den Schultern, als sei dieser Einwand keinen weiteren Kommentar wert, während Bernadette Antonia ansah und ihr ein aufmunterndes Lächeln schenkte. Sie betraten das Haus und zeigten die Einladung. Benedict empfing sie in der Halle, an seiner Seite eine Frau, die er als Ludwina von Böhm vorstellte. Die ältere Dame starrte sie an, und kurz glitt ein Ausdruck fassungsloser Ungläubigkeit über ihre Miene, die im nächsten Moment zu einem frostigen Lächeln erstarrte. Sie erwiderte den Gruß Rudolf von Althenaus und versicherte, es sei ihr ein Vergnügen, ihn und seine Familie willkommen zu heißen.

»Du liebe Zeit«, sagte Charlotte, als sie in den Saal gingen und außer Hörweite waren, »die wirkte ja, als wollte sie uns anspringen.«

»Das bildest du dir ein«, entgegnete ihre Mutter, wenngleich Antonia sich nicht vorstellen konnte, dass ihr diese Ablehnung entgangen war.

Es war ein schöner Saal, gehalten in Gold, Cremeweiß und Blau, mit poliertem honigfarbenem Parkettboden und eleganten Kristalllüstern. Im angrenzenden Salon war das Büfett aufgebaut, und es war eine ausgesuchte Gästeschar, die sich hier nach und nach einfand. Offenbar war die Gesellschaft in überschaubarem Rahmen angedacht, und dass die Familie von Althenau eingeladen war, konnte durchaus bedeuten, dass ihre gesellschaftliche Position aufgewertet wurde.

Benedict betrat den Saal zusammen mit seiner Tante, die ihn jedoch gleich zu einem Mann dirigierte, an dessen Seite nun zwei Frauen traten, offensichtlich Mutter und Tochter. Ein höfliches Lächeln trat auf Benedicts Lippen, und er wandte sich an die junge Frau, wechselte einige Worte mit ihr. Antonia fragte sich, ob ihre Mutter, die sich zu zwei Damen ihres Alters gesellt hatte, das bemerkte und ihre Schlüsse daraus zog. Sie selbst wusste durchaus, dass ein Mann in Benedicts Position begehrt war auf dem Heiratsmarkt. Dass seine Tante ihn zielgerichtet zu dieser Familie geführt hatte und ihr, Antonia, so reserviert begegnet war, ließ eigentlich nur den Schluss zu, dass es bereits Hoffnungen auf eine Verbindung gab. Dass er die zu durchkreuzen gedachte und es ihm ernst damit war, bewies der Blick der Tante. Andernfalls hätte sie Antonias Anwesenheit einfach abnicken können. Aber sie hatte ausgesehen, als habe sie nicht einmal gewusst, dass die Familie von Althenau kommen würde.

Bernadette hatte sich unter die Gäste gemischt, weil sie jede Gelegenheit nutzte, suchend die Fühler nach den richtigen Kontakten auszustrecken. Da sie bezaubernd war, fiel es ihr nicht schwer, Aufmerksamkeit zu erlangen. Wo Charlotte war, wusste Antonia nicht. Vielleicht hatte sie die Gelegenheit genutzt und zog sich zunächst zum Büfett zurück, um ihre Ruhe zu haben.

Sie sah hinaus in den Garten, der trotz der abends noch winterlichen Kühle hübsch mit Lampions ausgestattet war. Einige Herren hatten sich hier eingefunden, plauderten in ihre Mäntel gehüllt, während sie rauchten. Als Antonia sich umsah, stand Benedict immer noch bei der jungen Frau, während seine Tante die Hand auf seinen Arm gelegt hatte, als wollte sie ihn am Weglaufen hindern. Was, wenn er zwar sagte, dass er ihr den Hof machen wollte, seine Familie aber so klar dagegen war? Hatte seine Tante ausreichend Einfluss, das zu verhindern?

Antonia hätte gerne mit ihm unter vier Augen gesprochen, das letzte Mal war schon viel zu lange her. Aber sie wusste nicht, wie sie das hier bewerkstelligen sollte, ohne dass es jemand bemerkte. Keinesfalls wollte sie Gerede. Und erst recht wollte sie nicht, dass es hieß, er würde sie nur umwerben oder heiraten, weil er ihrem Ruf geschadet hatte. Dieses Mal musste sie besser achtgeben. Sie beobachtete Benedict in der Spiegelung der dunklen Scheibe. Dann wandte sie sich ab. Ihr Denken sollte nicht ständig um diesen Mann kreisen, auch dann nicht, wenn sie so verliebt in ihn war. Als sie wieder aufblickte, bemerkte sie, dass er auf sie zukam, mit einem Lächeln, das ein wenig angestrengt wirkte. Die Familie, mit der er sich unterhalten hatte, war im Gespräch mit jemandem, und nur die junge Frau sah ihm nach.

»Ich freue mich sehr, dass du hier bist«, sagte er, nahm ihre Hand und atmete einen Kuss knapp darüber. Es war eine Geste, die seine Wertschätzung ausdrückte, ohne jedoch eine anrüchige Nähe zu demonstrieren.

Antonia erwiderte das Lächeln. »Ich freue mich auch.« Sie sah sich um. »Es ist ein wunderschönes Haus. Zumindest das, was ich bisher davon gesehen habe.«

»Ich würde jetzt anbieten, dir den Rest zu zeigen, müsste ich nicht befürchten, dadurch ein wenig zu verwegen zu wirken.«

Antonia verbarg ihr Lächeln hinter dem Fächer und sah ihn kokett darüber hinweg an. Es verfehlte seine Wirkung nicht, und er wirkte für einen Moment aus dem Konzept gebracht, ehe er es erwiderte. »Wer ist die Dame, mit der du dich so ausgiebig unterhalten hast und die uns so kritisch ansieht?«, wollte sie wissen. Besser, sie bekam direkt die Gewissheit, als dass sie da drum herumlavierten.

Er drehte sich um, sah in die Richtung, aus der er gekommen war, lächelte der Frau knapp zu, die sich nun rasch abwandte. »Constanze zu Helbling. Meine Tante sähe die Verbindung gerne.«

»Ah ja?«

»Ich gedenke aber nicht, mich zu fügen. Allerdings möchte ich auch keinen Eklat auslösen, daher gilt es, diplomatisch und mit Fingerspitzengefühl vorzugehen. Mein Bruder mischt sich ebenfalls ein, weil er sich gute Beziehungen innerhalb der Kirche erhofft. Er will es zum Bischof und irgendwann zum Kardinal bringen.«

Antonia wusste, wie diese Dinge liefen, und sie wusste, wie schwer es war, dagegen anzukommen. Und in gewisser Weise ernüchterte es sie, denn sie wusste nicht, ob er tatsächlich so frei in seiner Entscheidung war. Aber immerhin stand er hier mit ihr, hatte sie mit ihrer Familie eingeladen und machte keinen Hehl aus seiner Aufmerksamkeit ihr gegenüber.

»Möchtest du etwas trinken?«, fragte er.

»Sehr gerne.«

Er neigte den Kopf und ging zum Büfett. Kurz darauf kehrte er mit zwei langstieligen Gläsern zurück und reichte ihr eines davon. Antonia bemerkte die Blicke, die ihm gefolgt waren, und die eine oder andere Dame sah sie neugierig an. Constanze zu Helbling hatte sich zu einigen jungen Frauen gesellt und ignorierte die Szenerie. Wenn sie als Anwärterin gehandelt wurde, war das vermutlich demütigend für sie. Antonia hoffte es nicht, sie wollte niemanden unglücklich machen. Aber sie wollte Benedict auch nicht aufgeben, und sie hoffte zutiefst, dass es reibungslos vonstattenging.

Der Saal hatte sich gut gefüllt. Musiker untermalten die Soiree, deren Anzahl an Gästen überschaubar genug war, um ihr den Anstrich der Exklusivität zu geben, aber doch ausreichend besucht, damit sich Antonia nicht ständig von den

Anwesenden beobachtet fühlte. Es war keine Tanzveranstaltung, sondern eher zwanglos gehalten, und die Gäste standen plaudernd beisammen, während im Hintergrund ein kleines Streichorchester spielte.

»Wie geht es eigentlich deinem Freund?«

Ein schmerzlicher Zug umschattete seinen Mund. »Den Umständen entsprechend. Er wird seinen Arm möglicherweise nicht mehr benutzen können, aber immerhin hat er die Sache überlebt. Wie es weitergeht, wird sich zeigen.«

»Das tut mir sehr leid.«

Er nickte nur und sah zum Fenster, als müsse er sich sammeln.

»In welchem Raum steht deine Harfe?«, fragte Antonia, um das Thema zu wechseln.

Benedict wirkte erleichtert. »Im Musikzimmer. Unter anderen Umständen würde ich es dir zeigen, aber da dies meine Gesellschaft ist, kann ich mich nicht zurückziehen, ohne dass es sofort auffallen würde.«

»Nein, natürlich nicht.«

»Wollen wir uns nicht bald mal wieder in etwas, hm, privaterem Rahmen sehen? Vielleicht im Park?«

Antonia lächelte. »Das wäre ganz reizend.«

»Gleich Sonntag? Nach dem Gottesdienst?«

»Meine Eltern legen viel Wert darauf, dass wir Sonntag gemeinsam zu Mittag essen. Aber danach kann ich bestimmt ausreiten.«

»Dann machen wir es so. Ich muss mich nun ein wenig um meine Gäste kümmern, damit wir nicht ungebührlich viel Aufmerksamkeit auf uns ziehen.« Er verbeugte sich leicht und ging zu einer Gruppe junger Männer.

Antonia stellte das leere Glas auf das Tablett eines vorbeigehenden Dieners und gesellte sich zu Bernadette, die ebenfalls etwas verloren wirkte. Mittlerweile kannten sie Leute von vorhergehenden Bällen, aber mit keinem der Anwesenden hatten sie schon einmal länger geredet. Antonia bemerkte, dass Benedict sich gerade zu ihrem Vater gesellte, der sich mit einigen Männern unterhielt. Ihr Herzschlag beschleunigte sich, und unvermittelt suchte sie mit Blicken den Raum nach seiner Tante ab, konnte sie aber nicht entdecken.

»Es ist so furchtbar dröge, wenn man niemanden kennt«, sagte Bernadette. »Du hast immerhin deinen Benedict.«

»Momentan auch nicht, wie du siehst. Wo ist eigentlich Charlotte?«

»Ach, keine Ahnung. Vorhin war sie bei Mama.«

Sie schlenderten durch den Saal, und Antonia wurde bewusst, wie sehr die Anspannung, unter der sie fortwährend stand, dazu führte, dass sie immer wieder misstrauisch Ausschau hielt nach dem nächsten Ungemach. Die letzten Einschläge waren so dicht aufeinandergefolgt, dass sie gar nicht wusste, wie sie weiter damit umgehen sollte. Sie gesellten sich zu ihrer Mutter, die sich mit einigen Damen unterhielt, die Antonia nun neugierig musterten. Aber keine stellte eine Frage zu ihr und der Zuneigung, die Benedict recht offen bekundete. Das wäre auf eine unhöfliche Art neugierig gewesen, wenngleich die Damen vermutlich nur zu gerne mehr gewusst hätten, daran ließen ihre Blicke wenig Zweifel.

Antonia blieb bei ihnen stehen, beantwortete höflich Fragen dazu, wie es ihr in Wien gefalle und wo sie bisher schon überall gewesen sei. Schließlich wandte sich das Gespräch Bernadette zu, ihren Möglichkeiten bei Hofe und dem Umstand, dass sie es in München beinahe so weit gebracht hatte. Weil das Gespräch sie zunehmend langweilte und sie gerne Zeit mit Benedict verbracht hätte, verließ sie die Damen und ging langsam durch den Raum. Benedict war in Gespräche vertieft, und es war schwer, ihn dort loszueisen. Er sah sie an, lächelte und wandte sich dann wieder seinem Gesprächspartner zu.

»Antonia.« Ihr Vater kam zu ihr und wirkte freudig erregt. »Dein junger Mann hat sich vorhin länger mit mir unterhalten, und ich habe ihm erlaubt, dir offiziell den Hof zu machen.«

In ihrem Bauch fühlte es sich an, als hätte jemand einen Schwarm Schmetterlinge losgelassen, die mit Flügeln ihre Brust kitzelten und zum Lachen reizten. »Das ist ja wunderbar.«

»Sobald ich mit deiner Mutter gesprochen habe, werden wir sehen, dass wir ihn einladen.«

Antonia lag die Frage auf der Zunge, ob der Umstand zur Sprache gekommen war, dass seine Familie ihn anderweitig verkuppeln wollte, aber sie schwieg. Besser, sie brachte keinen Missklang in die Sache.

»Hast du deine Schwester gesehen?«

»Welche?«

»Na, Charlotte natürlich. Bernadette steht bei deiner Mutter.«

»Nein, schon länger nicht mehr.«

»Kannst du nachsehen, wo sie ist? Nach der Sache mit dem Bild ist mir nicht ganz wohl, wenn ich sie nicht im Auge habe.«

Ebenso, wie Charlotte nicht glauben wollte, dass ihre Schwestern nicht dahintersteckten, ließ ihr Vater sich nicht davon überzeugen, dass Charlotte nichts damit zu tun hatte. Aber wie hätte Antonia ihm das auch erklären sollen? Und was hätte es gebracht, wenn er von diesem Damoklesschwert, das über ihnen hing, gewusst hätte?

»Ich sehe mal nach, wo sie steckt«, sagte sie.

»Ja, tu das bitte.« In der Stimme ihres Vaters schwang mit, dass sie wieder die war, die sie vor der Abreise aus München gewesen war – die Disziplinierte und Verlässliche.

Es dauerte nicht lange, bis Antonia sich davon überzeugt hatte, dass Charlotte weder im Saal war noch in dem danebenliegenden Salon mit dem Büfett. Sie war auch nicht im Erfrischungsraum, und so blieb eigentlich nur noch der Garten. Die Verandatüren standen weit offen, um die frische Abendluft hineinzulassen, und es waren Lampions in den Bäumen verteilt. Eigentlich war es zu kalt, um sich dort aufzuhalten, aber so etwas hatte Charlotte noch nie gestört. Diese Art von Veranstaltung, wo man sich nicht einmal beim Tanz austoben konnte, war ihr ein Graus.

Antonia ging in den Garten, weil sie sich nicht vorstellen konnte, wo ihre Schwester sonst sein sollte. Vermutlich suchte sie Abstand von dem Trubel, dem sie inmitten fremder Menschen nichts abgewinnen konnte. Allerdings war es ziemlich kalt, und sie konnte sich nicht vorstellen, dass Charlotte hier lange verharrte. Und dann kam die Angst mit einer Wucht, die sie schwindeln ließ. Antonia hielt inne, legte die Hand auf ihr wild pochendes Herz. Was, wenn jemand Charlotte hinausgelockt, ihr etwas angetan hatte? Sie wollte gerade nach ihr rufen, als sie eine Bewegung vernahm, und im nächsten Moment schimmerte das helle Ballkleid ihrer Schwester in der von Lampions matt erhellten Dunkelheit.

»Da bist du ja!«, rief sie, als Charlotte vor ihr auftauchte.

»Wo sollte ich denn sonst sein? Dieser Zettel von dir, dass wir uns im Garten treffen sollen, weil du mir etwas Wichtiges zu sagen hättest – war das ein dummer Scherz? Die ganze Zeit habe ich auf dich gewartet.«

»Ich habe dir nicht geschrieben.«

»Es war aber deine Schrift.«

»Ich war es dennoch nicht.«

»Weißt du, langsam wird es ärgerlich. Wenn du wütend auf mich bist, dann sag es einfach, aber häng nicht meine Bilder auf oder lass mich sinnlos im Garten herumstehen bei der Kälte.«

»Wie gesagt, ich …«

»Ja, spar es dir. Das hier hing da übrigens an einem Zweig, zu einem Herz gefaltet, direkt unter dem Lampion, wo du mich eigentlich treffen wolltest. Gehört das deinem Benedict, oder willst du mich verkuppeln, und das ist das Liebespfand des unglücklichen Burschen?«

Antonia sah das Halstuch an und spürte, wie ihr das Blut aus dem Gesicht wich. Sie nahm es entgegen und starrte es an. »Warum unglücklich?«, fragte sie abwesend mit mühsam gefasster Stimme.

»Na, weil ich nicht interessiert bin. Und jetzt lass mich in Ruhe, ja? Noch so ein dämlicher Scherz, und ich denke mir auch etwas für dich aus, und das wird deutlich unerfreulicher.«

Antonia sah ihr nach, dann wieder auf das Halstuch. Arvids Halstuch. Es schnürte ihr die Kehle zu, und sie war den Tränen nahe.

»Verzeihung? Ist Ihnen nicht gut?«

Antonia drehte sich in die Richtung, aus der die Frauenstimme kam, und barg die Hand mit dem Halstuch in ihrem Rock. »Hm«, sie räusperte sich, »alles bestens.«

Constanze zu Helbling wirkte nicht überzeugt, nickte jedoch. »Haben Sie einen Augenblick für mich?«

Auch das noch. Nahm es denn kein Ende an diesem Tag? Nach Vorwürfen oder gar Drohungen, ihr nicht den Liebsten wegzunehmen, stand Antonia nun wahrlich nicht mehr der Sinn. Da sie ihrer Stimme nicht traute, nickte sie nur.

»Ich habe bemerkt, wie sich Benedict von Breling um Sie bemüht. Und ich habe Sie beide aus dem Park kommen sehen«, sagte Charlotte zu Helbling. »Gibt es da ein Einvernehmen? Dass er sich längere Zeit mit Ihrem Vater unterhalten hat, könnte diesen Rückschluss zulassen.«

Antonia holte tief Luft, sammelte sich. »Ja, durchaus.«

»Das dachte ich mir. Haben Sie mitbekommen, dass unsere Familien eine Verbindung anstreben?«

Dieses Mal beschränkte Antonia sich wieder auf ein Nicken. So ein Gespräch wollte sie nicht führen, und es war nicht ihre Aufgabe, diese Frau davon zu überzeugen, dass Benedict sie nicht ehelichen wollte.

»Ich mache mir keine Illusionen über die Ehe, mir ist es gleich, ob er mich liebt oder nicht, denn ich liebe ihn auch nicht. Mir sind Respekt und Hingabe an die Ehe wichtig«, fuhr Constanze zu Helbling fort. »Aber keinesfalls heirate ich einen Mann, der sich nach einer anderen verzehrt. Also wenn Sie sagen, dass es Ihnen beiden ernst ist, werde ich dafür sorgen, dass meine Eltern von der Idee Abstand nehmen.«

Antonia sah die junge Frau erstaunt an. »Ich … Ja, es ist uns durchaus ernst.« Das hoffte sie von Benedicts Seite aus zumindest zutiefst.

»Ich halte nicht viel davon, mir einen Krieg um einen Mann zu liefern. Es gibt genug Heiratskandidaten, die mir materiell dasselbe zu bieten haben, da kann ich mir auch einen aussuchen, der keine andere will.« Ein kurzes Lächeln zuckte um ihren Mund. »Sie haben mich so erschrocken angesehen, was haben Sie denn gedacht? Dass ich eine Szene mache?«

»Ehrlich gesagt, ja.«

Jetzt wirkte Constanze zu Helbling belustigt. »Ich verbünde mich lieber mit anderen Frauen, anstatt sie zu bekämpfen. Wir haben es in der Gesellschaft schwer genug, machen wir es uns nicht noch schwerer. So, und nun werde ich hineingehen, mir ist elend kalt. Wir begegnen uns sicher das eine oder andere Mal.« Damit verabschiedete sie sich und ging zurück in den Saal.

Obwohl sie fror, blieb Antonia draußen stehen, blickte auf das Halstuch in ihrer Hand und zitterte. Wenn sie nur wüsste, wer es war, könnte sie mit der Person sprechen und sich erklären. Niemals hatte sie die Absicht gehabt, dass so etwas

Schlimmes passierte. Wie lange würde das denn weitergehen? Bis sie mürbe war und alles öffentlich gestand? Wieder trübte sich ihr Blick.

»Antonia?« Es war Bernadette. »Warum stehst du hier? Du lieber Himmel, was ist denn passiert?«

Rasch wischte Antonia sich die Tränen weg, hielt ihrer Schwester das Halstuch hin und erzählte, was passiert war.

»Ja, Charlotte war ziemlich sauer.« Bernadette legte den Arm um sie. »Komm, du bist ja ganz durchgefroren.«

»Warte, so kann ich doch nicht rein.« Antonia tupfte sich mit einem Taschentuch die Tränen weg, dann steckte sie das Halstuch in ihr Handtäschchen und ging mit Bernadette zurück in den Saal.

17

Am Tag nach der Soiree bei Benedict herrschte bei dem Ehepaar von Althenau eine seltene Harmonie. Es gab keinen Streit, vielmehr schien man geradezu in der Vorstellung zu schwelgen, dass die älteste Tochter demnächst in beste Kreise heiratete. Antonia wollte ebenfalls zuversichtlich sein, aber mittlerweile hatte die Angst sie fest im Griff. Sie beobachtete Fabian misstrauisch und war mehrmals kurz davor, ihn zur Rede zu stellen.

»Und wenn er es nun nicht ist?«, fragte Bernadette. »Wir können nur vermuten.«

»Aber ich weiß nicht mehr, was ich machen soll.«

»Das verstehe ich, doch wir müssen besonnen vorgehen.«

Desirée sah kurz in den Salon und sagte, sie werde in den Palast gehen, um Mechthild von Rechberg in der Bibliothek zu treffen. »Sie hat mich für heute eingeladen«, sagte sie, ehe der Einwand kam, sie würde sich aufdrängen.

»Wie kommst du hin?«, fragte ihre Mutter.

»Mit einer Droschke.«

»Rudolf, begleitest du sie bitte? Alleine finde ich es nicht so richtig passend.«

»Wir brauchen endlich wieder eine eigene Kutsche«, sagte Desirée.

»Alles zu seiner Zeit«, entgegnete ihre Mutter, während ihr Vater sich erhob, um seinen Mantel zu holen.

Rudolf von Althenau brach mit Desirée auf, und wenig später war es Zeit für die Kaffeestunde. Es gab einen wunderbar duftenden Butterkuchen, der noch ofenwarm war. Millie trug alles auf, knickste und verließ den Damensalon, in dem sie die Kaffeestunde abhielten. Ihre Mutter hatte sich gerade das erste Stück aufgetan, als Fabian eintrat und eine Besucherin meldete.

»Die Gräfin von Böhm.« Er trug ein silbernes Tablett, auf dem die Karte der Gräfin lag.

Ursula von Althenau wirkte erstaunt. »Bitten Sie sie herein.« Dann sah sie Antonia an, die Stirn gekraust. »Kennen wir die Dame?«

»Es ist Benedicts Tante.«

Das Gesicht ihrer Mutter hellte sich auf. »Ach, so ist das.« Sie lächelte, als die Gräfin eintrat, die Nase leicht gekraust, eine Falte zwischen den Brauen, was ihr eine ausgesprochen sauertöpfische Miene gab. Als bemerkte sie dies nicht, erhob sich Ursula von Althenau, immer noch lächelnd, und ihre Töchter taten es ihr gleich. »Was für eine schöne Überraschung. Ich heiße Sie in unserem Haus willkommen. Leider ist mein Mann nicht ...«

»Ja, kürzen wir es ab.« Die Gräfin machte eine Bewegung, als wollte sie das unhöfliche Abschneiden des Wortes noch unterstreichen. »Nachdem sich Ihre Tochter nun seit Wochen an meinen Neffen heranmacht, möchte ich Sie davon in Kenntnis setzen, dass er bereits so gut wie verlobt ist mit Constanze zu Helbling. Er wird Ihre Tochter nicht heiraten, denn das werden wir nicht erlauben. Wenn Sie also nicht wollen, dass ihr Ruf ruiniert wird, unterbinden Sie jeden Kontakt zwischen den beiden.«

Während Antonia vor Schreck das Herz bis zum Hals ging und sie nach den richtigen Worten suchte, hatte sich das Lächeln ihrer Mutter deutlich abgekühlt, hielt sich aber nichtsdestotrotz auf ihren Lippen. »Sind Sie nun fertig, Gräfin – wie war noch Ihr Name?«

Um die Lippen der Gräfin von Böhm zuckte es entrüstet.

»Wollen Sie mir«, fuhr Ursula von Althenau fort, »in dieser unnachahmlichen Unhöflichkeit, die ihresgleichen sucht, zu verstehen geben, es bestünden Zweifel an der Integrität Ihres Neffen?«

»Natürlich nicht! Was für eine infame Unterstellung.«

»Nun, dann verstehe ich nicht recht, wieso Sie der Meinung sind, dass die Absicht einer Ehe nur einseitig besteht. Wenn er doch meinem Mann gegenüber recht klargemacht hat, er wünsche, unserer Tochter den Hof zu machen.«

»Ich möchte natürlich keine Unzüchtigkeiten unterstellen, aber man kann ja durchaus munkeln, mit welchen Mitteln eine junge Frau dergleichen Geständnisse abpresst.«

»Aber das ist doch …«, fuhr Antonia auf, aber ihre Mutter gab ihr mit einer Geste zu verstehen, dass sie schweigen solle.

»Also ist Ihr Neffe einer von der Sorte, der jedem Rock nachsteigt, der ihm schöne Augen macht, und dafür höchst annehmbare Heiratsarrangements ausschlägt?«

»Verdrehen Sie mir nicht die Worte im Mund! Ich sagte …«

»Sie sagten bereits genug. Dies ist unser Haus, und Sie kommen als Gast und wagen es, uns jegliche Höflichkeit zu verweigern und meine Tochter zu schmähen. Die Großtante meines Mannes, die Gräfin von Caspers, wird über dergleichen gewiss nicht erfreut sein. Und auch sie hat Einfluss, das kann ich Ihnen versichern.«

»Aber Sie …«

»Ich habe genug gehört. In meinem Leben habe ich schon so manche Schlacht erfolgreich geschlagen, und diese gedenke ich nicht zu verlieren. Einen schönen Tag noch.« Ursula von Althenau zog am Klingelstrang, und Fabian erschien. »Die Gräfin möchte gehen.«

Das konnte die Gräfin von Böhm nicht gut verweigern, ohne eine peinliche Szene zu machen. Sie presste die Lippen zusammen, und kurz dachte Antonia, sie wolle mit dem Fuß aufstampfen. »Sie werden noch von mir hören!« Damit drehte sie sich um und rauschte hinaus.

Antonia sank in den Sessel, als sei alle Kraft aus ihren Gliedern gewichen.

»Was war das denn?« Charlotte starrte ungläubig auf die Tür, durch die die Gräfin gegangen war. »Was bildet die sich ein? Ist unsere Antonia ihr nicht gut genug, oder was?«

Untereinander mochten sie streiten, aber das hieß nicht, dass ihnen eine Außenstehende so kommen durfte.

»Und was sollen wir jetzt tun?«, fragte Antonia.

Ihre Mutter sah sie an. »Du heiratest Benedict von Breling.«

»Aber seine Tante …«

»War hier, weil sie sich sonst keinen Rat wusste. Hätte sie Einfluss auf ihn, wäre sie nicht hier aufgetaucht und hätte sich diese Blöße gegeben. Du wirst ihm nun eine Nachricht schicken und ihn um ein Treffen bitten. Dann erzählst du ihm von dieser groben Unhöflichkeit.«

Bernadette nickte bestätigend. »Genauso solltest du es machen. Ich vermute, sie ist sich ihrer Sache keineswegs sicher und dachte, sie könnte uns verunsichern.«

Antonia dachte an das Gespräch mit Constanze zu Helbling. »Also gut. Ich schreibe ihm.« Sie erhob sich, verfasste einen kurzen Brief, in dem sie schrieb, dass sie ihn zu sprechen wünsche, und trug Millie auf, ihn zu überbringen.

»Warum nicht Fabian?«, fragte ihre Mutter, als sie zurück in den Salon trat.

»Ach, nur so.«

Benedict erschien eine Stunde später. Millie hatte die Nachricht einem Dienstboten übergeben, weil er nicht daheim, sondern auf dem Exerzierplatz gewesen war. Als Antonia in den Empfangssalon trat, wo er auf sie wartete, wirkte er besorgt.

»Deine Nachricht klang nicht so, als wäre sie allein der Sehnsucht nach mir geschuldet.«

Sie schloss die Tür, ging zu ihm, zögerte kurz, dann legte sie ihm die Hände auf die Schultern, und er senkte den Kopf, um sie zu küssen. Es war ein langer, sehnsuchtsvoller Kuss, der sich zur Sättigung Zeit nahm. Danach sah er sie an. »Also, was ist passiert?«

»Deine Tante war hier und hat auf sehr unhöfliche Art klargemacht, dass ich mich von dir fernhalten soll. Sie sagte, du würdest mich um meinen guten Ruf bringen.«

Benedict sah sie ungläubig an. »Das kann doch wohl nicht wahr sein. Jetzt gerade war sie hier?«

»Ja, ich habe dir unmittelbar danach geschrieben. Meine Mutter dachte erst, sie wäre hier, weil sie uns einen Höflichkeitsbesuch abstatten möchte, aber sie ist ihr sehr rüde über den Mund gefahren, wollte sich nicht einmal setzen und hat gesagt, ich solle mich von dir fernhalten.«

Wut flammte in seinen Augen auf. »Ist sie jetzt von allen guten Geistern verlassen? Was haben deine Eltern dazu gesagt?«

»Mein Vater ist nicht da, aber meine Mutter hat sie rausgeworfen.«

Benedicts Miene entspannte sich ein wenig. »Das ist gut. Ich bedaure diesen Auftritt zutiefst. Meine Tante mischt sich seit dem Tod meiner Eltern fortwährend in mein Leben ein, doch jetzt hat sie eine Grenze überschritten.«

»Constanze zu Helbling hat gestern mit mir gesprochen.«

»Tatsächlich?« Wachsamkeit schlich sich in seine Stimme. »Was hat sie gesagt?«

»Dass sie keinen Mann möchte, der sich nach einer anderen verzehrt. Sie wirkt in dieser Hinsicht sehr pragmatisch und abgeklärt.«

»Den Eindruck machte sie auf mich auch. Hätte ich dich nicht kennengelernt, wäre das im Grunde genommen auch die optimale Verbindung gewesen, wenngleich ich es mit dem Heiraten nicht eilig hatte. Ich bin erleichtert, dass sie es mir nicht übel nimmt, obwohl ihr ja meine Aufmerksamkeit für dich offenbar nicht entgangen ist.«

»Und ihre Eltern?«

»Die können sie schlecht an den Haaren zum Altar schleifen. Wenn sie nachdrücklich sagt, dass sie nicht will, können ihre Eltern nicht viel tun. Sie können sie mit Drohungen zu einer Eheschließung bewegen, aber womit wollen sie drohen? Enterbung? Dann müssen sie das Erbe an irgendeinen fernen Verwandten geben, und ich denke nicht, dass sie das wollen. Also bleibt ihnen nur, es hinzunehmen. Gute Partien gibt es in Wien genug, und wenn es mit mir nicht klappt, dann eben mit jemand anderem. Da wir keine offizielle Übereinkunft hatten, verliert niemand dabei sein Gesicht.«

Antonia hörte ein Geräusch an der Tür und drehte sich um. Dann ging sie hin, riss sie auf, aber es stand niemand davor. Seltsam.

»Was ist los?«, fragte Benedict.

Sie schloss die Tür wieder. »Ach nichts, ich dachte, ich hätte etwas gehört.« Ihr gingen langsam die Nerven durch.

Benedict zog sie erneut an sich, um sie zu küssen. »Ich spreche mit meiner Tante, und dann werde ich offiziell bei deinen Eltern vorsprechen. Kann ich deiner Mutter meine Aufwartung machen?«

»Darüber würde sie sich gewiss freuen.«

»Lass uns zu ihr gehen. Schließlich möchte ich keinen falschen Eindruck erwecken, indem ich mich mit dir allein bei verschlossener Tür im Salon aufhalte.«

Sie küssten sich ein weiteres Mal, dann löste sich Antonia von ihm und ging zur Tür.

»Komm«, sagte sie. »Meine Mutter sitzt im Damensalon.«

In der Tat hatte sich Ursula von Althenau nicht vom Platz bewegt, und auf dem Tisch stand auch noch der Butterkuchen. Nur Kaffee war mit Benedicts Eintreffen offenbar frisch gekocht worden, denn es war eine Wärmehülle darübergestülpt. Bernadette und Charlotte hatten sich bereits zurückgezogen, vielleicht waren sie auch weggeschickt worden. Ihre Mutter erhob sich mit einem strahlenden Lächeln.

»Ich freue mich sehr, Sie in unserem Haus begrüßen zu dürfen.«

Benedict nahm ihre Hand und beugte sich darüber, deutete einen Kuss an. Die Etikette des Handkusses war Antonia noch fremd gewesen, ihre Mutter hingegen war damit vertraut und hatte ihren Töchtern erklärt, dass ein Kuss ein Zeichen der Ehrerbietung sei, er jedoch nur angedeutet werden dürfe, indem sich der Herr über die rechte Hand beugte. Küsste er den Handrücken tatsächlich, kam das einem Liebesgeständnis gleich. »Ich wollte Ihnen in den nächsten Tagen meine Aufwartung machen, und ich bedaure sehr, dass meine Tante mir auf so unerfreuliche Weise zuvorgekommen ist. Natürlich werde ich mit ihr darüber sprechen und bitte Sie, diesen Auftritt zu entschuldigen.«

Ursula von Althenau wies auf einen der Sessel. »Nehmen Sie doch bitte Platz.«

Benedict ließ sich auf dem zierlichen Sessel nieder, und Antonia setzte sich ihm gegenüber. »Mein Mann ist derzeit leider nicht hier, er ist mit unserer Jüngsten im Palast. Sie hat sich mit der Bibliothekarin angefreundet und verbringt den Tag heute in der Palastbibliothek.«

»Ah, mit Mechthild von Rechberg? Reizende Dame, meine Eltern waren gut mit ihr bekannt.«

»Meine Familie stammt ursprünglich aus Wien«, erklärte Ursula von Althenau, »aber dann sind wir fortgezogen, und ich habe später ins Königreich Bayern geheiratet, wo wir in München gute Kontakte zum Königshof hatten.«

Es war der übliche Balztanz, der in dieser Art Gespräch stets aufgeführt wurde. Jede Seite warf ihre Vorteile ins Feld, umwarb sich und versuchte alles, um zu zeigen, dass die Verbindung für alle Seiten von Vorteil wäre. Obwohl klar war, dass weder Antonia noch ihre Familie oder Benedict vorhatte, die Meinung bezüglich einer Verbindung zu ändern, war es doch das übliche Prozedere, von dem man nicht abwich. Die Etikette gab zudem vor, dass der Besuch nicht über Gebühr ausgedehnt wurde, und obwohl Antonia gerne noch mit ihm allein gesprochen hätte, wusste sie, dass Benedict sich recht bald verabschieden musste. Noch dazu, weil ihr Vater nicht hier war und er gewiss nicht wollte, dass dieser verstimmt war, weil ein so wichtiger Besuch ohne sein Wissen stattfand.

Wenn es um das Formale ging, würde er wollen, dass er einbezogen wurde. Weil es zudem ausgeschlossen war, dass Antonia selbst ihn zur Tür begleitete, klingelte ihre Mutter nach Fabian.

»Es war mir ein ausgesprochenes Vergnügen«, sagte Benedict zum Abschied. »Wenngleich ich mir für den ersten Besuch erfreulichere Umstände gewünscht hätte.«

»Das Vergnügen war ganz auf unserer Seite«, versicherte Ursula von Althenau ihm.

Nachdem er gegangen war, verließ auch Antonia rasch den Salon, denn ihr war nicht danach, mit ihrer Mutter den Besuch detailliert zu besprechen. An Benedicts Gefühlen zweifelte sie nicht, und sie war sich zudem sicher, dass er seiner Tante gehörig die Meinung sagen würde. Was ihr weitaus mehr Sorge bereitete, war die Sache mit dem Halstuch. Sie hatte es in ihrem Zimmer in das Nachtschränkchen gesteckt, und als sie nun auf ihrem Bett saß und es hervorholte, kamen ihr wieder die Tränen. Wer tat so etwas? Bestrafte sie, obwohl die Sache nicht ihre Schuld war? Als hätte sie jemals gewollt, dass ihm etwas zustieß. Sie hatte ein wenig Spaß mit ihm haben wollen, ein kleines sinnliches Vergnügen, weil sie ihn so sehr mochte. Schließlich erhob sie sich abrupt, stand auf und ging zum Kamin, in dem ein Feuer prasselte. Sie warf das Halstuch hinein und sah zu, wie die Flammen es auffraßen.

18

»Na, du kommst mir gerade recht«, sagte Benedict sofort, als er erbost sein Haus betrat und seine Tante ihm mit einer Miene entgegentrat, als sei dies ihr Refugium. »Was war das für ein Auftritt bei der Familie von Althenau? Bist du noch gescheit?«

Rote Flecken erschienen auf ihren Wangen. »Wie sprichst du eigentlich mit mir? Hat sie dir das erzählt? Es war klar, dass sie meinen Besuch verdrehen und in einem schlechten Licht darstellen würde. Dabei habe ich nur …«

»Du warst bei ihr, hinter meinem Rücken. Du warst unhöflich und beleidigend.«

»Keineswegs. Ich habe sie nur daran erinnert, wie die Gesellschaft funktioniert. Und es geht nun einmal nicht, dass diese Person hier auftaucht und sich in eine Verlobung drängt, die schon so gut wie beschlossen ist.«

»Gar nichts war beschlossen. Du hast versucht, etwas zu arrangieren, während ich von Anfang an gesagt habe, ich sei nicht interessiert.«

»Ferdinand hat ...«

»Sich aus dem Familienleben verabschiedet«, führte er den Satz zu Ende. »Daher hat er kein Recht, sich in meine Entscheidungen einzumischen. Ich heirate gewiss niemanden, nur damit er in der Kirchenhierarchie schneller aufsteigt. Und ich heirate ebenfalls nicht, damit du in deinem Damenkreis besser angeben kannst.«

»Was wagst du ...«

»Überdies«, fiel er ihr ins Wort, »hat Constanze zu Helbling ihrerseits nun keinerlei Interesse mehr. Du hättest dir deinen peinlichen Auftritt also sparen können.«

»Was sagst du da?«

»Sie hat gesagt, sie wolle keinen Mann, der in eine andere verliebt ist.«

»Das sind doch alberne Überspanntheiten. Sie weiß ganz genau, dass sie sich in das fügen muss, was ihre Eltern entscheiden.«

»Die können sie mitnichten zwingen. Noch dazu, weil ich auch abgeneigt bin. Es mag dir schwerfallen, es zu akzeptieren, aber ich bin nun das Oberhaupt dieser Familie. Meine Schwestern sind verheiratet oder im Kloster, also bin ich allein für mich verantwortlich und tue, was ich für richtig halte.«

»Ferdinand ...«

»Hätte seinen Platz als Stammhalter gerne ausfüllen dürfen, wenn er die Geschicke der Familie weiterhin bestimmen möchte. Das hat er nicht getan, somit hat er auch nicht das Recht, sich einzumischen. Damit ist aus meiner Sicht alles gesagt.«

»Aber ...«

»Es ist alles gesagt! Du bist meine Tante, und ich schätze dich, aber halte dich aus meinem Leben heraus.«

»Ich meine es gut.«

»Das ist mir klar. Doch ich bin ein erwachsener Mann, und ich entscheide selbst über mein Leben. Du wirst rein gar nichts daran ändern können, auch nicht, wenn du die Familie der Frau besuchst, der ich den Hof mache, und dich da zum Narren machst.«

»Haben sie es so formuliert?«

Er seufzte. »Natürlich nicht. Sie haben deine Worte wiedergegeben, mehr nicht. Aber sie haben dich nicht beleidigt. Es sind anständige Leute, auch wenn du das nicht einsehen willst.«

Ihre Lippen waren zusammengepresst, die Stirn gekraust. Sie nickte. »Also gut. Ich bin nicht einverstanden mit deiner Entscheidung. Absolut nicht. Aber ich habe getan, was ich konnte.«

»Du bist hier jederzeit willkommen, doch ich muss dich bitten, dich nicht aufzuführen, als wärst du die Hausherrin, und weiterhin zu versuchen, über mein Leben zu bestimmen. Ich entscheide, wen ich heirate, welche Gesellschaften ich gebe, welche Einladungen ich annehme und wen ich zum Essen treffe. Ich hoffe, du beherzigst das.«

»Du bist unglaublich undankbar.«

»Nein, ich möchte nur nicht, dass du dich in mein Leben einmischst. Wenn ich einen Rat brauche, bitte ich dich darum.«

»Hat sie dir das eingeredet?«

»Nein, darauf bin ich tatsächlich ganz allein gekommen. Nämlich in dem Moment, als du heute so dreist eine Grenze überschritten hast.«

Ludwina schwieg. An ihrer Miene war nicht abzulesen, ob sie ihren Auftritt bei Antonias Familie nun doch bereute – wenngleich nicht aus den naheliegenden Gründen, sondern weil ihn das zu einem Umdenken im Umgang mit ihr gebracht hatte.

»Und nun entschuldige mich bitte, ich möchte zu Karl Ludwig. Das war ursprünglich der Plan gewesen, ehe ich mich mit dieser unseligen Angelegenheit befassen musste.«

Sie sah ihn an, und er bemerkte, dass sie schluckte. »Verweist du mich des Hauses?«

»Nein. Ich wäre dir dankbar, wenn du dir überlegtest, was für eine Gesellschaft wir ausrichten, um meine Verlobung – so sie einwilligt – offiziell zu verkünden.«

»Und wenn ich das nicht möchte?«

»Dann stell dich weiterhin quer, und ich erledige das allein oder mithilfe von Karl Ludwigs Familie, die mich gewiss bereitwillig unterstützen wird.«

»Warum denkst du, dass sie nicht einwilligt? Also in die Verlobung?«

»Ich denke, sie wird es tun, aber ich habe sie noch nicht gefragt, und ich möchte ihre Einwilligung nicht einfach voraussetzen.«

Sie nickte. »Ich denke darüber nach.«

Nun gut, es war zu erwarten, dass sie das sagte, um nicht sofort nachzugeben. Aber vermutlich würde sie es sich nicht nehmen lassen, die Zügel weiterhin in der Hand zu behalten, und sofern er lenken durfte, war ihm das nur recht. Um Formalitäten kümmerte er sich höchst ungern. Er verabschiedete sich von ihr und verließ das Haus, um seinen Freund zu besuchen.

Karl Ludwig war mittlerweile zu Hause, weil er außer Lebensgefahr war und medizinisch dank des Geldes der Familie ohne Weiteres auch hier versorgt werden konnte. In seinem Zimmer hatte er mehr Ruhe als im Krankenhaus, wo er sich sehr unwohl gefühlt hatte. Als Benedict eintrat, lag Karl Ludwig im Bett, den rechten Arm mit Schulter und Brust einbandagiert, ein Bluterguss zog sich über die rechte Wange. Dunkle Schatten lagen unter den Augen, und er blickte Benedict an mit einem Ausdruck mutloser Erschöpfung.

»Was macht der Arm?«, fragte Benedict, ohne sich mit Floskeln zum Befinden aufzuhalten, denn das wäre ihm wie Hohn vorgekommen.

»Steif wie ein Brett. Es wird einfach nicht besser.«

»Was sagt der Arzt, den dein Vater zusätzlich hinzugezogen hat?«

»Dasselbe wie die beiden zuvor. Ich kann froh sein, dass ich den Arm nicht verloren habe, und muss wohl mit der Einschränkung leben lernen.« Tränen traten ihm in die Augen, und Benedict wusste nicht, was er sagen sollte. »Wie soll ich denn jetzt noch Offizier sein? Wie soll ich eine Waffe halten? Ich kann ja nicht einmal mehr ein Dokument unterzeichnen.«

»Werde jetzt erst einmal gesund, und dann sehen wir weiter.«

»Wir?« Karl Ludwig blinzelte. »Ich bin nun der Krüppel, der niemandem mehr nutzt. Noch besuchen mich Freunde, aber sobald klar ist, dass meine Karriere am Ende ist, bleibt nicht viel davon übrig.«

»Dann waren es keine echten Freunde.«

»Mein Vater hat zu meiner Mutter gesagt, als er dachte, ich hörte es nicht, dass wir froh sein könnten über Namen und Vermögen, denn ansonsten wäre mein Leben nun nicht mehr viel wert.«

Wut flackerte in Benedict auf. »Du weißt, dass er nicht dein Leben an sich meint, sondern den gesellschaftlichen Wert. Und auf den hast du ohnehin nichts gegeben.«

»Weil das leicht ist, nichts darauf zu geben, wenn man den Wert hat. Sollte ich heiraten, dann nur, weil ich Geld und Titel erbe.«

»Das ist doch bei fast allen so. Unser Stand heiratet aus genau diesem Grund.«

»Du nicht.«

»Ohne Geld und Titel wäre ich kaum in der engeren Auswahl der Familie von Althenau. Also ja, ich möchte Antonia heiraten, weil ich mich in sie verliebt habe, aber ihre Familie würde es niemals erlauben, wäre damit ein gesellschaftlicher Abstieg verbunden.«

Karl Ludwig atmete langsam aus. »Wie geht es mit euch beiden denn voran?«

»Ich hatte vor, der Familie meine Aufwartung zu machen, aber meine Tante ist mir zuvorgekommen.« Er erzählte von dem Vorfall.

»Das ist doch nicht dein Ernst.«

»Ich wünschte, es wäre so. Die Sache war mir unsagbar peinlich, vor allem, weil sie sich so unmöglich dort aufgeführt hat. So ist mein erster Besuch dort anders ausgefallen, als ich es mir gewünscht hätte.«

Karl Ludwig veränderte die Sitzhaltung und verzog schmerzvoll das Gesicht. »Und hast du mit deiner Tante gesprochen?«

»Ja, in aller Deutlichkeit. Ich denke, sie hat es verstanden und hält sich künftig zurück. Das möchte ich ihr zumindest dringend geraten haben.«

Karl Ludwig nickte mit angespannter Miene. Er rieb sich mit der linken Hand übers Gesicht, und Benedict sah, wie er schluckte. »Ich kann doch nicht nur zu Hause sitzen und Geld verwalten«, brach es aus Karl Ludwig hervor. »Wobei ich das nicht einmal selbst mache, weil wir dafür einen Verwalter haben. Ich bin Offizier, und ich bin es mit Leib und Seele.«

Benedict wusste das, und ihm fiel nichts Tröstliches ein. Er selbst wäre am Boden zerstört und hätte keine Floskeln hören wollen. »Ich weiß nicht, was ich sagen soll«, gestand er.

»Das ehrt dich. Alle anderen kommen mir mit Worthülsen wie, dass alles gut wird.« Wieder bekam Karl Ludwig feuchte Augen, und Benedict stand auf, gab seinem Freund die

Möglichkeit, sich zu sammeln. Er läutete nach dem Dienstmädchen und bestellte Tee.

»Ich kann doch nicht einmal eine Tasse vernünftig zum Mund führen mit links«, sagte Karl Ludwig verbittert.

»Dann lernst du es jetzt.« Benedict ließ sich wieder auf dem Stuhl am Bett nieder.

»Du sagst das so leicht dahin.«

»Nein, das tue ich nicht. Mir ist durchaus klar, dass es alles andere als leicht wird. Aber du wirst es lernen. Ebenso, wie du lernst, alles andere mit der linken Hand zu tun. Wenn dein rechter Arm sich erholt – umso besser, dann hast du zwei nützliche Hände.«

»Es ist leicht, so zu reden, wenn einem alles leicht von der Hand geht.«

»Es kann mich jederzeit ebenfalls treffen. Dann ist das eine gute Schule, nicht wahr?«

Zorn blitzte in Karl Ludwigs Augen auf. »Machst du dich über mich lustig?«

»Nein, ich habe dich nur zu gern, um auf Zehenspitzen um dich herumzuschleichen. Du liegst im Bett, hast Tag und Nacht Zeit, über dein Elend nachzudenken, dann können wir die Zeit auch sinnvoll nutzen. Heute mit Tee, morgen mit Feder und Papier.«

19

Antonia

Den gesamten März hindurch kam es zu keinem weiteren Vorfall, und Antonia entspannte sich allmählich ein wenig. Zwar war da die ganze Zeit untergründig die Angst, es könne doch etwas passieren, aber vielleicht war das Tuch auch der vorläufige Höhepunkt gewesen, und ihrem Peiniger gingen die Ideen aus. Oder er bemerkte, dass die Sache aussichtslos war, denn außer ihr Angst zu bereiten, kam bei der Sache nichts für ihn herum. Hätte er einen Beweis dafür, dass Arvid im Haus der Familie von Althenau gestorben war, hätte er ihn längst erbracht.

Inzwischen hatte Benedict mit Antonias Eltern gesprochen und darum gebeten, ihr den Hof machen zu dürfen, ganz offiziell und vor aller Augen. Als sie an diesem Nachmittag zusammen spazieren gingen und sich der Himmel blau über dem in frühlingshafter Frische daliegenden Prater wölbte, erschien

Antonia das Leben endlich wieder verheißungsvoll. Benedicts Tante hatte nachgegeben – immerhin. Sein Bruder hüllte sich in Schweigen. Aber als Geistlicher erwartete man nicht, dass er sich offiziell den familiären Pflichten widmete, sodass es nicht seltsam anmutete, wenn er sich aus der Sache heraushielt.

Es waren wundervolle Abende, die Benedicts Vorsprechen bei ihren Eltern folgten, Abende, in denen sie zusammen Wiener Walzer tanzten und sogar einmal ins »Sperl« gingen – begleitet von Bernadette als Anstandsdame. Er erzählte ihr die verruchte Geschichte, dass hier früher einmal von Veranstaltern engagierte junge Frauen sich an ungebundene Männer heranmachen, ihnen schmeicheln und sie verführen sollten.

»Ihm haftet immer noch etwas Halbseidenes an«, erklärte er. »Das macht es wohl so beliebt.«

Als sie an diesem Nachmittag spazieren gingen, hatte sich Bernadette diskret verabschiedet, und Antonia war mit Benedict allein. Sie gingen durch den Prater, und er erzählte von seinem besten Freund, der zwar auf dem Weg der Genesung war, dessen Gemüt aber düster und niedergedrückt blieb.

»Wen wundert es«, sagte Antonia, »wenn er doch den Arm zeitlebens nicht mehr benutzen kann. Gerade weil er so ein leidenschaftlicher Offizier ist, wie du betont hast.«

»Ich verstehe es auch. Aber er darf dem nicht nachgeben, sonst ist es, als säße er in einem tiefen Loch, aus dem er nicht wieder hinausfindet.«

»Er wird Zeit brauchen.« Antonias Hand ruhte in seiner Armbeuge, und als sie sich allein und vor den Blicken anderer geschützt fühlten, zog Benedict sie an sich und küsste sie.

»Ich weiß, dass es alles schnell geht«, sagte er. »Aber ich möchte bei deiner Familie offiziell um deine Hand anhalten. Wenn es auch dein Wunsch ist.«

Zwar hatte sie gewusst, dass es bei seinem Werben um nichts anderes als eine Ehe ging, aber dass er es nun aussprach, ließ ihr Herz in wilden Schlägen gehen. »Ja, das ist mein Wunsch«, entgegnete sie, und sie küssten sich erneut.

Als sie nach einer Stunde den Prater verließen, warf das Licht der spätnachmittäglichen Sonne schräge Schatten. Fiaker fuhren durch die Straßen, Frauen flanierten in eleganten Kleidern, Sonnenschirme über sich aufgespannt, und die Stadt war von einer imposanten Pracht mit ihren Palais und den breiten Straßen. Antonia hatte München immer für überaus mondän gehalten, aber Wien war wahrhaftig eine Metropole.

»Ich wünschte, wir müssten uns noch nicht trennen«, sagte sie.

»Das ist leider unumgänglich, denn wenn ich dich einladen würde, wäre das sehr ungehörig.«

»Auch, wenn wir schon so gut wie verlobt sind?«

»Und damit so gut wie verheiratet.«

Sie sahen einander an, und was sie in seinem Blick las, ließ ihr Herz schneller gehen. Antonia hielt Ausschau nach Bernadette, die noch nicht an ihrem Treffpunkt angelangt war. Vielleicht hatte sie selbst eine erbauliche Bekanntschaft gemacht. Dann sah sie wieder zu Benedict. Konnte sie so wagemutig sein? Aber es war so schön mit ihm, und sie konnte den Ängsten, die sie zu Hause umtrieben, für eine Weile entkommen. Wenn niemand wusste, wo sie war, konnte es auch ihr Verfolger nicht wissen. Sie könnte mit Benedict zusammen sein, ohne Angst haben zu müssen, dass etwas Schlimmes geschah.

»Können wir das wirklich wagen?«, fragte Benedict.

Antonia biss sich auf die Unterlippe. »Ich denke, wenn ich darauf vertrauen kann, dass du dich nicht als Schuft herausstellst, der mich einfach sitzen lässt …« Sie ließ den Satz offen, und Benedict verneinte vehement.

»Ich bin verliebt in dich, wirklich und wahrhaftig.«

Sie lächelte und spürte jene Erregung in sich aufsteigen, die sie zuletzt in der verhängnisvollen Nacht mit Arvid verspürt hatte. Arvid … Nein, sie durfte jetzt nicht daran denken. Es war nicht ihre Schuld, das musste sie sich wieder und wieder sagen.

»Möchtest du«, Benedict schluckte, »möchtest du mit zu mir kommen?«

Ihr schlug das Herz schneller, und sie zögerte kurz mit der Antwort.

»Wenn ich dir zu nahe getreten bin …«

»Nein, ich würde sehr gerne mit zu dir«, fiel sie ihm ins Wort. »Besteht denn nicht Gefahr, dass wir auf deine Tante treffen?«

»Die ist dankenswerterweise für ein paar Tage in Salzburg bei einer Freundin. Aber sie lässt sich seit dem blamablen Vorfall mit deinen Eltern ohnehin seltener als sonst bei mir blicken.«

»Wie versteht ihr euch denn mittlerweile?«

»Ein brüchiger Waffenstillstand. Mit meinem Bruder ist es schwieriger, der ist wirklich verärgert. Aber er hat mir nichts zu sagen, und dass er plötzlich bei mir vor der Tür steht, ist höchst unwahrscheinlich.«

Als Bernadette schließlich auftauchte, nahm Antonia sie beiseite. »Könntest du dich in ein Kaffeehaus setzen, und ich hole dich später dort ab?«

»Was hast du denn vor?«

»Ich möchte mit zu Benedict.«

Bernadettes Augen weiteten sich. »Bist du dir sicher, dass das eine gute Idee ist?«

»Ja, ich möchte mich noch nicht von ihm trennen, und ich habe keine Lust, ihn immer nur auf Spaziergängen oder unter den Blicken aller zu treffen.«

Bernadette sog die Unterlippe ein, sie schien erst zu überlegen.

»Ach bitte, Berna.«

Seufzend gab ihre Schwester nach. »Also gut. Aber ich sitze da nicht stundenlang herum.«

Antonia umarmte sie. »Du bist ein Schatz. Wohin gehst du?«

Unschlüssig zuckte Bernadette mit den Schultern. »Ins ›Gerstner‹?« In der Hofzuckerbäckerei gab es himmlische Torten, und mit einem Buch konnte man dort überaus genussvoll seine Zeit verbringen.

»Dann hole ich dich nachher dort ab.«

»Ist gut.« Bernadette umarmte sie ein weiteres Mal. »Pass auf dich auf.«

»Mache ich. Bis später.« Antonia drückte ihr den Arm, dann wandte sie sich ab und ging zu Benedict, der bei den Pferden auf sie gewartet hatte. Er half ihr in den Sattel, und gemeinsam ritten sie los.

»Du hast eine sehr großzügige Schwester«, sagte er. »Ich wünschte, mein Bruder wäre auch so duldsam.«

»Wir standen uns immer schon sehr nahe.«

Sie ritten durch die breiten Straßen mit ihren stuckverzierten Palais, den Confiserien und eleganten Geschäften. Antonia war aufgeregt, und immer wieder fragte sie sich, ob sie hier gerade das Richtige tat. An seinem cremeweißen Palais angekommen, konnte Antonia sich nicht sattsehen an dem verzierten Mauerwerk, dem säulenflankierten Eingang mit seinen Stuckrosetten und den hübschen Erkern. Sie gelangten durch das hohe Portal in den Hof, der das Haus umgab. Hinten lagen die Stallungen, und Benedict übergab die Pferde seinem Stallburschen und reichte Antonia galant den Arm. Kurz fragte sie sich, ob die Nachbarn sie wohl bemerkt hatten. Sie hatte den Kopf geneigt, sodass der Hut ihr Gesicht beschattete und es vor neugierigen Blicken verbarg.

Das Haus hatte sie bereits auf der Soiree betreten, aber da hatte sie nur den Bereich gesehen, in dem sich die Gäste aufhielten. Das Palais war größer als ihres in München, und es war überaus modern und geschmackvoll eingerichtet, wie Antonia feststellte, als Benedict sie durch die hintere Halle führte. Er zog sie an sich und küsste sie, was sie endlich tun konnten, ohne ständig zu befürchten, man könne sie dabei erwischen.

»Möchtest du etwas essen?«, fragte er.

Sie schüttelte den Kopf. »Ich möchte nur bei dir sein.«

Wieder küssten sie sich, und er ging mit ihr die Treppe hinauf, eng umschlungen, immer wieder innehaltend für einen langen, sehnsuchtsvollen Kuss. Oben angekommen, nahm er ihre Hand, und Antonia folgte ihm den Korridor entlang, der von Kronleuchtern erhellt und mit einem dicken orientalischen Läufer ausgelegt war. An einer Tür blieben sie stehen, und Benedict zögerte. »Du möchtest das wirklich, ja?«

Sie legte ihm die Hände um den Nacken und küsste ihn. »Wir sind doch so gut wie verheiratet, nicht wahr?« Die Vorstellung, heimlich die Intimitäten des Ehelebens zu erkunden, übte auf sie einen größeren Reiz aus, als es in der Hochzeitsnacht zu tun, wenn der Gedanke im Hinterkopf spukte, dass jeder Gast dasaß und wusste, was sie in diesem Moment tat, womöglich sogar seine Zoten mit anderen darüber riss.

Benedict öffnete die Tür, und sie traten in sein Zimmer, das in Blau gehalten und dessen Mobiliar aus edlem Nussholz war. Er zog sie an sich und stieß mit der anderen Hand die Tür zu. Dann küssten sie sich erneut, und seine Hände glitten über ihre Hüften, nestelten an ihrem Kleid. Antonia streichelte seine Brust, fuhr über die Knopfleiste seines Hemdes, streifte ihm den Gehrock ab und zupfte an seinem Halstuch. Er lachte und hob sie hoch, sodass sie sich hinunterbeugen musste, um ihn zu küssen.

Während ihre Lippen miteinander verschmolzen waren, trug er sie zum Bett und ließ sie darauf nieder, streichelte ihren

Hals, glitt mit den Fingerspitzen ihren Ausschnitt entlang. Schließlich küssten sie sich wieder, und Benedict liebkoste sie durch den Stoff ihres Kleides hindurch, strich mit dem Daumen über ihre Brustspitzen, und Antonia stöhnte leise in seinen Mund. Seine Hand glitt tiefer über ihren Bauch, in den eine sengende Hitze stieg. Quälend langsam streichelte er ihre Hüften, raffte ihren Rock und berührte schließlich ihre bloßen Oberschenkel. Antonia wand sich unter seinen Zärtlichkeiten, während sein Mund über ihren Hals glitt, hinunter zu ihrer Brust.

Das laute Klopfen an der Tür ließ sie auffahren. »Benedict!« Es war eine Männerstimme, und mit einem Fluch fuhr Benedict auf.

Antonia stand hastig auf, strich ihr Kleid glatt, schüttelte die Röcke zurecht und ordnete rasch ihr Haar.

»Benedict! Ich weiß, dass du nicht allein bist! Wenn du nicht augenblicklich öffnest, komme ich rein.«

»Verdammt noch mal.« Benedict lief zur Tür, riss sie auf, und Antonia sah einen dunkelhaarigen Mann im Priestergewand vor der Tür stehen. Das war so absurd, dass sie beinahe laut aufgelacht hätte.

»Wie ich sehe, bin ich gerade noch rechtzeitig gekommen.«

Der Lachreiz wich dem Gefühl von Verlegenheit. Das war so ziemlich das Peinlichste, was ihr jemals passiert war. Und es gab keine Möglichkeit, dieser Situation zu entgehen. »Tust du das«, fuhr der Fremde fort, »weil du uns auf diese Weise vor vollendete Tatsachen stellen möchtest? Denkst du wirklich, dass wir uns das bieten lassen?«

»Mit euch meinst du dich und Tante Ludwina? Nun, offenbar hat sie dich noch nicht darüber informiert, dass ich mich nicht von meinen Plänen abbringen lasse. Sie hat es akzeptiert.«

Antonia hatte nicht vor, schweigend danebenzustehen, während die beiden über sie sprachen. Jetzt war der Schaden ohnehin schon angerichtet, und so trat sie vor, sah den Mann an. »Kennen wir uns?«

Er sah sie an und wirkte erstaunt. »Ferdinand von Breling.«

»Ach«, sagte sie. »Sie sind Benedicts Bruder.«

»Ganz recht. Und Sie sind Komtess Antonia von Althenau.«

»Das ist richtig. Offenbar haben Sie eine Abneigung gegen mich?«

»Keineswegs. Aber ich muss Ihnen ja die Regeln der Gesellschaft nicht erklären.«

»Nein, das müssen Sie nicht.«

»Ich habe nichts gegen Sie. Ich denke nur, eine andere Verbindung wäre für uns passender.«

»Für dich«, sagte Benedict. »Nicht für uns. Ich habe meine Wahl getroffen und habe überdies von einer Ehe mit Constanze zu Helbling keinerlei Nutzen.«

»Ihre Familie hat gute Beziehungen zum Militär. Das kannst du nicht ignorieren. Nun, wie auch immer, ich werde das nicht hier mit dir diskutieren.«

»Constanze zu Helbling«, sagte Antonia, »ist zu mir gekommen, um mir zu sagen, dass sie kein Interesse daran hat, einen Mann zu heiraten, der sich nach einer anderen Frau verzehrt.«

Ferdinand von Breling hob die Brauen. »Was Sie nicht sagen. Nun, leider spielen die Befindlichkeiten der jungen

Dame hier keine Rolle. Wenn wir die Sache mit ihren Eltern ausmachen, wird sie sich fügen.«

»Nun, ich jedoch nicht«, sagte Benedict. »Ich heirate sie nicht.«

»Darüber reden wir später. Erst einmal wirst du die junge Dame hier nach Hause bringen. Glücklicherweise bin ich rechtzeitig gekommen.«

»Wir werden heiraten, du hast also nichts verhindert, was nicht ohnehin geschehen wird«, entgegnete Benedict.

»Selbst wenn du sie heiraten würdest, kann ich das nicht dulden. Ihr habt zu warten, wie sich das gehört.«

»Ah, du bist also nicht mehr gänzlich abgeneigt.«

»Oh, ich bin überaus abgeneigt. Bring sie jetzt nach Hause.«

Antonia bemerkte, wie sich Benedicts Kiefer anspannten. Er war offenbar außer sich vor Wut. »Was fällt dir überhaupt ein, hier einfach so aufzutauchen?«

»Ich habe Nachricht erhalten, dass du heute mit ihr im Prater bist. Da wollte ich mit dir sprechen, wenn du zurückkommst, und habe erfahren, dass du offenbar nicht allein bist.«

»Hat das Personal getratscht?«

»Du vergisst, dass auch ich ein Sohn des Hauses bin.«

»Wer hat es Ihnen denn überhaupt erzählt?«, fragte Antonia. »Also das von unserem Treffen.«

»Ich weiß es nicht, das Schreiben war nicht signiert, was ich an und für sich schon merkwürdig fand. Aber sei's drum. Offenbar war es die Wahrheit.«

Antonia sank der Mut. Sie hätte damit rechnen müssen, dass so etwas geschah. Wer sonst hätte Ferdinand von Breling schreiben sollen? Wer sonst hatte Interesse daran, ihr das Leben schwer zu machen?

»Du musst mich nicht begleiten«, sagte sie zu Benedict. »Ich hole ohnehin erst einmal Bernadette ab.«

»Ich lasse dich nicht abends allein durch die Gegend reiten.«

»Nichts für ungut, das habe ich schon getan, ehe ich dich kannte.«

»Aber ...«

»Bleib ruhig bei deinem Bruder, ich muss einen Moment für mich sein.«

»Natürlich wird Benedict Sie nicht allein durch die Gegend reiten lassen. Das wäre überaus ungehörig.«

»Ich empfinde auch so manches als ungehörig.« Antonia ließ offen, was sie meinte. Sollte er sich einen Reim darauf machen. Sie war so wütend und verletzt, dass sie hätte schreien können. Dieser besondere Moment war zunichtegemacht worden, und überdies hatte ihr Verfolger sich wieder gemeldet.

»Darf ich dich wenigstens in den Stall begleiten?«, fragte Benedict.

Sie zuckte mit den Schultern.

»Bist du wütend auf mich?«, fragte er, als sie das Haus verließen.

»Nicht auf dich, sondern auf diese unmögliche Situation.«

»Es tut mir unendlich leid, dass mein Bruder dich in eine solche Verlegenheit gebracht hat.«

Sie schwieg und rieb sich die Oberarme.

»Ich wusste wirklich nicht, dass er hier war.«

»Natürlich wusstest du es nicht, ansonsten hättest du mich wohl kaum zu dir eingeladen.« Sie versuchte sich an einem Lächeln, gab es dann jedoch auf. Warum sollte sie sich dazu zwingen, wenn ihr nicht danach war? Sie fühlte sich gedemütigt und bloßgestellt. Dafür konnte Benedict nichts, aber sie wollte gerade auch ihn nicht sehen. Warum hatte sie sich bloß darauf eingelassen? Zwar hatte es nicht so katastrophal geendet wie bei Arvid – gottlob! –, aber nun stand sie vor Benedicts Bruder wie seinerzeit vor ihren Eltern.

Der Stallbursche führte ihr Pferd aus dem Stall, und sie streichelte Elisées Nüstern. Dann ließ sie sich von Benedict in den Sattel helfen, ordnete ihre Röcke und ritt durch das Portal auf die Straße. Vor dem Haus stand zu ihrer Verwunderung Ferdinand von Breling.

»Auf ein Wort, Komtess.«

Sie sah sich um, doch der Stallbursche hatte das Tor bereits geschlossen, und Benedict war vermutlich wieder im Haus. Antonia sah Ferdinand von Breling an und widerstand dem Impuls, einfach davonzureiten.

»Ich bin nicht der Unhold, als den Sie mich vermutlich sehen. Zum einen hat Benedict mit der Torheit, Sie mit hierherzunehmen, Ihrem Ruf gewiss Schaden bereitet, der in diesem Moment, da ich mit Ihnen hier stehe, wiederhergestellt ist. Ein Vorteil, wenn man in meiner Position ist. Zudem wollte ich Sie nicht bloßstellen, aber Sie sollten besser auf sich achtgeben, denn wenn Benedict Sie nicht heiratet, aber Gerede über Sie laut wird, wird es auch kein anderer tun.«

»Er möchte mich heiraten, Sie hindern ihn daran.«

»Ich stelle familiäre Interessen an erste Stelle, das stimmt. Aber wenn Sie nachgeben und von sich aus auf meinen Bruder verzichten, sorge ich dafür, dass Männer aus den besten Familien um Sie werben. Ich bin nicht ganz ohne Einfluss und kann eine gute Verbindung arrangieren.«

Antonia wollte wütend ablehnen, doch ihr war klar, dass das unklug wäre. Im Grunde genommen tat er genau das, was gesellschaftlich eben getan wurde. Eine Ehe wurde aus Gründen geschlossen, die für alle beteiligten Familien von Vorteil waren, und sein Angebot war zweifellos ernst gemeint. Für ihre Familie würde es keinen Unterschied machen, wen sie heiratete, ja, vielleicht würde eine andere Verbindung ihnen sogar noch besser passen. Antonia wollte das jedoch nicht.

»Ich liebe ihn aber«, antwortete sie, und Ferdinand von Breling seufzte leise.

»Liebe ist ein flüchtiges Gefühl, das irgendwann dem Pragmatismus des Alltags weicht.«

»Lieben Sie Ihre Familie nicht auch? Ist das auch dem Pragmatismus gewichen?«

Jetzt lächelte er. »Touché. Aber ich meinte die Liebe zwischen Mann und Frau. Wenn es nicht ohnehin nur eine Verliebtheit oder körperliche Anziehung ist. Gehen Sie eine Beziehung ein, bei der es jedoch ganz klar um Respekt und beidseitige Vorteile geht, so entsteht daraus oft etwas Beständigeres.«

Antonia antwortete nicht.

»Denken Sie wenigstens darüber nach.«

»Damit Sie Ihrem Bruder jetzt sagen können, ich sei wankelmütig und würde mich vielleicht anders entscheiden?«

Wieder lächelte er. »Benedict würde mir nicht glauben, das müssten Sie ihm schon selbst sagen.«

»Sie sagen, Sie wollen mir andere Heiratskandidaten vermitteln, aber gleichzeitig ist Ihnen meine Familie nicht gut genug für Ihren Bruder. Warum denken Sie, dass ich darauf vertrauen soll, dass andere Familien das nicht so sehen?«

»Sie kommen aus einer sehr annehmbaren Familie, aber für unsere Ambitionen eignen sich andere Verbindungen besser.«

Langsam atmete Antonia aus. »Ich … Haben Sie noch einen schönen Abend.«

»Denken Sie darüber nach.«

Schweigend trieb Antonia Elisée an und ritt davon. Ihr Herz klopfte wild, und sie zitterte vor Enttäuschung, Ärger und Angst. Jedes Mal, wenn sie glaubte, endlich würde sich alles zum Besseren wenden, schien der Moment zu zerbrechen. Sie musste jetzt erst einmal mit Bernadette sprechen, sie brauchte den klugen Blick ihrer Schwester auf die ganze Angelegenheit, das hatte immer schon geholfen, alles mit etwas Abstand zu betrachten.

Die Hofzuckerbäckerei lag in der Nähe des Theaters am Kärntnertor, wo Oper, Schauspiel und Ballett aufgeführt wurden. Antonia saß ab und band ihre Stute an, dann ging sie zum Eingang des Cafés. Es duftete nach frischem Gebäck und heißer Schokolade. Sie ging die Treppe hoch in das Café, wo Bernadette mit einem Buch am Fenster saß, vor sich einen Teller mit halb gegessenem Kuchen und eine leere Tasse. Als sie aufblickte und Antonia bemerkte, hob sie erstaunt die Brauen. »So schnell?«

Antonia ließ sich ihr gegenüber auf der gepolsterten Bank nieder, zog den Teller zu sich heran und aß den Kuchen auf. Sie brauchte jetzt unbedingt etwas Süßes.

»Die haben hier noch ziemlich viel Kuchen«, sagte Bernadette. »Soll ich dir etwas bestellen?«

»Es war grauenvoll.« Antonia legte die Kuchengabel hin. »Also nicht Benedict, sondern sein Bruder. Der stand plötzlich vor der Tür.«

Bernadettes Mund zeigte ein stummes O.

»Du kannst dir gar nicht vorstellen, wie peinlich das war.« Antonia senkte die Stimme. »Also nicht nur, dass es eine sehr pikante Situation war, sondern dass wir darüber hinaus von einem Geistlichen daran gehindert wurden. Ich dachte, ich versinke im Boden.«

»Oh, das kann ich versehen. Ich wäre gestorben. Und was ist dann passiert?«

Antonia winkte den Kellner heran und bestellte heiße Schokolade mit Schlagobers und ein Stück Sachertorte. Danach gab sie Bernadette mit leiser Stimme den gesamten Ablauf der Begegnung mit Ferdinand wieder.

»Das ist ja furchtbar. Und jetzt?«

»Ich werde darauf natürlich nicht eingehen, ich will niemand anders heiraten. Hätte ich Benedict nicht kennengelernt, dann wäre das etwas anderes, aber jetzt geht das nicht mehr. Ich will ihn und niemanden sonst.«

»Kann sein Bruder das verhindern?«

»Ich wüsste nicht, wie.«

»Dann musst du dir in dieser Hinsicht wenigstens keine Sorgen machen, wenngleich es eine unangenehme Situation ist.«

Antonia wollte antworten, aber sie schwieg, da in diesem Moment ihre Bestellung gebracht wurde. »Möchtest du was vom Kuchen?«

»Nein, iss nur.«

»Also auf jeden Fall haben wir seinen Bruder gegen uns, und das ist keine sehr erfreuliche Situation. Seine Schwester im Kloster ist auch nicht begeistert, aber das können wir vernachlässigen. Die andere hat ihm geschrieben, sie halte sich raus, er solle tun, was er für richtig halte.«

»Immerhin.«

Antonia aß den Kuchen auf und trank einen Schluck heiße Schokolade. »Ich hoffe, Ferdinand von Breling wendet sich nicht an Papa mit dieser Forderung. Wenn er damit kommt, er hätte womöglich passendere Bewerber, weiß ich nicht, ob sich Papa da nicht doch noch überreden lässt. Dann hätte ich beide Seiten gegen mich. Papa geht es letzten Endes nur darum, mich so gut wie möglich zu verheiraten.«

»Dann müsst ihr einfach schneller damit sein, eure Verlobung offiziell zu machen.«

Antonia hob die Tasse an die Lippen und nippte daran. Die Schokolade war wunderbar sahnig. »Ich werde mit Benedict sprechen. Vielleicht ist das wirklich das Beste.«

20

»Ich wünschte, du würdest endlich Vernunft annehmen.« Ferdinand hatte sich im Salon niedergelassen, als wäre er der Hausherr.

»Und ich wünschte, du würdest deine Besuche ankündigen.«

»Ich bin ein Sohn des Hauses, falls du das vergessen haben solltest.«

»Das zu vergessen, dürfte mir schwerfallen, wenn du dich beständig auf eine so bevormundende Weise in Erinnerung bringst.«

»Mir geht es nicht darum, dich zu bevormunden. Ich möchte einfach sicher sein, dass du vernünftig handelst. Es ist die falsche Entscheidung, diese Frau zu heiraten. Und dass sie so schnell mit dir ins Bett wollte, sollte dich überdies stutzig machen.«

Benedict lachte höhnisch. »Was für eine Bigotterie. Ich wollte nicht weniger schnell mit ihr ins Bett.«

»Und wenn sie etwas zu verbergen hat und dich nur schnell einfangen möchte?«

»Wie kommst du darauf?«

»Das Schreiben an mich ließ eine gewisse Dringlichkeit erahnen, eure Zusammenkunft zu verhindern. Es hieß darin, es sei besser, wenn ich dafür sorge, dass sie dir nicht zu nahe kommt, denn das könne unerfreuliche Folgen haben.«

Benedict zog einen Glasstöpsel aus einer Karaffe und goss zwei Fingerbreit von der goldenen Flüssigkeit in ein Kristallglas. »Auf nebulöse Andeutungen gebe ich nichts. Das mag vor allem Neid und Missgunst geschuldet sein. Vielleicht war es jemand aus dem Haushalt, der den Herrschaften eins auswischen will.«

»Ich denke nur, du solltest vorsichtig sein. Ich kann ihr einen passenden Ehekandidaten vermitteln aus bester Familie. Wenn ich mit ihrem Vater spreche, bin ich mir sicher, er wird dem gegenüber sehr aufgeschlossen sein. Vor allem, wenn ich andeute, ich hätte Gerüchte gehört, was sie betrifft. Dann merke ich an der Reaktion ja, ob etwas dran ist an der Andeutung.«

»Untersteh dich!«

»Wie willst du das verhindern? Du hast keinerlei Möglichkeiten.«

Benedicts Finger krampften sich um das Glas, und er musste an sich halten, es nicht gegen die Wand zu werfen. »Du hast auf alles verzichtet, als du dich entschieden hast, keine Familie zu gründen, sondern Geistlicher zu werden. Du bist dem gefolgt, was dein Herz dir gesagt hat. Und nun verwehrst du mir, dasselbe zu tun. Du möchtest, dass ich so heirate, wie es für dein Fortkommen und die Erfüllung deines Herzenswunsches passt. Was mit mir ist, ist dir gleich.«

»Das stimmt nicht. Mir geht es durchaus auch um dich, deine Bestrebungen bei der Armee.«

»Um meine Bestrebungen musst du dir keine Gedanken machen, meine Karriere läuft hervorragend, und ich sehe keinen Grund, warum sie nicht so weitergehen sollte. Ich habe genug einflussreiche Männer im Freundeskreis, und überdies habe ich ja gerade gesehen, wie schnell es gehen kann, damit genau diese Laufbahn ihr abruptes Ende findet.«

Ferdinand erhob sich und schenkte sich ebenfalls ein Glas ein. »Was Karl Ludwig angeht, so tut es mir wirklich leid.«

»Mir ist wichtig, dass ich mit einer Frau zusammenlebe, mit der ich mein Dasein teilen möchte.«

»Man könnte glauben, dass jede Frau außer dieser einen dich zu einem sehr tristen Dasein verdammt.«

»Das sage ich nicht, aber ich lasse mir niemanden aufzwingen. Und wenn du das versuchst, dich einmischst und bei ihren Eltern gegen mich insistierst, bist du die längste Zeit mein Bruder gewesen.«

Das traf Ferdinand sichtlich. »Blut ist dicker als Wasser«, sagte er schließlich, und seine Stimme klang belegt. Offenbar hatte er damit nicht gerechnet.

»Du stellst doch die Kirche auch über mich, auf die Gefahr hin, mich unglücklich zu machen.«

»Das ist überhaupt nicht wahr.«

»Natürlich ist es das.« Benedict war laut geworden. »Dir ist nichts so wichtig wie die Erfüllung deiner eigenen Wünsche und Träume. Selbst wenn meine dabei auf der Strecke bleiben. Was hast du denn anderes getan, als dich für die Liebe zu entscheiden? Nur weil deine nicht an eine Frau gerichtet ist, soll ich nun zurückstecken? Du hast dein Erbe aufgegeben und die Pflicht, für den Fortbestand der Familie zu sorgen.«

»Das ist ungerecht! Ich leiste durchaus meinen Beitrag, nur auf andere Weise.«

»Das tue ich auch. Ich erfülle alle Pflichten gegenüber der Familie, ich heirate, ich möchte Kinder, ich verwalte unsere Güter. Aber dir passt das nicht, weil ich jemanden heiraten soll, der *dir persönlich* nützt.« Benedict trank aus und knallte das Glas auf die Anrichte. »Und ich bin es leid. Es bleibt dabei, was ich gesagt habe. Wenn du dich weiterhin einmischst, bin ich fertig mit dir. Und nun entschuldige mich.« Damit wandte er sich ab und verließ den Raum.

Benedict eilte durch die Straßen, immer noch schwer atmend vor Wut. Ferdinand war ihm nicht gefolgt und hatte nicht versucht, ihn aufzuhalten. Erst ging er ziellos umher, dann kehrte er in den »Roten Husaren« ein, in der Hoffnung, dort auf Freunde zu stoßen. Tatsächlich hatte sich Christoph von Wallershaus eingefunden. Er unterhielt sich mit zwei Männern, die Benedict lose kannte. Nach dieser Art von Gespräch stand ihm nicht der Sinn, aber nun konnte er auch nicht auf dem Absatz kehrtmachen, das wäre überaus unhöflich gewesen. Am liebsten hätte er sich mit Karl Ludwig ausgetauscht, aber den konnte er derzeit nicht mit seinen Problemen behelligen, denn derer hatte sein Freund selbst genug. Er setzte sich zu den Männern und gab eine Bestellung auf. Ein Glas würde er mit ihnen trinken, dann wollte er weiterziehen. Vielleicht traf er auf Sebastian oder Franz von Leonberg.

»Wann treffen wir uns wieder zum Musizieren?«, fragte Christoph. »Das letzte Mal ist schon lange her.«

»Ich hatte viel um die Ohren«, antwortete Benedict. »Überdies wird Karl Ludwig nicht mehr dabei sein.«

»Das dachte ich mir schon. Wie geht es ihm?«

»Besser, aber den rechten Arm wird er vermutlich nie wieder richtig nutzen können.«

Die Männer verzogen mitfühlend das Gesicht. »Das ist sehr traurig«, entgegnete Christoph. »Nicht nur, weil er nun nicht mehr im Militär seinen Mann stehen kann, sondern auch, weil er die Musik aufgeben muss.«

»Er steht weiterhin seinen Mann«, entgegnete Benedict. »Ihn macht mehr aus als sein Arm.«

»Natürlich, du hast recht. Entschuldige die ungeschickte Formulierung. Ich weiß, wie nahe ihr euch steht.«

Ein Offizier der kaiserlichen Armee trat ein, Graf von Ruland, mit dem Benedict in seiner Ausbildung hin und wieder zu tun gehabt hatte. »Guten Abend, die Herren.« Er sah Benedict an. »Ah, Leutnant von Breling, was für eine Freude. Ich habe gehört, der Leutnant von Trauttmannsberg läuft durch die Straßen und betrinkt sich.«

»Wie bitte?« Vor zwei Tagen war Benedict bei Karl Ludwig gewesen, da hatte er noch im Bett gelegen und sich bitterlich beklagt über die Art, wie seine Familie auf Zehenspitzen um ihn herumschlich, wie man ihn behandelte, als sei er ein Invalide, dessen Dasein nur noch daraus bestünde, von allen umsorgt zu werden. Unerträglich war es, sagte er. »Das kann nicht sein, er ist noch bettlägerig.«

»Mein Freund sagte, er sei sich sicher, und mit dem lahmen Arm ist er unverkennbar.«

Benedict kippte den Rest seines Glases hinunter und erhob sich. Verdammt noch mal, auch das noch.

»Verlässt du uns schon?«, fragte Christoph.

»Ja. Wir sehen uns.« Er griff nach seinem Mantel und verließ das Lokal.

Es hatte angefangen zu nieseln, und Benedict klappte den Kragen hoch. Eigentlich hatte er an diesem Abend endlich seine Ruhe haben wollen, nachdem er sich so über seinen Bruder geärgert hatte. Aber durch sämtliche Gasthäuser zu ziehen, um seinen betrunkenen Freund zu suchen, war ja beinahe genauso schön. Er ging von Lokal zu Lokal, fand Karl Ludwig jedoch nicht. Vermutlich schlief er gerade seinen Rausch aus, und Benedict hoffte, er tat das zu Hause und nicht in irgendeiner Gosse. Er fragte sich durch die einschlägigen Etablissements und stieß schließlich in einem Heurigenlokal auf einen verärgerten Wirt, der ihm einen Zechpreller beschrieb, der frappierende Ähnlichkeit mit Karl Ludwig hatte.

»Hab ihn der Gendarmerie übergeben.«

Benedict bezahlte die Zeche und ging zur Gendarmerie. Jetzt ärgerte er sich, dass er sein Pferd nicht mitgenommen hatte, denn dann hätte er sich elend lange Fußmärsche erspart. Doch den Verlauf des Abends hatte er schlicht nicht vorhersehen können.

Als er in der Gendarmerie eintraf, war er außer Atem und musste einen Moment innehalten. Dann betrat er das Gebäude, in dem ihn ein Gendarm nach seinem Begehr fragte.

»Ich möchte meinen Freund, den Grafen von Trauttmannsberg, abholen.«

»Ach, der Graf ist echt?« Der Gendarm schien erstaunt. »Er erzählte volltrunken etwas davon, er gehöre zur kaiserlichen Armee und sei ein Graf. Aber welcher Offizier der kaiserlichen Armee lässt sich volllaufen und weigert sich dann, dem armen Wirt die Zeche zu bezahlen? Hat er keinen Ruf zu verlieren?«

Benedict konnte sich das auch nicht erklären. »Kann ich zu ihm?«

»Er ist dem Wirt die Zeche schuldig.«

»Die habe ich bereits beglichen.«

Man brachte ihn zu einer Zelle, in der Karl Ludwig auf einer Pritsche lag. Als der Schlüssel im Schloss knirschte, richtete er sich auf und blinzelte in das Licht der Laterne, die der Gendarm in der Hand hielt. »Benedict?« Karl Ludwigs Stimme klang verwaschen. »Hascht du der Bande hiiier Beine gemacht?«

Es war schwer, ihn zu verstehen, und Benedict ersparte sich eine Antwort. »Komm, mein Freund, ich bringe dich nach Hause.«

»Ich bin besch… sch … st.« Karl Ludwig hatte Probleme, das Wort zu artikulieren. »Man hat mich bekllll… aut.«

»Verstehe.« Benedict legte sich den gesunden Arm seines Freundes um den Hals und stützte ihn mit einem festen Griff um die Mitte. »Komm, wir sehen zu, dass du nach Hause kommst. Ich habe die Zeche für dich bezahlt.«

Der Weg war sehr mühsam, und ausgerechnet jetzt war keine Droschke zu kriegen. Was für ein völlig verdorbener Abend. Dabei hatte der Tag so schön begonnen.

»Mach dich doch nicht extra so schwer«, schimpfte Benedict.

»Verliere ich dich jetztsch auch?«, nuschelte Karl Ludwig. »Ich hhhh… hab meinnne Berufung verlorn, un jetzscht meinen Freund.« Er klang weinerlich.

»Rede nicht so einen Unfug.«

Endlich kam eine Droschke des Wegs, und Benedict hob die Hand, um sie anzuhalten. Der Kutscher zügelte die Pferde.

»Herr Offizier.«

Benedict schob Karl Ludwig in die Kutsche, stieg danach ein und nannte dem Kutscher die Adresse. Währenddessen war Karl Ludwig gegen ihn gesunken und schnarchte leise. Im Innern der Kutsche stank es nach Alkohol. Als die Kutsche vor dem Palais der Familie von Trauttmannsberg hielt, schleppte Benedict den halb schlafenden Karl Ludwig die Treppe hoch und betätigte den Türklopfer.

Kurz darauf öffnete der Hausdiener. »Gottlob, Sie haben ihn gefunden!«

Graf von Trauttmannsberg erschien und starrte die beiden ungläubig an. »Karl Ludwig!«

Nun erschien auch die Gräfin. »Oh, wir waren so in Sorge.«

Benedict ersparte ihnen die Geschichte mit der Gendarmerie, das sollte Karl Ludwig ihnen selbst erzählen. »Soll ich ihn nach oben bringen?«

»O ja, bitte.« Der Hausdiener stützte von der anderen Seite, wobei Karl Ludwig aufschrie, weil er seinen verletzten Arm berührte.

»Vorsichtig«, rief die Gräfin, während der Graf ihnen stoisch schweigend folgte.

Als sie Karl Ludwig schließlich in seinem Zimmer aufs Bett gleiten ließen, erschien der Kammerdiener, und Benedict half ihm, seinen Freund zu entkleiden, was sich reichlich schwer gestaltete, weil er bereits wieder eingeschlafen war. Schlussendlich war es geschafft, und er trug sein Nachthemd und schlief.

»Ich bin Ihnen zu Dank verpflichtet«, sagte der Graf. »Es tut mir leid, dass Sie ihn in diesem Zustand sehen mussten.«

»Er ist mein Freund.«

»Ich hoffe, er hat uns keine Schande bereitet.«

Benedict sagte dazu nichts, sondern wünschte lediglich eine gute Nacht und verließ das Haus.

21

»Wir müssen bald eine Gesellschaft hier im Haus geben«, sagte Ursula von Althenau, als sie im Damensalon Tee tranken. »Wenn du die Verlobte des Grafen von Breling bist, wird es Zeit, unsere Villa der Gesellschaft zu öffnen.«

Charlotte stöhnte kaum hörbar, während Desirée verstohlen in ihrem Buch blätterte, das auf dem Sofa zwischen ihr und Bernadette lag.

»Eine Hochzeit im Sommer wäre großartig«, fuhr Antonias Mutter fort, »wenngleich man dann womöglich von unziemlicher Eile sprechen würde.«

»Wir haben Ende April«, sagte Bernadette. »Mitte August wäre doch durchaus im Rahmen. Das sind dreieinhalb Monate.«

»Nun ja ...«

»Und es ist schöner als eine Hochzeit im Winter.«

»Herbst wäre auch eine Möglichkeit. Vielleicht im goldenen September.«

»Wenn es nicht regnet. Und auch das wäre nur einen Monat später, das macht doch keinen so großen Unterschied.«

Ursula von Althenau krauste nachdenklich die Stirn. »Es ist so vieles zu organisieren. Und Antonia braucht ein Kleid. Das sollten wir umgehend in Auftrag geben. Liebes, du bist so still.«

Antonia blickte auf. Sie war mit den Gedanken woanders gewesen, weil sie die ganze Zeit Angst hatte, es könne etwas passieren, das alle Pläne zerschlug. Es war nicht mehr die Angst, jemand könne ihr öffentlich die Schuld an Arvids Tod geben, sondern nur noch die Furcht davor, dass die Person ihr fortwährend und immerzu das Leben schwer machte, wobei sie auch vor den Schwestern nicht haltmachte. Antonia wusste nicht mehr weiter. »Ich bin nur müde«, sagte sie, weil ihre Mutter noch auf eine Antwort wartete.

»Dann solltest du früh schlafen gehen. Es werden anstrengende Wochen auf dich zukommen.«

»Das heißt, wir bleiben heute zu Hause?«, fragte Charlotte.

»Keineswegs, und das weißt du recht gut.«

An diesem Abend würde Benedict offiziell ihre Verlobung bekannt geben. Antonia hatte weder von seiner Tante noch von seinem Bruder etwas gehört, und sie hoffte, die beiden würden aufhören mit den Versuchen, die Verbindung zu verhindern. Benedict hatte ihr gesagt, seine Tante werde stillhalten, aber Antonia mochte noch nicht so recht daran glauben.

Später in ihrem Zimmer zog sie sich ein Kleid aus cremegelber Seide mit grünen Volants und Spitze an. Bernadette drehte ihr sorgsam die Haare ein und steckte Strähne um Strähne hoch, sodass ihr Haar ein kunstvolles, mit feinen Perlen verziertes Gebilde war. »Du siehst zauberhaft aus«, sagte Bernadette.

»Danke.« Antonia drückte ihre Hand. »Was würde ich bloß ohne dich machen?«

»Dann würde Charlotte dich frisieren.«

Antonia gab ihr einen leichten Klaps gegen den Arm. »Du weißt genau, was ich meine. Ohne dich hätte ich niemanden, der mich versteht.«

»Es wird alles gut, ich bin mir sicher.«

Antonia nickte verzagt. »Immer wieder diese kleinen Spitzen, so wie neulich mit der Nachricht an seinen Bruder. Ich halte das nicht mehr aus.«

Bernadette drückte sie leicht an sich, vorsichtig, um ihre Frisur nicht zu zerstören. »Ich hoffe so sehr, die Person wird es irgendwann überhaben, und sie lässt dich in Ruhe.«

Es klopfte an der Tür, und Millie trat ein. »Die Frau Gräfin fragt, wie lange Sie noch brauchen und ob ich den Damen zur Hand gehen soll.«

»Nicht nötig«, sagte Antonia. »Ich helfe meiner Schwester.« Sie erhob sich, und Millie verließ den Raum wieder.

»Irgendwie ist es hier seltsam mit den Dienstboten«, sagte Bernadette. »Sie bleiben mir so fremd. Die Magd sehe ich kaum, Millie ist distanziert, Frau Wagner ebenfalls, und die Köchin ist ebenfalls sehr wortkarg.«

»Fabian und Moritz reden hin und wieder mit mir, aber bei Fabian wage ich es kaum, den Mund aufzumachen, weil ich immer Sorge habe, er nutzt jede Kleinigkeit gegen mich. Ich wünschte, wir könnten ihn überführen.«

Sie half Bernadette in ein zartgrünes Kleid, steckte ihr das Haar auf, und als sie gemeinsam die Treppe hinunterkamen, blickten ihre Eltern ihnen stolz entgegen. »Wunderschön seht ihr aus«, sagte ihre Mutter. »Antonia, dein Benedict kann sich glücklich schätzen.«

»Der hat sie vermutlich gar nicht verdient«, kam es von Charlotte, die in diesem Moment ebenfalls herunterkam.

»Das kannst du doch nicht einfach so behaupten«, widersprach ihr Vater.

»Du hast die garstige Tante doch erlebt.«

»Ja, dafür kann er doch nichts.«

Charlotte zuckte mit den Schultern.

»Wo ist Desirée?«

»Sie ist schon lange fertig und wollte noch in die Bibliothek, um ein wenig zu lesen.«

»Das Herrenzimmer«, sagte ihr Vater. »Bitte hol sie.«

Charlotte verdrehte die Augen und ging durch die Eingangshalle, stieß die Tür auf und rief: »Desirée, wir ... Oh, hier ist sie nicht.«

»Dieses Kind!«, schimpfte ihre Mutter. »Sie weiß doch, dass wir es eilig haben.«

»Bestimmt ist sie im Salon, da sitzt sie gerne mal und liest.« Bernadette ging los, kam jedoch kurz darauf zurück und zuckte ratlos mit den Schultern. »Da war sie nicht.«

»Also ist es denn die Möglichkeit!« Rudolf von Althenau lief rot an vor Zorn. Er ging zur Bibliothek und stieß die Tür auf.

»Da habe ich doch schon geschaut, oder denkst du, sie ist unter das Sofa gekrochen?«

»Sei nicht so impertinent«, wies ihr Vater Charlotte zurecht.

»Vielleicht ist sie oben in unserem Salon.« Charlotte ging die Treppe hoch, gemächlich, denn sie hatte es sichtlich nicht eilig.

Antonia ging nun auch los, und kurz darauf suchten alle nach ihrer jüngsten Schwester. Da war sie wieder, diese lähmende Angst, die wie ein dumpfer Schmerz in ihrem Bauch saß. Wo war Desirée denn nur? Sie suchten überall, sogar in den Stallungen und in der Gartenlaube. Schließlich gingen sie in die Dienstbotenstube und fragten dort nach. Millie schüttelte nur den Kopf, während Frau Wagner sich erhob und besorgt wirkte. »Von uns hat sie niemand gesehen.«

»Wo ist Fabian?«

»Er ist gerade kurz raus, eine Besorgung machen, aber er müsste gleich zurück sein.«

Fabian betrat das Haus, als sie zurück in die Eingangshalle kamen. Er wirkte überrascht.

»Haben Sie Desirée gesehen?«, fragte Ursula von Althenau und wirkte nun nicht mehr ganz so gefasst.

»Nein, ich war kurz unterwegs.«

Ja, sicher doch, dachte Antonia und hatte auf einmal die schreckliche Vorstellung, wie er die leblose Desirée durch die

Straßen trug und irgendwo ablegte – so, wie sie es mit Arvid getan hatten. Ihr wurde schlecht.

»Ist Ihnen nicht gut?« Er wirkte besorgt. »Sie sind ganz blass. Setzen Sie sich vielleicht kurz?«

Nun war auch ihre Mutter auf Antonia aufmerksam geworden. »Du lieber Himmel, du siehst aus, als würdest du gleich ohnmächtig.«

Bernadette nahm ihren Arm und führte sie zu dem Stuhl in der Halle. Tief sog Antonia die Luft ein, aber der Schwindel blieb. Sie wollte Fabian in sein verlogenes Gesicht schreien, dass sie alles durchschaute und er ihre Schwestern in Ruhe lassen sollte. Dass, wenn überhaupt, sie bestraft gehörte. Aber sie hatte doch keine Wahl gehabt. Wie hätte sie sich gegen die Entscheidung ihrer Eltern auflehnen sollen?

»Wir waren bereits überall«, sagte Charlotte. »Wo kann sie denn noch sein?« Allmählich klang auch sie beunruhigt.

»Wir haben noch nicht im Keller geschaut«, sagte Bernadette schließlich.

»Was sollte sie denn im Keller?«, fragte Fabian. »Dort ist nur der Wein gelagert.«

Ursula von Althenau wandte sich ab und ging resolut in den Dienstbotentrakt, von wo aus man in den Keller gelangte. Antonia folgte ihr. Die Tür war unverschlossen, was sie verwundert zur Kenntnis nahm, denn normalerweise hing der große Schlüssel am Haken daneben.

»Wir gehen vielleicht besser nicht alle nach unten«, sagte Rudolf von Althenau. »Ehe die Tür zufällt oder so.«

Die könnte man auch von innen öffnen, aber er hatte von jeher in dunklen Räumen Beklemmungen, und so ließen sie ihn oben zurück. Fabian drehte das Gaslicht auf, und die Treppe wurde milchig bleich erhellt. Langsam stiegen sie die Treppe hinunter in das Gewölbe. Eine massive Tür verschloss den Weinkeller, und Antonias Finger krallten sich in Bernadettes Arm. Sie hatte entsetzliche Angst vor dem, was sie unten erwartete, und als Fabian die schwere Tür aufzog, die sich verkantet zu haben schien – »der Riegel ist wohl zugefallen« –, schrie Antonia auf, als sie das flackernde Licht bemerkte und den Schimmer von Desirées Kleid. Im nächsten Moment bemerkte sie, dass ihre Schwester auf einem Fass saß, neben sich eine kleine Lampe, ein Buch im Schoß. Sie blickte auf, und bevor sie etwas sagen konnte, stürmte ihre Mutter in den Raum.

»Soll das irgendwie komisch sein?«, schrie sie.

»Die Tür ist zugefallen«, sagte Desirée.

»Und da sitzt du seelenruhig da und liest? Das soll ich dir glauben?« Ursula von Althenau schien nur mühsam an sich halten zu können, ihre Tochter nicht zu schütteln.

»Ich habe geklopft und gerufen, aber es kam niemand. Und weil ich mir dachte, ihr bemerkt, dass ich nicht da bin, habe ich die Zeit mit Lesen verbracht.«

»Also, ich bin wahrhaftig sprachlos.« Ursula von Althenaus Stimme zitterte vor Wut. »Komm jetzt, wir sind nahezu eine Stunde zu spät dran zur Verlobungsfeier deiner Schwester.«

Desirée erhob sich, und im Vorbeigehen warf sie Antonia einen seltsamen Blick zu, den diese nicht zu deuten wusste.

Es war eine große Gesellschaft, die sich bei Benedict eingefunden hatte, und Antonia, die immer noch nicht verstand, was zu Hause eigentlich vorgefallen war, war gerade zu nichts weniger in Stimmung als zu einer großen Feier. Sie alle waren aufgelöst, als sie endlich losgefahren waren, und beim Betreten des Palais von Breling waren sie sehr still, und jedes Lächeln erschien Antonia so aufgesetzt, dass ihr war, als müsse es ihnen jeder ansehen.

»Ich dachte schon, du versetzt mich«, sagte Benedict, als sie einen Moment für sich hatten. »Ich glaube, meine Tante hat schon frohlockt.«

»Ach, es ist so eine seltsame Geschichte passiert, das glaubst du mir nie.«

»Na, da bin ich ja gespannt, mehr zu erfahren.«

Antonia nickte nur. Sie war nicht versessen darauf, das Thema zur Sprache zu bringen. Nur von Desirée wollte sie wissen, was passiert war, aber die Situation, mit ihr zu sprechen, ergab sich nicht, weil Benedict sie an seiner Seite wollte, um sie allen vorzustellen. Schließlich hob seine Tante ein Glöckchen und läutete, sodass das Geplauder im Raum verstummte. Benedict trat mit Antonia an der Hand an ihre Seite.

»Ich freue mich sehr, dass Sie alle heute Abend den Weg in mein Haus gefunden haben, um mit mir diesen besonderen Anlass zu feiern. Denn das Haus von Breling wird wieder eine Gräfin haben. Meine Verlobte, Antonia von Althenau.«

Applaus schwoll an, und Antonia spürte, wie ihr vor Verlegenheit und Freude das Blut ins Gesicht stieg. Die nächste halbe Stunde war erfüllt von Glückwünschen, und sie bemerkte, dass ihre Eltern überglücklich wirkten. Der seltsame Vorfall mit Desirée schien vergessen, wenngleich ihre Schwester ihr immer wieder einen seltsamen Blick zuwarf. Es dauerte eine weitere halbe Stunde, bis Antonia sie endlich zu fassen bekam.

»Was ist heute passiert?«, fragte sie.

Desirée sah sich um, aber es konnte sie niemand hören. »Es ist seltsam, und ich verstehe es nicht.«

Offenbar hatte Charlotte sie bemerkt, denn sie trat nun ebenfalls dazu. »Erzähl es ihr, Dé.«

»Was erzählen?«

»Ich habe einen Brief bekommen, dass du mir etwas Wichtiges zeigen musst im Keller. Und als ich unten war, war nur eine Lampe an, und jemand hat die Tür hinter mir ins Schloss geworfen. Ich dachte mir, dass diese Art von Streich eher zu Charlotte gepasst hätte als zu dir. Aber es war deine Schrift. Ich habe mich gefragt, was du beabsichtigst oder ob Charlotte deine Schrift nachgemacht hat.«

»So ein Unsinn«, schimpfte diese. »Das habe ich dir auch schon gesagt. Aber dass Antonia das war, da stimme ich dir in dem Fall zu, ist auch eher unglaubwürdig. Sie würde ja nicht ihre eigene Verlobung verpatzen wollen.«

In dem Fall hatte ihr Verfolger sich offenbar verrechnet, denn dieses Mal konnte er es Antonia nicht anhängen.

»Dann glaubst du mir endlich, dass ich nicht verantwortlich bin für all die Dinge, die vorgefallen sind?«, fragte Antonia.

»Ich glaube, dass du diese *eine* Sache nicht getan hast. Das mit dem Bild und dem Brief im Garten kann ja wohl sonst niemand gewesen sein. Das wäre doch skurril. Und für die Sache mit Desirée muss es eine Erklärung geben. Leider hat sie den Brief nicht mehr, sie hat ihn im Keller liegen gelassen. Vielleicht war das ein alter Zettel, und sie hat ihn gefunden. Wo war er noch?«

»In meinem Zimmer auf dem Nachtschränkchen.«

»Vielleicht hat ihn Millie gefunden und da abgelegt. Möglicherweise von einer alten Schatzsuche noch aus München oder so.«

Desirée krauste die Stirn. »Das ist trotzdem seltsam.«

»Aber es wäre eine Erklärung. Was sollte es sonst sein? Jemand läuft herum und fälscht ihre Schrift, um dich in den Keller zu sperren? Die Tür ist einfach zugefallen.«

»Oder du warst es, weil du nicht zum Ball wolltest«, entgegnete Desirée.

»Antonias Verlobung zu durchkreuzen, wäre selbst mir nicht zuzutrauen.«

»Also gut.« Antonia war froh, dass Charlotte eine einigermaßen plausible Erklärung gefunden hatte. »Vielleicht war es wirklich so. Wir hatten ja zu Geburtstagen öfter mal Schatzsuchen. Es war ein unglückliches Aufeinanderfolgen von Ereignissen.«

»So wird es gewesen sein.« Desirée klang skeptisch, nickte jedoch schließlich.

Als Antonia zu Benedict zurückkehrte, lächelte dieser sie warmherzig an, und ihr ging das Herz schneller. Ach, dachte sie, wenn ich es doch nur genießen könnte.

22

Antonia

Die Wochen waren erfüllt von Anproben, und Tante Elinor schickte Geld, um Antonia bestmöglich auszustatten. Sie war ebenfalls dafür, die Hochzeit im Sommer stattfinden zu lassen, denn »wer weiß, welches Malheur sie am Ende noch anrichtet«. Als würde Antonia fortwährend Skandale provozieren. Aber ihr war es recht, sie freute sich auf die Hochzeit, und wem die Eile seltsam erschien, dem ließ Elinor ausrichten, sie wolle unbedingt dabei sein und sei ab Herbst auf längerer Reise. Ansonsten müsste die arme Antonia ja über ein Jahr auf ihre Hochzeit warten, und das wäre doch wirklich nicht zumutbar. Vor allem würden die Leute dann denken, sie würde hingehalten.

»Also ich gestehe, ich war dagegen«, sagte Ludwina von Böhm, als hätte daran auch nur ein Zweifel bestanden. »Aber nun, da mein Neffe sich durchgesetzt hat, tue ich natürlich alles, um die Feier so schön wie möglich zu gestalten.« Sie saß im Damensalon der Villa von Althenau und trank mit spitzen Lippen eine Tasse Tee. Dann sah sie Charlotte an. »Ach, meine Liebe, was zeichnen Sie denn da Hübsches? Ich liebe ja die Kunst und bin eine große Förderin weiblicher Künstler. Die Malerei ist mir ein besonderes Anliegen. Darf ich es mal sehen?«

Ursula von Althenau war ganz blass geworden, und Charlotte sah über ihren Skizzenblock die ältere Dame mit großem Ernst an. »Ich zeige meine Werke nie, ehe sie fertig sind.«

Die Gräfin von Böhm lachte. »Oh, das verstehe ich zu gut.«

Bernadette lehnte sich unauffällig hinüber, und Antonia bemerkte, wie sie Charlotte in die Seite zwickte.

»Au! Spinnst du?«

Ehe Charlotte widersprechen konnte, nahm Bernadette den Block und klappte ihn zu. »Wir wollen doch höflich beim Tee bleiben.«

Ursula von Althenau entspannte sich wieder, und Charlotte knabberte missmutig an der Unterlippe, während Desirée mit verträumtem Blick zum Fenster sah, wo ihr Buch auf der Fensterbank lag.

»Mein liebes Kind, Sie müssen mir mit den Namen aushelfen, ich komme da immer noch durcheinander. Dorothea?«

»Desirée.«

»Ach, das ist ja so hübsch. Ich habe gehört, Sie sind ein gern gesehener Gast in der kaiserlichen Bibliothek.«

Desirée wurde rot vor Begeisterung. »Ja, ich liebe es. Die Gräfin von Rechberg ist eine reizende Dame.«

»O ja, das ist sie in der Tat.«

Ludwina von Böhm griff in ihr Täschchen und reichte Ursula von Althenau eine cremeweiße Karte, auf der mit goldener Schrift die Einladung verfasst war. Unten befand sich eine kleine Kutsche, die von eleganten Pferden gezogen wurde. »Zur Hochzeit laden ein« – und weiter ging es auf der Innenseite.

»Ach, das ist ganz reizend«, sagte Antonias Mutter, und das »aber« hing überdeutlich in der Luft. Offenbar wartete sie darauf, dass Ludwina von Böhm es aufnahm, doch diese war entweder zu stumpf dazu oder nicht gewillt.

»Wunderbar, dann lag ich ja ganz richtig.«

»Aber«, sagte Ursula von Althenau nun, »ich war mir ziemlich sicher, dass ich die Einladungskarten auswählen sollte.«

Ein kleines, gekünsteltes Auflachen der Gräfin von Böhm folgte. »Oh, das haben Sie gewiss falsch in Erinnerung. Es war ganz klar meine Aufgabe.«

Auch Ursula von Althenau lachte dieses gezierte Lachen, mit dem man ein Missverständnis herunterspielen wollte. »Nein, ich bin mir sogar ziemlich sicher.«

Bernadette und Antonia tauschten einen Blick, und Charlotte verdrehte die Augen.

»Also von allen Entwürfen gefiel mir der am besten«, sagte Ludwina von Böhm.

»Bisher habe ich keine weiteren Entwürfe gesehen.«

»Dazu bestand keine Veranlassung, da es meine Aufgabe war und ich Sie nicht damit behelligen wollte. Daher zeige ich Ihnen direkt die schönste Karte.«

»Ach, *das* war die schönste? Also, sie ist ja ein bisschen schlicht.«

»Sie ist elegant. Das macht man in unseren Kreisen so. Dieses Überladene ist doch sehr vulgär.« Die Gräfin von Böhm lächelte entschuldigend.

Ursula von Althenau erwiderte das Lächeln. »Ach, Sie denken, mein Geschmack sei vulgär?«

»Aber keineswegs, meine Liebe.«

Charlotte angelte sich über Bernadette hinweg ihren Block, und ohne dass jemand sie daran hinderte, flog ihr Stift übers Papier. Sie krauste konzentriert die Stirn und sah immer wieder zu den beiden Frauen.

»Aber Sie haben es vorhin angedeutet«, fuhr Ursula von Althenau fort.

»Dann haben Sie mich wohl missverstanden.«

»Sie denken, ich sei nicht imstande, sinnerfassend zu hören?«

»Unterstellen Sie mir, ich könnte mich nicht ausdrücken?«

Ursula von Althenau nahm die Einladungskarte und zerriss sie. »So, die wird es auf jeden Fall nicht.«

»Was für eine unhöfliche Person Sie sind.«

»Sagt die Person, die ohne mein Wissen die Einladungskarten für meine Tochter auswählt.«

»Die in das Haus meines Neffen einheiratet.«

»Leider kann man sich die Verwandtschaft ja nicht aussuchen!«

»Leider kann man sich offenbar nicht einmal die Eltern der Braut aussuchen!«

»Könnten wir uns jetzt langsam beruhigen?«, sagte Bernadette.

»Halt dich da raus!«, riefen die beiden Frauen gleichzeitig.

»Sie haben meiner Tochter nicht den Mund zu verbieten!«, fauchte Ursula von Althenau.

»Ihre Töchter sind einfach nicht gut erzogen.«

Rudolf von Althenau trat ein, alarmiert. »Was ist denn hier los? Man hört euch bis in den Korridor.«

»Diese Person möchte jetzt gehen.« Ursula von Althenau erhob sich.

»Endlich! Dieser Sessel ist wahrlich der unbequemste, auf dem ich je gesessen habe.« Ludwina von Böhm stand auf.

»Vergessen Sie das nicht.« Ursula von Althenau stopfte ihr die Schnipsel in die Tasche, dann riss sie am Klingelstrang, und Fabian erschien. »Bringen Sie die Gräfin von Böhm bitte zur Tür.«

»Sehr wohl, Frau Gräfin.«

Mit hocherhobenem Kopf folgte Ludwina von Böhm dem Hausdiener, und die Familie von Althenau blieb im Damensalon zurück.

»Was ist denn passiert?«, fragte Rudolf von Althenau.

»Diese Frau führt sich auf, als sei sie etwas Besseres!«, ereiferte sich Ursula von Althenau.

»Sie hat die Einladungen für Antonias Hochzeit ausgesucht und Mama gezeigt, um ihre Meinung zu hören«, sagte Charlotte.

»Das ist doch sehr nett.« Ihr Vater wirkte irritiert. »Und warum jetzt der Streit?«

»Weil es *meine* Aufgabe war, da bin ich mir sicher, daran besteht ja kein Zweifel.«

»Meine Liebe, ich korrigiere dich nur ungern«, seine Miene zufriedener Überlegenheit strafte seine Worte Lügen, »aber die Absprache war, dass die Familie von Breling die Karten aussucht und du dich um die Hochzeitstorte und die Tischkärtchen kümmerst.«

Ursula von Althenau lief rot an. »Ich bin mir sehr sicher, dass ich auch die Einladungskarten aussuchen sollte.«

»Nein.« Rudolf von Althenau schüttelte den Kopf. »Wir saßen im Salon des Grafen von Breling, der uns einen Rotwein aus Bordeaux kredenzt hat, während die Aufgaben verteilt wurden.«

»Du hast bestimmt wieder nicht richtig zugehört«, schimpfte Ursula von Althenau.

»Nun, wer hier nicht richtig zugehört hat, ist doch wohl offensichtlich.«

»Ach, du fraternisierst mit dieser Frau?«

»Jetzt rede keinen Unsinn.«

»Und doch sagst du mir, ich sei begriffsstutzig.«

»Das habe ich mit keinem Wort gesagt.«

»Ach, eine Lügnerin bin ich auch noch?«

»Könnten wir jetzt vielleicht damit aufhören«, rief Bernadette. »Es ist Antonias Hochzeit, die wir planen, und jetzt ist die Tante ihres Bräutigams, die im Grunde genommen die Rolle der Schwiegermutter einnimmt, wütend abgezogen, weil du sie so angegangen bist.«

»Ich?«

»Ja, du«, antwortete Antonia. »Ich war so froh, dass seine Familie sich endlich nicht mehr querstellt. Und dann machst du so einen Aufstand wegen der Einladungskarte.«

»Entschuldige bitte, dass ich für meine Tochter das Bestmögliche möchte.«

»Das Bestmögliche«, sagte Charlotte nun, »wäre gewesen, eine Hochzeit in Harmonie zu ermöglichen. Stattdessen hast du hier eine Szene gemacht, weil dir die Karte zu schlicht war.«

»Du hast Antonia nicht einmal gefragt«, stellte Desirée fest. »Dabei ist es ihre Hochzeit.«

»Hauptsache, es gehen Karten raus, und die Leute kommen«, kam es von ihrem Vater.

»Und du denkst, dass die Leute nicht lästern, wenn wir nicht einmal vernünftige Einladungskarten verschicken?«, machte ihre Mutter den Versuch einer Rechtfertigung.

»Als würde das Haus von Breling armselige Karten verschicken«, entgegnete Antonia. »Du hast doch gesehen, wie teuer die aussah.«

»Du hättest sie wirklich nicht zerreißen und ihr die Schnipsel in die Tasche stopfen sollen«, fügte Bernadette hinzu, und ihr Vater sah sie entgeistert an.

»Ursula, können wir kurz reden?« Seine Stimme bebte leicht.

Sie stand auf. »Aber sicher.«

Auch Antonia erhob sich. »Ich reite zum Palais von Breling und entschuldige mich.«

»Du bist wohl von Sinnen. Wir kriechen nicht zu Kreuze«, antwortete ihre Mutter.

»Es reicht jetzt!« Ihr Vater wurde – obschon oftmals cholerisch – nur selten laut. »Ja, reite hin, Antonia. Aber nimm Bernadette mit, alleine finde ich es nicht passend.« Damit verließen ihre Eltern den Raum.

»Puh«, sagte Charlotte, »das war ja ein Auftritt.«

»Zeig mal, was du da gezeichnet hast.« Bernadette beugte sich zu ihr und prustete los.

»Ja, lass sehen.« Antonia war ebenfalls neugierig, und Charlotte drehte die Zeichnung um, die noch etwas roh war. Ihre Mutter und die Gräfin von Böhm als überzeichnete Karikaturen. Beide zerrten an einer Karte. Darüber stand: »Wir regeln das wie Erwachsene.« Antonia lachte.

Benedict war allein zu Hause. »Ludwina war wohl hier, ehe ich gekommen bin, und ist wieder abgerauscht«, sagte er, als er Antonia und Bernadette einließ. »Sie hat mir allerdings eine Nachricht hinterlassen, dass wir unbedingt reden müssten, nur sei sie jetzt eingeladen. Ganz so dringend scheint es also nicht zu sein.«

»Ach, es war eine Katastrophe. Allerdings«, setzte Antonia rasch hinzu, als er sie erschrocken ansah, »war meine Mutter dieses Mal schuld.«

Bernadette sah zum Salon, der in den Garten führte. »Kommt man durch das Gartentor auf die Straße? Dann lasse ich euch jetzt allein, und ihr könnt das in Ruhe klären. Auf diese Weise sieht mich niemand, der mich vorne durch die Haustür hat reinkommen sehen, durch den Garten wieder hinausgehen.«

»Ja, du kannst es einfach entriegeln«, entgegnete Benedict. Bernadette gab Antonia einen Kuss. »Bis später.«

Nachdem sie gegangen war, führte Benedict Antonia in seinen privaten Salon. Es war ein schöner Junitag, und die Sonne glänzte auf den goldenen Blüten, die in grünen Samt gestickt waren. Es war ein hübscher Raum mit Jagdmotiven, Landschaftsgemälden und Farben, die an tiefe, dunkle Wälder erinnerten. Benedict bot ihr an, Platz zu nehmen, und schenkte ihr aus einer Karaffe Wein in ein langstieliges Kristallglas ein, ehe er sich neben sie aufs Sofa setzte.

»Also, was ist passiert?«

Antonia seufzte und erzählte ihm die ganze Geschichte. »Und jetzt bin ich hier, um mich für den Vorfall zu entschuldigen.«

»Ach herrje.« Benedict rieb sich die Augen. »So ein vollkommen unnötiger Ärger. Dabei sind mir die Einladungen völlig gleich.«

»Mir auch.« Sie nippte an ihrem Glas und stellte es auf den Tisch.

Benedict zog sie an sich und küsste sie. »Wir haben in dem ganzen Vor-Ehe-Trubel viel zu wenig Zeit für uns.«

»Davon hatten wir auch vorher schon zu wenig.«

Sie versank in dem Kuss, und schließlich löste Benedict sich von ihrem Mund, küsste ihre Wangen, ihren Hals, knabberte an ihrem Ohrläppchen. Antonia bog den Kopf zurück, und sein Mund wanderte über ihre Kehle zu der kleinen Kuhle zwischen ihren Schlüsselbeinen. Er hauchte Küsse am Ausschnitt ihres blauen Sommerkleides entlang, küsste ihre Schulter, und

Antonia streichelte seinen Nacken, ließ die Finger in den Kragen seines Hemdes gleiten.

»Ich will nicht bis August warten«, sagte er schließlich.

»Ich auch nicht.« Ihre Stimme war atemlos, und sie küssten sich erneut.

Irgendwie kamen sie auf die Beine, und er nahm ihre Hand, zog sie zur Tür des Salons, hielt inne, küsste sie erneut. Sie liefen die Treppe hoch und nahmen den Weg in sein Zimmer, den Antonia noch kannte. Kaum waren sie darin, stieß Benedict die Tür zu, verriegelte sie und hob Antonia hoch. »Dieses Mal öffne ich niemandem!«

Seine Finger lösten Schlaufen und Bänder, während Antonia sein Hemd aufknöpfte und sein Halstuch löste. Das Kleid fiel zu Boden, Unterröcke folgten, ebenso das Schnürmieder, bis Antonia nur noch das Unterkleid trug. Benedict schob es ihr über die Schultern, folgte mit den Lippen, raffte es schließlich über ihre Hüften und setzte seine Liebkosungen fort. Antonia wand sich keuchend unter seinen Zärtlichkeiten. Als das Unterkleid zu Boden fiel, hielt Benedict kurz inne, um sich selbst zu entkleiden, dann war er wieder über ihr, glitt zwischen ihre Beine und drang behutsam in sie. Antonia hob ihm den Körper entgegen, und sie küsste ihn gierig, während er sich in ihr bewegte. Die Lust steigerte sich mit jedem Stoß, bis sie nahezu unerträglich wurde und sich in einer schwindelerregenden Welle entlud, der direkt die nächste folgte. Es war so überwältigend, dass Antonia kurz glaubte, sie würde die Besinnung verlieren. Sie stieß einen leisen Schrei aus und presste sich an Benedict, der nun seinerseits erzitterte und sich rasch aus ihr zurückzog. Dann ließ er sich neben sie in die Kissen sinken und zog sie eng an sich.

»Eine hervorragende Idee, extra für eine Entschuldigung vorbeizukommen«, sagte Benedict, während er immer noch nicht richtig zu Atem gekommen war.

Scherzhaft gab Antonia ihm einen Klaps auf die Brust. Sie schmiegte sich an ihn und schloss die Augen, während sie sich wunderbar träge fühlte. Der Gedanke an Arvid durchzuckte sie, es war wie eine kleinen Spitze, die tief in ihr saß und sie peinigte. Sie versuchte, den Gedanken zu verdrängen, aber jetzt war er da und ließ sich nicht mehr ignorieren. Das war es, was sie mit ihm hatte tun wollen. Deshalb hatte er sich gegen diese unselige Balustrade gelehnt und war hinabgestürzt. Jetzt lag er in einem Grab, und Antonia vergnügte sich im Bett mit ihrem Verlobten.

»Ist alles in Ordnung?«, fragte Benedict.

»Ja, warum?«

»Du wirkst auf einmal so unruhig.«

»Hm, ich suche nur eine gute Liegeposition.«

Benedict rückte im Kissen herum, damit sie es bequemer hatte. »So besser?«

»Ja«, entgegnete sie, obwohl es vorher schon perfekt gewesen war. Sie musste endlich mit der Sache abschließen. Das Unglück in München war nicht ihre Schuld gewesen, das sagte sie sich wieder und wieder. Um sich abzulenken, schob sie sich hoch und küsste Benedict. Kurz darauf spürte sie, wie sein Verlangen wieder erwachte, und sie liebten sich ein weiteres Mal.

Weil Antonia nicht wusste, wann Bernadette zurück sein würde, standen sie schließlich aus dem Bett auf, kleideten sich an und gingen zurück in den Salon, wo Benedict Tee und Gebäck bei dem Stubenmädchen bestellte, als wäre dies ein normales Nachmittagskränzchen und als wären sie nicht gerade aus dem Bett gestiegen.

»Denkst du, das Personal hat etwas mitbekommen?«, fragte Antonia.

Benedict zuckte mit den Schultern. »Vermutlich nicht, aber man weiß nie, was sie so mitkriegen. Mach dir keine Sorgen, mein Personal ist diskret. Und überhaupt sind wir doch so gut wie verheiratet.«

Bernadette kam eine halbe Stunde später zurück und setzte sich für ein Stück Kuchen dazu. »Wie geht ihr jetzt wegen dieser Sache mit den Einladungen vor?«, fragte sie.

»Ich glätte die Wogen«, versprach Benedict.

23

»Ich bin so aufgeregt.« Antonia drehte sich vor dem Spiegel, und der üppig mit Volants verzierte Rock ihres Hochzeitskleids wippte leicht, während die seidenen Unterröcke raschelten. Das Oberteil aus besticktem Brokat lag eng an. Ein Schleier aus feinster Brüsseler Spitze bedeckte ihr dunkles Haar, in dem ein goldenes Diadem steckte.

»Du bist wunderschön.« Bernadette zupfte hier und da an dem Kleid und sah sie lächelnd an. Sie selbst trug ein zartblaues Kleid. Es war schwierig gewesen, eine Farbe zu finden, die ihren beiden jüngsten Schwestern stand, weil Antonia sich Charlotte und Desirée als Brautjungfern gewünscht hatte. Die Wahl war auf ein helles Grün gefallen.

Ihre Mutter erschien mit einer Schachtel in der Hand. Sie trug ebenfalls ein grünes Kleid, das ihr hervorragend stand, und als sie zu ihren beiden ältesten Töchtern trat und Antonia sie alle drei im Spiegel sah, wurde ihr erneut die frappierende Ähnlichkeit zwischen ihnen bewusst.

»Ich habe hier den Rubinschmuck, den ich zu meiner Hochzeit getragen habe. Heute sollst du ihn bekommen.« Sie öffnete die Schachtel und entnahm ihr ein Collier, das sie Antonia um den Hals legte. Der Schmuck war erst kalt auf der Haut und erwärmte sich dann daran. Mit jeder Bewegung funkelten die feinen Diamantsplitter, mit denen die Rubine eingefasst waren.

»Vielen Dank«, sagte Antonia gerührt. »Es ist wunderbar.«

»Ich bin so glücklich.« Ihre Mutter blinzelte Tränen weg.

»Ich bin so froh, dass du nur ein paar Straßen weiter ziehst und nicht gleich in eine andere Stadt.« Bernadette hob einen Seidenschal auf, der zu Boden gefallen war. »Unvorstellbar, wenn wir uns nicht mehr so oft sehen könnten.«

»Bald haben wir hoffentlich ein weiteres kleines Familienmitglied, das wir verwöhnen dürfen.«

»Mama!« Antonia bemerkte, dass Bernadette verstohlen lächelte.

Es klopfte an der Tür, und ihr Vater trat ein. Seine Augen leuchteten auf, als er Antonia ansah. »Wie atemberaubend schön du bist. Benedict muss der glücklichste Mann im Kaiserreich sein.« Er reichte ihr den Arm. »Wollen wir? Die Kutsche ist da.«

Die Dienstboten standen unten Spalier, als Antonia am Arm ihres Vaters die Treppe hinunterschritt und die Halle durchquerte. Ihr Blick traf den Fabians, und er lächelte ihr zu. Seit jenem Vorfall mit Desirée im Keller war nichts mehr vorgefallen, und vermutlich hatte Bernadette recht mit ihrer Vermutung, ihr Verfolger habe es einfach über. Zum ersten Mal seit Langem war Antonia entspannt und freute sich einfach nur.

Es war ein herrlicher Sommertag Anfang August. Die beiden Kutschen, die ihr Vater gemietet hatte, warteten vor der

Villa. In der ersten würde Antonia mit ihren Eltern Platz nehmen, und in der zweiten folgten ihre Schwestern. Sie fuhren zur Kapuzinerkirche, wo die Hochzeitsgesellschaft sich bereits eingefunden hatte. Benedict wartete vor dem Tor, gekleidet in die Uniform der kaiserlichen Armee. An seiner Seite stand einer seiner Freunde, Christoph von Wallershaus, der sein Trauzeuge sein würde. Es hatte ihn geschmerzt, dass Karl Ludwig von Trauttmannsberg es nicht sein konnte, aber dieser war zur Rekonvaleszenz geschickt worden.

Rudolf von Althenau stieg aus und half Antonia aus der Kutsche. Benedicts Augen weiteten sich, als er sie ansah, und er wirkte so glücklich, dass sich ein Gefühl liebevoller Wärme in ihrer Brust ausbreitete. Alles würde gut werden, und ihr stand ein glückliches Leben bevor – davon war sie überzeugt. Charlotte und Desirée gingen an ihnen vorbei in die Kirche, während Bernadette bei ihnen stehen blieb. Sie war Antonias Trauzeugin und wurde angewiesen, mit dem Grafen von Wallershaus in die Kirche zu gehen, während nun Ludwina von Böhm heraustrat. Sie und Ursula von Althenau sprachen nicht mehr miteinander und maßen sich nur kühl, während sie Antonia und ihren Vater freundlich begrüßte.

»Kommt, ihr nehmt Aufstellung am Eingang, und sobald die Orgelmusik einsetzt, schreitet ihr zum Altar.«

»Wir haben das alles schon besprochen, mach dir keine Sorge.«

»Aber beim letzten Mal ist das Blumenmädchen zu früh losgelaufen«, wandte Ludwina ein.

»Wer hat das Kind noch gleich ausgesucht?«, fragte Ursula von Althenau nun.

»Benedict, sag der Gräfin bitte, ich bin nicht an einem Gespräch interessiert.«

»Antonia, antworte der Gräfin bitte, ich habe auch kein Gespräch mit ihr angefangen.«

»Zum Streiten hättet ihr euch kaum einen besseren Moment aussuchen können«, schimpfte Rudolf von Althenau. »So, jetzt kommt. Wir nehmen unsere Plätze ein.«

Benedict lächelte Antonia entschuldigend an. »Es tut mir leid.«

»Es ist ja nicht so, als hätte meine Mutter sich da irgendwie besser verhalten.«

Er reichte ihr den Arm, und sie legte die Hand darauf. Dann gingen sie in die Kirche, wo das Blumenmädchen an der Hand seiner Mutter ganz aufgeregt wartete. Als Antonia zum Altar blickte, stutzte sie. »Ist das …«

»Ja, das ist er. Es ist seine Art, uns seinen Segen zu geben.«

Ferdinand von Breling stand in vollem Ornat dort und sah ihnen lächelnd entgegen.

Nach der Trauung feierten sie im Palais. Benedict hatte nicht nur die beiden Salons zu einem Saal vergrößert, sondern auch die Verandatüren zum Garten hin geöffnet. Eine lange Tafel mit Speisen war an der Wand aufgebaut worden, und in der Mitte thronte die Hochzeitstorte. Antonia hatte vor Nervosität seit dem Vorabend nichts mehr gegessen und war mittlerweile sehr hungrig. Sie musste an sich halten, sich nicht auf das Essen zu stürzen.

Nachdem sie das Büfett zusammen mit Benedict eröffnet hatte, durfte sie sich endlich an all den herzhaften Köstlichkeiten bedienen. Sie aß kleine Würstchen, Pasteten, Lachshäppchen, würziges Fleisch in Blätterteig und zum Nachtisch ein Fruchtsorbet. Danach schnitt sie mit Benedict die Hochzeitstorte an, und nachdem sie ein Stück Himbeerbuttercreme gegessen hatte, war sie so pappsatt, dass es sich anfühlte, als würde sie jeden Moment platzen.

Die Kapelle spielte einen Walzer, mit dem Antonia und Benedict den Hochzeitsball eröffneten. Es war so herrlich, mit ihm durch den Saal zu wirbeln, und Antonia wollte tanzen und tanzen, bis zur völligen Erschöpfung. Sie hatte sich lange nicht mehr so frei und unbeschwert gefühlt und erfüllt von dem Gefühl, dass das Leben einfach herrlich war. Nun, da sie verheiratet waren, durfte sie so oft mit Benedict tanzen, wie sie wollte, ohne Rücksicht darauf nehmen zu müssen, ob es ihrem Ruf schadete.

Ferdinand tauchte nun auch auf der Feier auf, dieses Mal in seinem schlichten Priestergewand, in dem er eine sehr gute Figur machte, und sicher entgingen ihm die Blicke nicht, die ihm die eine oder andere junge Frau zuwarf. Attraktiv und unerreichbar – damit umgab ihn eine Aura, die auf viele unwiderstehlich wirkte. Er gesellte sich zu ihnen und nickte Antonia freundlich zu.

»Nun, meine liebe Schwägerin, ich hoffe, du siehst mir meine ablehnende Haltung nach.«

»Ja, natürlich.«

»Es tut mir leid, dass sonst niemand von unseren Geschwistern hier ist. Du weißt ja, dass unsere Schwester Clara im Kloster ist. Helene wollte kommen, aber sie ist guter Hoffnung, und sie muss die meiste Zeit liegen, da wäre eine solche Reise mit zu vielen Strapazen verbunden.«

»Das hat Benedict mir erzählt. Ich hoffe, es geht ihr gut.«

»Es ist ihr erstes Kind, und wir alle beten für sie.«

Benedicts Freund, der Graf von Wallershaus, verneigte sich vor ihr. »Darf ich um den nächsten Tanz bitten?«

Sie nahm seine Hand und ließ sich von ihm auf die Tanzfläche führen. Sie wusste, dass er mit Benedict musizierte, und eigentlich wären sie im April eingeladen gewesen, aber durch den Unfall von Karl Ludwig von Trauttmannsberg war der musikalische Abend ausgefallen. Zwei weitere Musikanten waren ebenfalls zugegen – Franz von Leonberg und Sebastian von Seltmann.

»Ich habe gehört, Sie spielen Harfe«, sagte Graf von Wallershaus, während sie tanzten.

»Ja, das ist richtig.«

»Werden Sie unsere musikalische Runde erweitern?«

»Das wäre sehr schön. Ich habe lange nicht mehr gespielt, weil wir keine Harfe haben.«

»Benedict hat ein sehr schönes Stück in seinem Musikzimmer.«

Antonia freute sich, sie hatte das Spielen so vermisst.

»Amüsierst du dich?«, fragte Benedict, als sie wieder zu ihm trat. Er legte den Arm um sie und zog sie leicht an sich.

»Sehr.«

Antonia tanzte ein weiteres Mal mit ihm, dann machte sie sich auf die Suche nach ihren Schwestern. Zwar glaubte sie mittlerweile nicht mehr, dass etwas passierte, aber sie fühlte sich besser, wenn sie es regelmäßig überprüfte. Bernadette tanzte, Charlotte ebenfalls, und Desirée fand sie auf der Veranda, wo sie sich mit einer jungen Frau unterhielt. Alles bestens. Auch ihre Eltern waren guter Stimmung, und es schien eine seltene Eintracht zwischen ihnen zu herrschen.

Ludwina von Böhm trat zu ihr. »Ich hoffe, die Feier gefällt dir.«

»Oh, es ist ganz prächtig geworden.«

Benedicts Tante lief rot an vor Freude. »Es war mir ein großes Vergnügen, das alles zu planen und vorzubereiten. Ich liebe große Feiern.«

Zum Abend hin wurden im Garten die Lampions erleuchtet, und viele Gäste zog es nach draußen. Benedict trat zu Antonia und raunte ihr zu, dass die Kutsche bereitstand.

»Du kannst dich oben umkleiden, und dann sehen wir zu, dass wir ohne viel Aufhebens wegkommen. Ich mag keine zotigen Witze.«

»Ich auch nicht.«

»Bernadette wartet oben bereits auf dich.«

Sie würden in Benedicts Landsitz reisen und dort die Flitterwochen verbringen. Antonia ging, von den Gästen unbemerkt, die Treppe hinauf und betrat Benedicts – nun ihr gemeinsames – Schlafzimmer, wo Bernadette bereits im Ankleidezimmer stand und Rüschen an einem Kleid zurechtzog.

»Benedict hat gesagt, du bekommst eine eigene Zofe.« Bernadette hakte Antonias Kleid im Rücken auf. »So ein Luxus.«

»Es wird mir fehlen, wie wir uns immer gegenseitig angekleidet haben.«

»Mir auch.«

Antonia tauschte ihr Brautkleid gegen ein rosafarbenes, reisetaugliches Sommerkleid. »Ich kann mir noch gar nicht vorstellen, wie es wohl sein wird, nicht mehr jeden Tag mit euch zu frühstücken.«

»Ich kann es mir ohne dich auch noch nicht vorstellen.« Bernadettes Stimme klang belegt. »Wie gut, dass du in der Nähe bleibst. Aber es ist nicht mehr dasselbe.«

»Nein, das nicht. Aber es wird gewiss auf eine andere Art gut.« Antonia umarmte ihre Schwester, und Bernadette drückte sie fest an sich.

»Ich bin so erleichtert, dass Fabian es aufgegeben hat. Ich hätte keine ruhige Minute gehabt, weil ich mir immer vorgestellt hätte, was er euch antut.«

»Das ist hoffentlich vorbei. Denk nicht mehr länger daran.« Bernadette steckte eine Haarsträhne fest, die sich aus Antonias Frisur gelöst hatte. »So, und jetzt mach dich auf den Weg. Benedict hat gesagt, die Kutsche wartet bereits.«

Antonia umarmte sie ein weiteres Mal. Sie verließ das Zimmer und ging die Treppe hinunter. Draußen stand Benedict und half ihr in die Kutsche, die anfuhr, kaum dass er saß. Antonia sah aus dem Fenster und spürte neben dem Glück ein immenses Verlustgefühl. Nun ging es fort von ihrer Mädchenzeit in ein neues Leben.

24

Antonia stöhnte, während ihr Körper sich im Gleichtakt mit seinem bewegte. Sie warf den Kopf zurück, und ihr Körper bog sich, als sie erzitterte. Dann beugte sie sich vor, und ihr langes Haar ergoss sich über seine Brust. Atemlos küsste sie ihn, und er drehte sich mit ihr, sodass sie auf dem Rücken lag und er über ihr war. Während er sie hungrig küsste, zersprang die Lust in ihm. Er ließ sich zurücksinken und zog Antonia an sich.

Sonnenlicht schimmerte durch einen kleinen Spalt zwischen den weinrot-goldenen Vorhängen. Sie waren am Vortag nach Wien zurückgekehrt, nachdem sie ihre Flitterwochen in Baden auf drei Wochen ausgedehnt hatten. Es war eine herrliche, unbeschwerte Zeit gewesen, während der sie tagsüber in der hübschen Kurstadt unterwegs gewesen waren und sich die Nächte hindurch geliebt hatten. Benedict bekam nicht genug von ihr. Auch jetzt wollte er am liebsten sofort wieder mit ihr schlafen. An ihren Liebkosungen bemerkte er, dass es nicht nur ihm so ging, und so liebten sie sich ein weiteres Mal, jetzt träger und genüsslicher als zuvor.

Benedict überließ Antonia das Bad, das an das Ankleidezimmer grenzte, und ging in jenes auf der anderen Seite des Korridors. Als er gebadet hatte, rasiert und angekleidet war, frisierte Antonias Zofe sie gerade. Immerhin trug sie bereits ihr Kleid, sodass es vermutlich nicht mehr lange dauerte, bis sie im Frühstückszimmer erschien. Benedict ging schon einmal vor, weil er einen Kaffee brauchte und eine morgendliche Zigarre. Er betrat das hübsche Morgenzimmer, das seine Mutter seinerzeit eingerichtet hatte mit Rosenholzmöbeln sowie den Farben Rot und Cremeweiß. Der Tisch war gedeckt für zwei Personen, und der Kaffee, mit dem Benedict das Stubenmädchen beauftragt hatte, stand mit Wärmehaube auf der Anrichte. Er schenkte sich eine Tasse voll ein, als er den Brief auf seinem Teller bemerkte.

Mein Liebster stand dort in Antonias eleganter Handschrift. Lächelnd erbrach er das Siegel und öffnete das Schreiben. Das Lächeln erstarb, wich Irritation.

Geliebter Arvid,

an nichts anderes kann ich denken als an den Moment, als unsere Hände sich fanden auf jener Feier, die so bedeutsam endete. Jeden Augenblick denke ich an die Lust, die ich in Deinen Armen empfand, an unsere Küsse, Deine Lippen auf meinem Körper. Niemals hätte ich geglaubt, dass so eine

Glückseligkeit möglich sein kann. Wie sehr wünsche ich mir, es wieder und wieder zu tun, mich in Deinen Armen zu winden, wie betäubt vor Verlangen. Ich liebe Dich, mein Liebster. Jetzt und für immer,

Deine Antonia

Wieder und wieder starrte Benedict auf die Zeilen. Was war das? Und wieso lag dieser Brief hier? Hatte sie ihm einen Liebesbrief schreiben wollen und dabei als Erstes den Namen eines früheren Liebhabers im Sinn gehabt? Aber das war absurd.

Schritte waren zu hören, und kurz darauf trat Antonia ein, strahlend schön und mit einem gelösten Lächeln. Offenbar bemerkte sie seine verstörte Miene, denn sie krauste die Stirn, und ihr Lächeln erlosch. »Ist etwas passiert?«

»Wer ist Arvid?«

Sie wurde jäh so blass, und die Augen weiteten sich in stummem Erschrecken, dass es jedes Leugnen Lügen strafen würde. Jedoch stritt sie nicht ab, ihn zu kennen, sondern fragte nur fast tonlos: »Wie kommst auf diesen Namen?«

Benedict ging zu ihr und reichte ihr den Brief. Sie las ihn und wurde – wenn das überhaupt möglich war – noch bleicher. Kurz befürchtete er, sie würde ohnmächtig, und wollte schon nach ihrem Arm greifen, aber sie behielt die Fassung, senkte den Brief.

»Woher hast du den?«

»Du hast ihn also geschrieben?«

»Nein.«

»Nun, es ist deine Handschrift.«

»Das sehe ich. Aber er ist nicht von mir.«

»Arvid ist dir aber bekannt?«

Sie schwieg, was Antwort genug war. Es gab diesen Mann, vielleicht ein Liebhaber aus vergangenen Zeiten, von dem sie nicht loskam. »Woher hast du diesen Brief?«, fragte sie schließlich.

»Er lag auf meinem Teller.«

Verwirrt sah sie zum Tisch, dann wieder zu Benedict. Ihre Lippen öffneten sich, als wollte sie etwas sagen, aber sie schwieg.

»Willst du mir nicht sagen, wer Arvid ist?«

Wieder öffneten sich ihre Lippen, aber ihr schien die Stimme zu versagen.

»Ist er dein Liebhaber?«

Jetzt wirkte sie erschrocken. »Aber nein.«

»Auch kein ehemaliger?«

Sie schluckte, und es brauchte mehrere Anläufe, ehe sie ein »Nein« hervorbrachte. Benedict sank der Mut. Sie belog ihn, das war so offensichtlich.

»Du kennst also niemanden dieses Namens?«

»Den Brief habe ich nicht geschrieben. Warum glaubst du mir nicht?«

»Weil es vollkommen unglaubhaft ist. Es ist deine Schrift, und du kennst diesen Namen ganz offensichtlich, hast vermutlich eine gemeinsame Vergangenheit mit diesem Mann.«

»Aber nicht so, wie du denkst. Ich kannte mal in München jemanden, der so hieß. Aber das erklärt nicht, warum ein Brief an ihn auf deinem Teller liegt.« Offenbar hatte sie sich wieder gefangen.

»Nein, das ist in der Tat seltsam. Daher möchte ich, dass du es mir erklärst.«

Wieder Schweigen, und in Benedict stieg Wut auf. Wenn sie einen Liebhaber gehabt hatte, war das ihre Sache. Wer war er, das zu verurteilen? Er selbst hatte ebenfalls Liebschaften gehabt, und er erwartete nicht, dass Antonia ihm in allen Details ihres vergangenen Lebens Rechenschaft ablegte. Wenn sie einen Arvid geliebt hatte, dann war das Vergangenheit. Sie konnte es ihm sagen, und sie könnten es aufklären. Aber ein Arvid in München – das war absurd. Den Brief musste sie hier in Wien geschrieben haben. Vielleicht hatte sie ihn sogar bei sich getragen, er war heruntergefallen, und ein Dienstbote hatte ihn gefunden. Und in dem Bewusstsein, den Liebesboten zu spielen, hatte er ihn auf Benedicts Teller gelegt. Ja, so ergab es einen Sinn.

»Ich möchte, dass du mir jetzt die Wahrheit sagst. Wenn du in der Vergangenheit einen Liebhaber gehabt hast, ist das deine Sache. Aber warum du jetzt einen Brief mit dir herumträgst, den du an deinen Liebsten adressierst und der versehentlich bei mir landet – das sollst du mir erklären. Ich mag es nicht, belogen oder hintergangen zu werden.«

»Ich lüge nicht. Und ich hintergehe dich nicht! Du musst mir einfach glauben, dass ich diesen Brief nicht geschrieben habe.«

»Du hast nicht ahnungslos ausgesehen, als du den Brief gesehen hast! Du warst nicht wütend oder irritiert, sondern kreidebleich vor Schreck, als ich nur den Namen erwähnt habe. Also lüg mich bitte nicht an.«

»Ich lüge nicht!« Ihre Stimme hatte an Schärfe gewonnen. »Wenn ich dir sage, ich habe diesen Brief nicht geschrieben, dann musst du mir das glauben.«

»Ist das deine Schrift oder nicht?«

»Ja, aber die muss jemand gefälscht haben.«

Benedict lachte. »Entschuldige bitte, das ist vollkommen absurd.«

»Eine andere Erklärung gibt es nicht.«

»Hör zu, Antonia. Ich sagte dir bereits, ich mag es nicht, belogen zu werden. Aber noch weniger mag ich es, wenn man mich behandelt, als sei ich ein Narr. Für wie dumm hältst du mich, dass ich eine so lächerliche Geschichte glaube? Du kennst diesen Mann, etwas verbindet dich mit ihm, und du hast ihm diesen Brief geschrieben. Und nicht in München, denn das würde bedeuten, dass du ihn seither mit dir herumträgst. Also entweder, du sagst mir jetzt die Wahrheit, oder ich ziehe die entsprechende Konsequenz daraus.«

Ihre Blässe wirkte fast kränklich, und die Augen schienen unnatürlich groß, als sie ihn anstarrte. Wieder schien sie um Worte zu ringen. »Ich habe den Brief nicht geschrieben«, wiederholte sie schließlich.

»Gut, wie du meinst.« Er ging an ihr vorbei und zog am Klingelstrang. Kurz darauf erschien sein Kammerdiener. »Packen Sie meinen Koffer, ich verreise.«

Sein Kammerdiener war gut geschult und ließ sich das Erstaunen nicht ansehen. »Wie Sie wünschen, Graf von Breling.«

»Wo willst du hin?«, fragte Antonia, als sie wieder allein waren.

»Auf Abstand zu dir.«

»Du tust mir unrecht.« Ihre Stimme bebte, und ihre Augen füllten sich mit Tränen.

»Dann sag mir die Wahrheit.«

Wieder schwieg sie, und Benedict verließ das Morgenzimmer, um im Herrensalon zu rauchen. Hierher folgte sie ihm nicht, und so blieb er, bis sein Kammerdiener erschien und ihm Bescheid gab, es sei alles gepackt und die Pferde eingespannt.

»Gut, ich komme.«

Die Halle war leer, als er sie durchquerte, und er wollte schon aufatmen, als er das Haus verließ und Antonia auf der Treppe davor stand.

»Geh nicht!«, sagte sie leise.

»Dann sag mir die Wahrheit.«

Sie biss sich auf die Unterlippe, schwieg, während ihre Augen glasig wurden.

Er schüttelte den Kopf, selbst den Tränen nahe. »Ich liebe dich, Antonia. Ich hätte mich für dich mit meiner gesamten Familie überworfen, und es bricht mir das Herz, dass du mir nicht vertraust und mich überdies belügst.« Ihm versagte die Stimme, und er wandte sich ab, um in die Kutsche zu steigen.

25

Es hatte sie fast unnatürliche Anstrengung gekostet, vor ihren Eltern die Fassung zu wahren. Ihre Mutter lachte und sagte: »Ihr seid doch gestern erst zurückgekommen. Und schon zieht es dich nach Hause?«

»Ich habe Bernadette vermisst.« Sie hielt die Tränen mit so viel Mühe zurück, dass ihr die Kehle schmerzte.

Erst als sie allein mit ihr in Bernadettes Zimmer saß, brach Antonia zusammen und sank weinend aufs Bett. »Es ist alles vorbei. Benedict weiß von Arvid, und er hat mich verlassen.«

»Was sagst du da?« Bernadettes Arme schlossen sich um sie, und Antonia ließ sich in die tröstende Umarmung ziehen. »Was ist denn passiert?«

Stockend und immer wieder von Schluchzern unterbrochen, erzählte Antonia ihr alles. »Natürlich klingt es absurd, ich würde es ja auch nicht glauben. Aber ich kann ihm doch schlecht erzählen, dass in der Vergangenheit schon zweimal Briefe mit meiner Schrift aufgetaucht sind, die nicht von mir waren.«

»Hast du den Brief dabei?«

Antonia nickte und löste sich von ihr, um ein zerknittertes Schreiben aus dem Täschchen zu ziehen. Mit gekrauster Stirn las Bernadette es und sah schließlich auf. »Dass er da misstrauisch geworden ist, kann ich verstehen.«

»Ich auch. Aber es ist so ungerecht.«

»Das weiß er ja nicht. Vermutlich wärst du auch wütend, wenn du so einen Brief an eine andere Frau finden würdest und Benedict dann erzählte, jemand hätte seine Schrift gefälscht.«

Antonia nickte. »Ja, vermutlich wäre ich das.«

»Wir müssen überlegen, wie wir weiter vorgehen sollen. So kann es nicht weitergehen. Willst du es ihm nicht doch erzählen?«

»Dass ich mich einem Mann aus reiner Wollust hingeben wollte, ohne eine Ehe zu bezwecken? Das allein würde ich ihm vielleicht erzählen. Und was diesem Mann widerfahren ist, vielleicht auch. Möglicherweise würde er mich sogar verstehen. Aber das, was danach kam, wie wir ihn würdelos in einer Gasse abgeladen haben, seine Eltern in Sorge waren und man ihn dann so aufgefunden hat – das kann ich ihm einfach nicht erzählen. Ich selbst finde es so abscheulich, dass ich nicht verstehe, wie ich das je zulassen konnte. Und vielleicht hätte er darüber auch kein Stillschweigen bewahrt, weil es gegen seine moralischen Prinzipien ist. Verstehen könnte ich ihn.«

»Du hattest Angst und warst vermutlich einfach nicht du selbst. Und wie hättest du das denn verhindern wollen? Mama und Papa hätten niemals auf dich gehört.«

Antonia ließ sich rücklings aufs Bett sinken und starrte an die Decke. Alles war furchtbar verfahren. »Ich kann mir nicht vorstellen, ganz allein in diesem großen Haus zu wohnen.«

»Möchtest du hier schlafen? Dein Zimmer steht ja jetzt leer.«

»Nein, das würde zu Gerede führen. Und ganz allein bin ich nicht, es gibt ja noch das Personal.«

»Vermutlich wird es ohnehin Gerede geben, weil Benedict so kurz nach der Hochzeit abgereist ist. Ihr seid ja gerade mal seit gestern wieder in Wien.«

»Sein Kammerdiener wirkte etwas irritiert.« Antonia rieb sich die brennenden Augen. »Ich weiß nicht, was ich tun soll.«

»Ich wünschte so sehr, ich könnte dir helfen. Aber ich bin völlig ratlos.«

»Es wird nie aufhören. Diese Monate ist es nur ruhig geblieben, damit ich mich in Sicherheit wiege.« Antonia richtete sich auf. »Was hat Fabian davon?«

»Vielleicht verschafft ihm das ein Gefühl von Macht, weil du gesellschaftlich über ihm stehst und er dich damit in der Hand hat. Oder aber er macht dich mürbe, um dich erpressen zu können.«

»Er hat vermutlich meine Ehe ruiniert.« Abrupt erhob Antonia sich. »Ich werde ihn zur Rede stellen.«

»Hältst du das für eine gute Idee?«

»Hast du eine bessere?«

»Nicht, dass du ihn wütend machst. Wer weiß, wie er dann reagiert.«

»Er macht mich schon lange wütend. Was soll er mir denn jetzt noch antun?«

»Oh, da gibt es noch so einiges.« Nun erhob sich auch Bernadette. »Auf gar keinen Fall lasse ich dich allein mit ihm sprechen.«

»Du kannst nicht mit, nachher richtet sich seine Wut auch gegen dich.«

»Er fährt doch jetzt schon Angriffe gegen uns alle auf. Denk nur an Charlotte und Desirée.«

»Oder deinen Sturz über die Teppichfalte.«

»Das kann Zufall gewesen sein.«

»Vielleicht …« Antonia seufzte. »Es kann so nicht weitergehen. Er soll sagen, was er will.«

»Und wenn wir Mama und Papa einweihen?«

»Wir wissen nicht, wie sie reagieren. Diese ganze Idee, Arvid einfach irgendwo abzuladen und München zu verlassen, war doch schon komplett irrsinnig. Das hat uns diesen ganzen Ärger überhaupt erst eingebracht.«

»Gut. Wir sprechen also mit Fabian. Und was sagen wir ihm?«

»Dass er mich endlich in Ruhe lassen soll. Wo ist er überhaupt?«

»Vermutlich in seiner Kammer. So recht weiß ich das auch nicht.«

Sie verließen das Zimmer, nachdem sich Antonia vergewissert hatte, dass sie nicht mehr verheult aussah. Die Quartiere der Dienstboten waren unter dem Dach, und im Bereich der männlichen Diener gab es nur ein bewohntes Zimmer. Moritz hatte seine Kammer über den Stallungen, um im Notfall schnell bei den Pferden zu sein, daher bewohnte nur Fabian den Männertrakt, der Platz für vier Dienstboten bot. Antonia blieb vor seiner Tür stehen und klopfte an. Als ein »Herein« ertönte, zögerte sie, von plötzlicher Angst erfasst. Dann griff sie beherzt nach der Klinke und drückte sie hinunter, um die Tür aufzustoßen.

Fabian saß an seinem Schreibtisch in der kleinen Kammer und war offenbar gerade damit beschäftigt, etwas zu schreiben. Einen neuen Brief unter Antonias Namen? Sie war kurz davor, hinzulaufen und ihm das Papier wegzureißen.

»Was kann ich für die Damen tun?«

Antonia holte tief Luft, suchte nach den richtigen Worten. »Lassen Sie mich endlich in Ruhe!«

Seine Miene zeigte Verwirrung. War er überrascht, dass sie ihm auf die Schliche gekommen war? Oder wollte er den Ahnungslosen spielen? Dann war er ein hervorragender Schauspieler. »Wie darf ich das verstehen?«

»Ich weiß, dass Sie es sind, der mir all dieses Ungemach der letzten Monate bereitet hat. Es kann niemand anders gewesen sein, denn nur Sie wissen durch unsere Großtante von den Vorkommnissen in München.«

Jetzt wirkte er alarmiert. »Wovon sprechen Sie?«

»Der Brief im Stall, dass mir auch die Flucht nach Wien nichts nütze. Der Diebstahl im Haus von Gladig, Bernadettes Sturz die Treppe hinab, Charlottes Bild im Haus des Generals,

Arvids Halstuch im Garten. Außerdem der Tag, als ich im dunklen Bad eingesperrt war, während fortwährend Gas aus der Lampe eingeströmt ist, und am Tag meiner Verlobung war Desirée im Keller eingesperrt, wohin ich sie angeblich gelockt hatte. Und nun das!« Sie hielt den Brief hoch. »Sie haben meine Ehe ruiniert.«

Fabian war blass geworden. »Warum erfahre ich von all den Dingen erst jetzt?«

»Weil ich davon ausgegangen bin, dass Sie es waren.«

Er warf ihr einen schrägen Blick zu, dann hielt er die Hand auf und winkte sie heran. »Darf ich das mal sehen?«

Sie gab ihm den Brief, und er las ihn. »Sie hätten mir das alles viel früher erzählen müssen. Jemand weiß Bescheid, und wenn die Sache mit dem Bad tatsächlich Absicht war, dann hat die Person das Gas eingeschaltet gelassen, während Sie gebadet haben. Das war lebensgefährlich. Wie um alles in der Welt kommen Sie auf den Gedanken, ich könnte all das gewesen sein?«

»Weil außer Ihnen niemand Bescheid weiß.«

»Das ware doch geradezu dumm, wenn es so offensichtlich wäre. Und warum sollte ich das tun?«

»Um mich zu erpressen.«

»Dann wäre es aber nicht gerade klug, Sie fast ums Leben zu bringen. Nun, wie auch immer, ich war das nicht. Aber ich hätte Ihnen helfen können, wenn Sie mich eingeweiht hätten. Die Gräfin von Caspers hat mich hierhergeschickt, damit ich mich um sämtliche Unannehmlichkeiten kümmere. Wie soll ich das tun, wenn mir etwas so Ungeheuerliches verheimlicht wird?«

»Ich hatte Angst, und ich dachte doch, Sie wären es.«

Seufzend gab er ihr den Brief zurück. »Also gut. Ich kümmere mich.«

»Was werden Sie tun?«

»Der Gräfin von Caspers schreiben. Sie muss hiervon erfahren.«

»Was ist das für eine unerhörte Geschichte?« Ludwina von Böhm rauschte in den Salon. »Ich wollte meinen Ohren nicht trauen.«

Seit acht Tagen war Benedict nun fort, und Antonia wunderte sich, dass seine Tante erst heute den Weg zu ihr fand. Lieber wäre es ihr gewesen, wenn es nicht ausgerechnet ein Tag gewesen wäre, an dem ihre Mutter bei ihr im Salon saß. Denn mittlerweile sprach man in ganz Wien darüber, dass der Graf von Breling einen Tag nach seinen Flitterwochen überstürzt abgereist war und die junge Ehefrau allein zu Hause saß.

»Ihr Neffe hat meine Tochter sitzen gelassen«, antwortete Ursula von Althenau an Antonias Stelle.

»Mama, bitte.«

»Aber es stimmt doch.«

»Was ist vorgefallen?«, wollte die Gräfin von Böhm wissen. »Ich bin gerade aus Salzburg zurück und höre diese ungeheuerliche Geschichte. Ferdinand ist auch konsterniert.«

»Wir hatten eine Auseinandersetzung.«

»Und dann ist er einfach abgereist?« Ludwina von Böhm schüttelte den Kopf. »Handelt so ein erwachsener Mann?«

»Da muss ich Ihnen ausnahmsweise zustimmen«, sagte Ursula von Althenau. »Was für ein unmögliches Verhalten.«

»So kenne ich ihn gar nicht. Worum ging es denn genau?« Antonia schwieg.

»Ehepaare sollten ihre Geheimnisse haben«, entgegnete ihre Mutter. »Aber wie sollen wir dir helfen, wenn wir nicht wissen, worum es geht?«

»Ihr könnt mir nicht helfen. Ich muss dieses Problem selbst lösen. Bisher weiß ich nur noch nicht, wie.« Antonia trank einen Schluck Kaffee, weniger, weil ihr danach war, sondern weil sie sich mit irgendetwas beschäftigen wollte.

»Die Leute zerreißen sich das Maul.« Ludwina von Böhm schenkte Antonias Mutter und sich eine weitere Tasse Kaffee ein. »Wir müssen uns irgendeine Geschichte ausdenken. Etwas Glaubhaftes.«

»Kann es ein Notfall sein?«, fragte Ursula von Althenau. »Eine Nachricht, die er in aller Frühe bekommen hat und die ihn dazu zwang, sofort abzureisen?«

»Ohne seine Frau?«

»Sie hat ihre Familie vermisst und wollte nicht sofort wieder weg.«

Ludwina von Böhm nickte. »Das könnte funktionieren.«

Antonia wollte einwenden, dass sie da auch etwas mitzureden hatte, aber sie ließ die Frauen planen. Ihr war es gleich, sollten sie diese Geschichte in die Welt setzen. Alles ging den Bach herunter und riss ihr ganzes Leben mit sich, sodass ihr vielleicht irgendwann nichts anderes mehr blieb, als die angespülten Trümmer vom Ufer aufzuklauben und zusammenzusetzen.

»Was ist mit dem Ball im Haus der Fürstin von Gladig?«, fragte Ludwina von Böhm. »Das abzusagen, wäre zutiefst unhöflich.«

»Ich kann doch jetzt auf keinen Ball gehen.«

»Oh, aber das solltest du unbedingt«, war eine Frauenstimme von der Tür her zu hören, und alle drehten sich um.

»Tante Elinor!«, rief Antonia.

»Was tust du denn hier?« Ihre Mutter erhob sich.

»Nach dem Rechten sehen, und das offenbar keinen Moment zu früh.« Elinor durchquerte den Raum, schloss Antonia in eine feste Umarmung und begrüßte dann ihre Mutter. »Ursula.« Sie wandte sich an Benedicts Tante. »Mit wem habe ich die Ehre?«

»Ludwina von Böhm.«

»Ah, die Tochter Wernher von Böhms?«

»Ganz recht.« Die Gräfin lief vor Freude rot an. »Elinor von Caspers, nehme ich an? Es ist mir eine Ehre.«

Tante Elinor hatte ihre grauen Locken in eine Frisur gebändigt, aus der sich einige vorwitzige Strähnen befreit hatten, und ihre Garderobe war von ausgesuchter Eleganz. »Die Fürstin von Gladig versetzt man nicht, mein Kind. Auch dann nicht, wenn der Ehemann einem abhandenkommt. Ehemänner kann man ersetzen, den gesellschaftlichen Ruf nicht.«

Ludwina von Böhm, deren vehementen Widerspruch Antonia erwartet hätte, nickte. »Ganz recht. Benedict besinnt sich über kurz oder lang, und da sollte sich seine Ehefrau nicht in dieser Zeit gesellschaftlich ruiniert haben.«

»Aber wie soll ich den Schein wahren und so tun, als wäre alles in Ordnung?«

Elinor wandte sich an Antonias Mutter. »Ursula, hast du deinen Töchtern nicht beigebracht, wie man unter allen Umständen die Contenance wahrt?«

»Natürlich habe ich das! Doch die Umstände sind nun wahrlich nicht gewöhnlich.«

»Genau dafür sollen sie es können. Wenn die Umstände gewöhnlich sind, ist es einfach, die Fassung zu wahren.« Tante Elinor nahm Platz. »Antonia, bekomme ich eine Tasse Kaffee? Ich bin seit heute Morgen unterwegs.«

Antonia läutete nach dem Stubenmädchen und ließ ein weiteres Gedeck für ihre Tante auftragen. »Wohnst du bei mir oder bei Mama und Papa?«, fragte sie.

»Ich möchte fast meinen, du hast mehr Platz.«

»Nun, auch wir verfügen über zwei Gästezimmer«, entgegnete Ursula von Althenau etwas konsterniert. Offenbar war Antonias ehemaliges Zimmer einem neuen Zweck zugeführt worden. Charlotte hätte es haben können, aber aus irgendeinem Grund bevorzugte sie nun doch ihres.

»Ich denke, es ist besser, wenn ich hier wohne, um Antonia durch die nächsten Tage zu begleiten. Wir müssen das Gerede so gering wie möglich halten. Ich komme euch aber zum Abendessen besuchen.«

»Danke für die frühzeitige Ankündigung.«

»Ist das ein Problem?«

»Keineswegs. Doch ich muss Vorbereitungen treffen.« Ursula von Althenau nahm ihr Täschchen und machte

Anstalten zu gehen. »Wir sehen uns später. Antonia, ich nehme an, du kommst ebenfalls zum Essen?«

»Ja«, entgegnete Antonia, obwohl ihr keineswegs danach war. Aber sie wollte ihre Mutter nicht vor den Kopf stoßen.

Nun konnte Ludwina von Böhm nicht gut bleiben, ohne aufdringlich zu wirken, und verabschiedete sich ebenfalls. Das Stubenmädchen erschien mit einem weiteren Gedeck und frisch aufgebrühtem Kaffee sowie Buttergebäck, das sie auf dem kleinen Tischchen zwischen Antonia und Tante Elinor abstellte.

»Nun siehst du, wie man Besuch am schnellsten loswird«, erklärte Tante Elinor. »Merk dir diese Kniffe. Und nun können wir endlich frei reden. Warum erfahre ich von all diesen Ungeheuerlichkeiten erst jetzt?«

»Ich hatte Angst, dass du es meinen Eltern erzählst und wir dann direkt wieder wegziehen. Sie waren ohnehin so wütend auf mich, und das hätte alles noch schlimmer gemacht.«

»Etwas so Törichtes hätte ich nie und nimmer vorgeschlagen. Ich bin doch keine Närrin.«

Antonia rieb sich die Oberarme. Trotz der spätsommerlichen Wärme fror sie. »Ich weiß einfach nicht, wie es jetzt weitergeht. Mama und Papa sollen nichts davon erfahren.«

»Das halte ich auch für das Beste. Mit ihrer törichten Entscheidung seinerzeit haben sie das ganze Unheil ja erst heraufbeschworen.«

Erstaunt sah Antonia sie an. »Ach, das denkst du auch?«

»Das würde jeder denken, der davon erfährt. Du lieber Himmel, es hätte unzählige Möglichkeiten gegeben, das diskret zu lösen, und keine davon beinhaltet den Umstand, den armen jungen Mann in einer Gosse zu entsorgen.«

Antonia blinzelte, weil sie diese Erinnerung kaum ertrug. »Und was machen wir jetzt?«

»Erst einmal normal weiterleben. Fabian wird beobachten, was in eurem Haus vor sich geht. Sollte dir die Person hierher folgen, werde ich sie wohl in diesem Haushalt unterbringen müssen. Aber nach allem, was ich gehört habe, macht derjenige auch vor deinen Schwestern nicht halt. Das legt nahe, dass es jemand aus eurem Haushalt ist.«

Antonia nickte. »Daher kamen wir ja auf Fabian.«

»Der arme Kerl. Immer so loyal, und dann das.«

»Wir wussten uns keinen Rat mehr. Und ich hatte nach dem Vorfall im Bad solche Angst.«

»Das glaube ich gerne.« Elinor rührte Sahne in ihren Kaffee und seufzte. »Also gut, wir müssen jetzt überlegen, wie wir vorgehen, was deine Ehe betrifft. Du kannst hier nicht herumsitzen und warten.«

»Ich weiß nicht einmal, wo er ist.«

»Hat er nicht einen Landsitz? Dann ist er vermutlich dort.«

Richtig, davon hatte er einmal erzählt. »Und ich soll ihm hinterherfahren? Er ist doch einfach gegangen, weil er mir nicht glauben wollte.«

»Meine Liebe, ich muss gestehen, dass ich dafür ein gewisses Verständnis habe. Das alles klingt einfach zu unglaubwürdig. Vermutlich hättest du auch gedacht, er lügt dich an.«

»Und was soll ich ihm sagen?«

»Wenn du ihm die Wahrheit erzählst, könnte das alles zum Einsturz bringen. Du musst eine glaubwürdige Geschichte haben.«

»Und welche sollte das sein?« Antonia behagte es nicht, Benedict nun dauerhaft anzulügen, aber sie kannte ihn einfach nicht lange genug, um zu wissen, ob sie ihm etwas so Großes anvertrauen konnte. Ja, sie liebte ihn, aber sie war nicht naiv. Überdies wusste sie nicht, ob sie ihm nicht zu viel abverlangte, wenn sie ihm durch dieses Geständnis eine solche Verantwortung auferlegte. Er würde dieses Geheimnis für immer für sie wahren müssen.

»Ich überlege mir etwas. Vielleicht eine Erpressung? Über die du nichts sagen darfst, weil du andere damit gefährdest? Das ist nahe genug an der Wahrheit, damit du dich nicht verzettelst.«

»Und wenn er sich damit nicht zufriedengibt? Wenn er Genaueres wissen möchte?«

»Dann überlegst du dir etwas.«

Antonia atmete tief ein und stieß die Luft dann langsam aus. »Soll das jetzt mein ganzes Leben so weitergehen? Dass ich ihn belüge und versuche, irgendwie alles hinzubiegen?«

»So lange zumindest, bis wir wissen, wer dahintersteckt. Am liebsten würde ich deinen Eltern alles erzählen und ihnen gründlich den Kopf waschen für dieses Malheur, das sie angerichtet haben, aber sie handeln vermutlich wieder unüberlegt. Womöglich brechen sie hier sogar die Zelte ab und gehen in eine andere Stadt. Und dann wird es auch dem Dümmsten klar, dass sie vor etwas auf der Flucht sind.«

»Ich hatte immer den Eindruck, dass du wegen der Sache mit Arvid wütend auf mich bist.«

»Mich hat dein unüberlegtes Handeln geärgert, aber am Ausgang der Geschichte trifft dich keine Schuld. Und ich wusste schon lange, dass du sinnlicher bist, als dir in den engen Grenzen, die die Gesellschaft setzt, guttut.«

Darauf wollte Antonia nicht eingehen.

»Also, pass auf, ich sage dir, was wir jetzt tun. Wir besprechen deine Vorgehensweise, danach gehst du auf den Ball der Fürstin, und morgen reist du nach Baden.«

26

Die Reise war ermüdend, weil sie dieses Mal nicht von erregender Vorfreude begleitet war. Die ganze Geschichte, die sie sich mit Großtante Elinor ausgedacht hatte, klang zwar glaubhaft, aber Antonia wusste nicht, ob sie sie überzeugend genug darlegen und dauerhaft daran festhalten konnte.

Sie kam am frühen Abend an, und als sie das Haus mit seinen erleuchteten Fenstern sah, schlug ihr das Herz schmerzhaft gegen die Rippen. Sie war furchtbar aufgeregt. Immerhin schien Benedict tatsächlich hier zu sein. Als ihre Kutsche – Benedict hatte sie extra für sie gekauft mitsamt Pferden – in den Hof fuhr, sah sie seine in der Remise stehen.

Der Kutscher öffnete den Kutschschlag, um ihr hinauszuhelfen. Antonia raffte ihr Kleid und stieg vorsichtig aus, dann schüttelte sie die Röcke zurecht, strich sie glatt und wandte sich zum Haus. »Tragen Sie bitte mein Gepäck hinein?«

»Sehr wohl, Gräfin.« Der Kutscher löste die Schnallen von ihrem Koffer, schulterte ihn und begleitete sie zum Hauptportal, wo Antonia den Klingelstrang zog. Kurz darauf öffnete ihr der Hausdiener die Tür. Er wirkte erstaunt.

»Gräfin von Breling, wir haben Sie gar nicht erwartet.« Er machte einen Schritt zurück, damit sie eintreten konnte, dann wies er den Kutscher an, wohin er den Koffer bringen sollte. »Arthur«, sagte er zu einem Dienstboten, der sich im Hintergrund hielt, »geh bitte mit.«

»Ist mein Mann zu Hause?« Antonia lächelte und hoffte, es wirkte nicht gekünstelt. »Ich möchte ihn gerne überraschen.«

»Er ist in der Bibliothek.«

Es war der Raum im Haus, den Antonia am meisten mochte. Die Bibliothek war nicht sehr groß, aber gemütlich eingerichtet mit dunklem Eichenholz sowie den Farben Cremebeige und Grün. Hier hatte sie mit Benedict gerne den Nachmittagskaffee getrunken, und zweimal hatten sie sich auf dem Boden geliebt. Es war der perfekte Ort, um sich zu versöhnen.

Als sie eintrat, blickte Benedict von seinem Buch auf und wirkte auf eine zurückhaltende Art erfreut, sie zu sehen. Er stand auf und kam zu ihr. »Ich hatte gehofft, dass du dich dazu durchringen kannst, mir zu vertrauen.«

Tränen traten ihr in die Augen. »Es tut mir so leid.«

Er umarmte sie, und sie küssten sich lange, ehe sie sich voneinander lösten. Benedicts Lippen berührten ihre Stirn, ihre Schläfen. »Du hast mir gefehlt.«

»Du mir auch.«

Wieder küssten sie sich, und Antonia öffnete die Knöpfe seines Hemdes, während ihre Küsse hungriger und leidenschaftlicher wurden. Hastig entkleideten sie sich gegenseitig, und Benedict hob sie auf den Tisch. Sie schlang ihm die Beine um die Hüften und stöhnte auf, als er in sie drang. Die Liebe war ein lustvoller Rausch, der sie schwindeln ließ. Als es vorbei war, sank Antonia rücklings auf den Tisch, und ihre Brust hob und senkte sich in raschen Atemzügen. Benedict hob sie hoch und trug sie zu dem Sofa, wo er sie sanft hinlegte und sich neben sie setzte, sie streichelte, ihr das Haar aus dem Gesicht strich.

»Möchtest du es mir jetzt erzählen?«

Sie schloss die Augen. Dann begann sie mit der Geschichte, die sie mit Großtante Elinor zusammen ersonnen hatte. Sie fühlte sich elend dabei, ihn zu belügen, während er sie so zärtlich ansah und in ihr noch das eben genossene Verlangen pochte. »Meine Eltern haben sich eine Indiskretion erlaubt, die leider jemand herausgefunden hatte. Seither werden wir mit fragwürdigen Nachrichten bedroht. Wir Töchter sollen bloßgestellt werden, und er drohte auch, meine Ehe zu ruinieren. Daher dieser Brief, der in meinem Namen verfasst wurde.«

Sie musste ihn nicht ansehen, denn an seinem Schweigen bemerkte sie, wie wenig glaubhaft er die Geschichte fand. Er gab sich offensichtlich nicht zufrieden, denn er fragte: »Was für eine Indiskretion war es?«

»Das kann ich dir nicht sagen, ohne ihr Vertrauen zu missbrauchen.«

»Und ihr werdet bedroht? Habt ihr euch an die Gendarmerie gewandt? Deine Eltern sind ja nun nicht irgendwelche Niemande.«

»Nein, sie wollen nicht, dass die Sache ans Licht kommt.«

»War es ein Verbrechen?«

Er sollte aufhören zu fragen, sie wollte sich nicht immer weiter in diese Lüge verstricken. »Nein, das nicht.«

»Und warum setzen sie sich dann nicht zur Wehr? Was kann so schlimm sein, dass man dafür zulässt, seine Töchter zu ruinieren? Und wie ist der Brief überhaupt auf meinen Tisch gelangt?«

»Das weiß ich nicht.«

Benedict erhob sich und begann, sich anzukleiden. An seinen Bewegungen bemerkte Antonia, wie wütend er war. »Du belügst mich«, sagte er schließlich.

Weil sie sich schutzlos fühlte, wie sie nackt dalag, während er schon halb angezogen war, stand sie ebenfalls auf und kleidete sich an. Als sie sich mit den Haken in ihrem Rücken abmühte, kam er ihr zu Hilfe – immerhin.

»Warum sagst du das?«, brachte sie schließlich hervor.

»Weil es unglaubwürdig ist, du dich um die Antworten herumlavierst und mir nicht in die Augen sehen kannst. Außerdem hättest du mir das auch in Wien erzählen können. Es ist ja keine Indiskretion, die dich betrifft. Doch du konntest überhaupt nichts erklären. Dafür kommst du nun mit dieser völlig bizarren Geschichte.«

Antonia kamen die Tränen. »Ich wünschte so sehr, du würdest mir vertrauen und nicht denken, dass ich dich betrüge.«

»Ich denke, du belügst mich – womit auch immer. Und ich kann Lügen nicht ausstehen.«

Antonia sah zum Fenster, hinter dem sich das satte, goldene Licht eines frühen Sommerabends auf die Rasenfläche ergoss, die von üppig blühenden Rabatten gesäumt war. Sie blinzelte, und eine Träne löste sich, rann ihr über die Wange. Sie wandte sich ab und ging zur Tür.

»Wo gehst du hin?«

»Ausreiten.«

»Um die Zeit?«

Sie antwortete nicht, sondern wischte sich die Tränen weg und schickte den Hausdiener in den Stall mit der Anweisung, ein Pferd zu satteln.

»Haben Sie einen besonderen Wunsch, Gräfin?«

»Nein.« Keinen Moment länger konnte sie mehr hierbleiben, sie musste fort und einen freien Kopf bekommen. Wie sollte sie so an seiner Seite schlafen? Aber vielleicht zog er ja ins Gästezimmer – falls er bei ihrer Ankunft überhaupt noch hier war.

Antonia ging hinaus und wartete. Es dauerte lange, ehe ihr ein Pferd gebracht wurde, und sie wunderte sich schon. Nicht der Stallbursche führte es hinaus, sondern Benedicts Kutscher. »Artemis, Frau Gräfin.«

Es war eine hübsche Fuchsstute, die ein wenig nervös wirkte. Offenbar hatte sie Temperament, genau das, was Antonia jetzt brauchte. Sie ließ sich in den Sattel helfen, und das Tier warf den Kopf hoch. Dann zog sie den Sattelgurt nach, und die Stute preschte los.

Antonia bemerkte noch, wie jemand aus dem Haus gelaufen kam, etwas rief, das sie nicht verstand.

Die Stute fiel in einen raumgreifenden Galopp, und Antonia ließ sie laufen, genoss den Wind im Gesicht, das Gefühl der Freiheit. Als sie das Pferd durchparieren wollte, warf die Stute den Kopf hoch und buckelte. Sie bekam sie nicht an den Zügel, was irritierend war, denn es war, als würde das Pferd fortwährend weitergetrieben. Sie wollte die Stute zügeln, nachgurten, doch Artemis stieg, und im nächsten Moment stürzte Antonia vom Pferd und kam so hart auf dem Boden auf, dass es ihr den Atem nahm. Die Stute keilte aus, verfehlte sie nur knapp und stürmte davon. In ihrem Schreck hatte Antonia die Zügel losgelassen, und nun lag sie da, hatte das Gefühl, sich nicht bewegen zu können. Grundgütiger – was, wenn sie sich das Rückgrat gebrochen hatte? Sie rang nach Luft und schaffte es schließlich, sich aufzurappeln.

Das Geräusch von Hufgetrappel drang an ihr Ohr, und in dem Glauben, es wäre Artemis, richtete sie sich auf. Gottlob, sie konnte sich wieder bewegen. Es war jedoch nicht die Stute, die angaloppiert kam, sondern ein Reiter, den sie, als sie aufblickte, als Benedict erkannte.

»Grundgütiger!« Er sprang vom Pferd, noch ehe es zum Stehen gekommen war. »Bist du verletzt?«

Sie umfasste seinen Arm und ließ sich von ihm auf die Beine helfen. Ihr tat der Rücken weh, die Hüfte und die Rippen. »Ich weiß es nicht, ich glaube nicht.«

»Wieso bist du auf Artemis ausgeritten?«

»Ich wollte, dass man mir ein Pferd sattelt.«

»Artemis ist ganz neu im Stall und kaum eingeritten.«

»Sie ist ohne jeden Anlass durchgegangen.« Während Antonia mühsam um Atem rang, weil ihr jeder Zug wehtat, half Benedict ihr auf.

»Komm, setz dich auf mein Pferd, und dann gehen wir nach Hause.«

»Was ist mit Artemis?«

»Ich schicke jemanden, der sie sucht. Vielleicht läuft sie auch von sich aus zum Stall zurück, das werden wir sehen.«

Sie brauchten fast eine Dreiviertelstunde zurück, und Antonia tat der Rücken so weh, dass sie sich kaum im Sattel halten konnte. Am Haus rief Benedict den Stallburschen, der mitteilte, dass Artemis zurück sei. Dann hob er Antonia in die Arme und trug sie ins Haus, wo er den Diener anwies, einen Arzt zu rufen. Mit ihr in den Armen stieg er die Treppe hoch und trug sie in ihr gemeinsames Zimmer, wo er sie auf dem Bett ablegte.

»Wie fühlst du dich?«

»Mir tut alles weh.«

Benedict setzte sich auf den Rand des Bettes und sah sie an. »Jemand hat einen Dornenzweig im Sattelgurt angebracht.«

Und als Antonia nachgegurtet hatte, hatte sie diesen dem armen Tier offenbar in den Leib gedrückt. »Grundgütiger!« Sie schlug die Hand vor den Mund, dann schloss sie die Augen und spürte, wie Tränen zwischen ihren Lidern hervorquollen.

»Wer hat entschieden, dass du Artemis reitest?«

»Das weiß ich nicht.«

»Gut, ich finde es heraus.«

Sie öffnete die Augen und sah Benedict an, der ihren Blick erwiderte. Jeder Atemzug schmerzte, aber noch schlimmer war die Gewissheit, dass ihr die Person hierher gefolgt war. Das wiederum grenzte den Kreis der Möglichkeiten ein, und vielleicht war das ihre Gelegenheit.

»Ich möchte jetzt die Wahrheit wissen«, sagte Benedict. »Und nicht irgendwelche absurden Geschichten. Sag mir endlich, was los ist.«

Antonia gab auf. Sie konnte nicht mehr. Kurz schloss sie die Augen, dann begann sie zu erzählen. Sie erzählte von Arvids Sturz, davon, wie sie ihn in die Gasse gelegt hatten und von allem, was danach geschehen war. Benedict sah sie schweigend an, und seine Miene gab nicht preis, was er dachte. Als sie geendet hatte, fühlte sie sich ausgebrannt, aber auch erleichtert. Scheiden lassen konnte er sich nicht von ihr, jedoch konnte er sich trennen und sie auf seinen Landsitz verbannen, wenn er das wollte. Und wenn er das täte, war es eben so. Vielleicht käme sie hier zur Ruhe.

»Jetzt verstehe ich es«, sagte er schließlich. »Daher deine Verschwiegenheit. Aber es war doch nicht deine Schuld.«

Ihr verschwamm die Sicht, und sie wischte sich über die Augen. »Und doch wird es mich immer verfolgen, als hätte ich ihn eigenhändig hinuntergestoßen.«

»Es muss furchtbar gewesen sein für dich, das mitanzusehen. Und es hätte auch dich treffen können, hättet ihr anders gestanden. Oder jemand anderen, der sich zufällig irgendwann an das Geländer lehnt. Was ich nicht verstehe, ist die völlig unvernünftige und – verzeih mir das harte Urteil – zutiefst unmoralische Reaktion deiner Eltern. Haben sie nicht daran gedacht, dass dieser Mann auch Familie hat?«

»Sie waren vollkommen schockiert und dachten wohl nur an den Skandal, den das heraufbeschwören würde. Danach waren sie lange Zeit wütend auf mich. Das wurde erst besser, als du um mich geworben hast. Damit war ich rehabilitiert.«

Benedict nickte langsam. »Nun gut, sehen wir, wie es jetzt weitergeht. Der Vorfall im Badezimmer war erschreckend, aber das jetzt war ein gezielter Angriff. Das hätte noch viel übler ausgehen können.« Er stand auf, als das Stubenmädchen anklopfte und den Arzt anmeldete.

»Ich werde in den Stall gehen und mit dem Burschen sprechen, um zu verstehen, was passiert ist.« Benedict begrüßte den Arzt und ließ ihn mit Antonia allein.

Die Untersuchung ergab mehrere Prellungen, aber es war nichts gebrochen – Antonia hatte großes Glück gehabt. Sie sollte sich ausruhen und bekam etwas gegen die Schmerzen.

Kurz darauf kehrte Benedict zurück, er wirkte beunruhigt. »Mein Stallbursche sagt, er habe das Pferd nicht gesattelt. Alfons, mein Kutscher, habe das tun wollen.«

»Er war es, der mir das Pferd gebracht hat.«

»Ich wollte ihn fragen, aber ich kann ihn nirgends finden.« Benedicts Kutscher. »Kann er das alles gemacht haben?«

»Das kann ich nicht glauben.«

»Er kann die Nachricht im Stall untergebracht haben, vielleicht kennt er Moritz. Und einmal habe ich Millie mit einem Mann erwischt, den ich nur von hinten gesehen habe.« Blond wie Alfons. Vielleicht war er das und hat sich auf diese Weise Zugang zum Haus verschafft. Vieles ist passiert, als du dabei warst – der Diebstahl, der Vorfall mit dem Bild, die Nachricht an Charlotte.«

»Aber an dem Sturz deiner Schwester an der Treppe kann er nicht schuld gewesen sein.«

»Das war möglicherweise wirklich ein Unfall.«

»Aber wie soll er all das bewerkstelligt haben?«

»Er kann ein geschickter Einbrecher sein. Wie lange beschäftigst du ihn schon?«

»Er ist vor einem Jahr in meine Dienste getreten, sein Zeugnis war hervorragend.«

»Ein geschickter Einbrecher ist eben dadurch geschickt, dass man ihn nicht erwischt.«

»Doch woher sollte er all das wissen, was in München passiert ist?«

»Vielleicht hat ihn einfach jemand bezahlt? Oder erpresst?«

Benedict rieb sich die Augen. »Was für ein Abend. Ich muss über all das erst einmal in Ruhe nachdenken.«

»Und wenn es wirklich Alfons war?«

»Dann ist er jetzt fort, und du hast hoffentlich deine Ruhe.« Er setzte sich zu ihr und zog sie in die Arme. »Ruh dich aus, und wenn wir zurück nach Wien fahren, ist der Albtraum hoffentlich vorbei.«

»Was, wenn die Person jemand anderen schickt?«

»Wie wahrscheinlich ist es, einen zweiten geschickten Einbrecher in unseren Haushalt zu schleusen?«

Sie musste lächeln. Es fühlte sich gut an, seine Zuversicht zu spüren, seine Nähe. Ab jetzt, das fühlte sie, würde sich alles zum Besseren wenden.

»Weißt du«, sagte er und verschränkte seine Finger mit den ihren, »ich habe beim ersten Treffen mit dir schon geahnt, dass es an deiner Seite nie langweilig wird.«

Epilog

Bernadette

Es war die erste Gesellschaft, die das Haus von Althenau in Wien gab, und weil es ein wunderschöner Herbsttag war, bezogen sie den Garten mit ein. Als Schwiegereltern des Grafen von Breling hatte sich die gesellschaftliche Situation geändert, sodass nicht zu befürchten stand, die Einladung könnte abgelehnt werden, weil sich etwas Lohnenderes auftat. Ursula von Althenau ging voll und ganz in der Rolle der Gastgeberin auf, während sich Rudolf von Althenau mit einer Zigarre in der Hand in Gutsherrenart auf der Veranda im Kreis einiger Männer aufhielt. Dass er das in Wahrheit nur deshalb tat, weil ihm im »Herrenzimmer« das Rauchen untersagt worden war, musste niemand wissen.

Die Ereignisse in Baden hatten Bernadette förmlich überfahren, und sie konnte kaum glauben, dass Benedicts Kutscher hinter allem steckte. Aber es ergab Sinn, und Antonias

Argumente waren nicht von der Hand zu weisen. Seit er fort war, schien auch tatsächlich Ruhe eingekehrt zu sein. Zwar hatte es auch vor der Hochzeit drei Monate ohne Zwischenfälle gegeben, aber da hatte immer das Damoklesschwert über ihnen gehangen. Jetzt konnten sie sich sicher sein, dass es vorbei war, und Bernadette merkte, wie angespannt sie in den letzten Monaten gewesen war.

Charlotte hatte sich mit ihrem Block auf eine Bank im Schatten eines Baumes zurückgezogen, und Desirée saß im Gras neben ihr und las.

»Ach, sind sie nicht entzückend?«, sagte eine Frauenstimme.

»Ja, das sind sie wirklich.« In der Stimme ihrer Mutter erklang unverkennbarer Stolz.

Sie war zufrieden, alles hatte sich zum Guten gefügt. Antonia war mit Benedict zurückgekehrt, und jeder konnte sehen, wie sehr die beiden einander zugetan waren. Sie besuchten viele Feiern, gingen spazieren und zeigten eine ungekünstelte Freude. Mittlerweile waren Antonias Bewegungen auch nicht mehr so steif, wenngleich die Prellungen immer noch dann und wann zu schmerzen schienen.

Langsam spazierte Bernadette durch den Garten, plauderte mal hier, mal da und ging zum Tor, das einen Spaltbreit offen stand. Seltsam, sie war sich sicher, dass es immer verschlossen war. Bernadette wollte es zudrücken, aber es ging nicht, als würde es klemmen. Da war ein kleiner Widerstand, der verhinderte, dass sich das Tor schloss. Da war es, schimmernd auf dem Boden in der Sonne, und Bernadette beugte sich vor.

Ein Manschettenknopf aus fein ziseliertem Silber. Hatte den jemand verloren? Sie hob ihn auf, betrachtete ihn näher und las die eingravierten Initialen: A. V. B.

Hinter sich hörte sie Antonias fröhliche Stimme. »Was tust du denn da?«

Rasch verbarg sie den Knopf in der hohlen Hand und wandte sich lächelnd zu ihrer Schwester um. »Ach, nichts.«

»Komm, Mechthild von Rechberg will wissen, ob du immer noch an den Hof möchtest.«

»Ich komme sofort.«

Bernadette sah Antonia nach, dann blickte sie erneut auf ihre Hand. A. v. B. *Arvid von Bentheim.*